Até o Limite

Até o Limite

MYRNA ANDREZA

PandorgA
NACIONAL
2016

DIREÇÃO EDITORIAL
Silvia Vasconcelos

PRODUÇÃO EDITORIAL
Equipe Editorial Pandorga

PREPARAÇÃO DE TEXTO
Márcio Barbosa

PROJETO GRÁFICO E DIAGRAMAÇÃO
Fabio Brust - ELO EDITORIAL

REVISÃO DE TEXTO
Andréia Cantarino
Tássia Carvalho

CAPA
Renato Klisman

Texto de acordo com as normas do Novo Acordo Ortográfico
da Língua Portuguesa (Decreto Legislativo nº 54, de 1995)

DADOS INTERNACIONAIS DE CATALOGAÇÃO NA PUBLICAÇÃO (CIP)
FICHA ELABORADA POR TEREZA CRISTINA BARROS - CRB-8/7410

Andreza, Myrna
Até o Limite / Myrna Andreza -- 1.ed. --
São Paulo : Pandorga, 2016.
222 p. ; 16 x 23 cm.

ISBN 978-85-8442-156-5

1. Romance brasileiro I. Título.

15.06/018-2016 CDD- 869.93

2016
IMPRESSO NO BRASIL
PRINTED IN BRAZIL
DIREITOS CEDIDOS PARA ESTA EDIÇÃO À
EDITORA PANDORGA
AVENIDA SÃO CAMILO, 899
CEP 06709-150 - GRANJA VIANA - COTIA - SP
TEL (11) 4612 - 6404
WWW.EDITORAPANDORGA.COM.BR

SUMÁRIO

Agradeço...

...do fundo do meu coração, à Faculdade Ciências Médicas da Paraíba, por ter possibilitado a publicação desse livro; à minha mãe, que fez o possível e o impossível, moveu céu e terra para me ajudar; ao meu pai, por todo o apoio e incentivo que me deu; à Marianne, que esteve ao meu lado desde o início e colaborou com essa obra; ao Felipe, meu porto seguro, por ter estado ao meu lado em todos os momentos; ao Valdir e à Iara, que me acolheram como uma filha; à Mayra, por ter me ajudado nos momentos mais difíceis, sendo meu braço direito; à Fernanda e Eduarda, que considero irmãs de coração; à Juliana, minha prima querida; a todos os meus familiares e amigos em geral, por todo o apoio; aos grupos "Ginas" e "Krisbians", que são as melhores pessoas e amigos que alguém poderia querer ter; e aos meus leitores, que sempre estiveram presentes: eu não estaria aqui, se não fosse por eles, se não fosse a força e coragem que me deram para ir atrás desse sonho.

CAPÍTULO 1

Nicole

Suspirei, cansada. Estava há quatro horas sentada em uma cadeira dura e desconfortável. Estava morta de exaustão. Afinal, estudar em uma das melhores universidades do país não era para qualquer um. Cursava administração na New York University e estava no quarto ano do curso, finalmente perto de acabar. Saí da universidade ansiosa e cheguei aonde seriam feitas as entrevistas de estágio. Olhando o lugar discretamente, como quem não quer nada, observei a secretária à sua mesa com alguns papéis, revisando algo. Havia várias cadeiras espalhadas pela sala e um bonito móvel com alguma decoração enfeitando-o. Dei um sorriso de leve, percebendo ser a primeira a chegar, e tratei logo de me sentar, sem saber a hora em que iria ser chamada.

Alguns minutos depois, começou a chegar o pessoal. Pelo que eu soube, seriam apenas cinco entrevistados para a minha área. As pessoas iam se acomodando silenciosamente nas cadeiras. Logo apareceu a secretária, bem vestida, com uma prancheta na mão.

— Bom dia, sou a senhorita Kate. Gostaria de informar que o Senhor Davis Turner não poderá vir hoje, pois está muito doente — começou a falar e um homem abriu a boca, mas ela continuou. — Antes que digam algo, não se preocupem. Ele não poderá vir, porém o Senhor Campbell, presidente da Empresa, é quem fará as entrevistas. Desejo a todos boa sorte e assim que escutarem seu nome se dirijam para aquela porta ali — informou, apontando para a frente, e depois voltou ao seu lugar.

Eu fiquei atônita. Por que diabos o Senhor Davis tinha que adoecer? Eu não estava preparada para aquilo. Contei até dez mentalmente tentando me acalmar. Olhei em volta mais uma vez e estudei cada concorrente. Havia um homem que, com certeza, não poderia ser chamado para trabalhar ali, pois não se enquadrava no perfil da empresa; uma mulher com uma aparência um tanto vulgar; outro homem que não parecia nada educado, balançando a perna a cada instante, como se tivesse um tique nervoso, não sei. E a última pessoa já deveria ter chegado, mas até aquele momento não havia nem sinal.

Alguns instantes depois, a primeira pessoa foi chamada. Saiu após dez ou quinze minutos de entrevista. Depois entrou a mulher vulgar, saindo pouco tempo depois com uma cara emburrada. Ri internamente. Com certeza essa não. Depois entrou o outro homem e logo depois saiu. Suspirei baixinho, ansiosa, porém tentei me acalmar. Ficar nervosa não iria ajudar em nada.

Perdida em meio a pensamentos, escutei um barulho. Uma mulher entrou apressadamente tentando se ajeitar. A secretária lhe lançou um olhar feio, mas a mulher ignorou.

— Está atrasada, Srta. Karen, porta à direita. — Ela apontou e a mulher se dirigiu para lá sem falar mais nada.

Esperava que esse pequeno atraso contasse para alguma coisa. Quinze minutos depois, a mulher deixou a sala e foi em direção à saída sem dizer uma palavra. Kate olhou para mim e avisou que era a minha vez. Meu coração, que já estava acelerado, acelerou mais ainda. Grudei minha bolsa junto ao corpo e segui em direção à porta.

Com a mão na maçaneta, congelei. Minha mão estava travada; eu simplesmente não conseguia abrir a merda da porta. Escutei uns barulhos de passos dentro da sala, mas não liguei. Era agora ou nunca. Quando finalmente tomei coragem, algo aconteceu.

O Sr. Campbell havia aberto a porta ao mesmo tempo que eu, fazendo com que eu me desequilibrasse. Sentia que estava quase caindo. Aquilo tudo parecia surreal demais. Senti um par de braços me segurando e me perdi. Ele me puxou para perto dele, e ficamos assim, cara a cara. Seus olhos verdes me olharam de um jeito estranho. Meu corpo se arrepiou e rezei para que ele não tivesse percebido isso. Seu cheiro era único, e agora parecia estar se fundindo com o meu. Ficamos nos encarando sem cerimônia, ele ainda me segurava quando escutei uma voz.

— Tudo bem, Sr. Campbell? — Kate perguntou, olhando-nos com uma cara estranha.

— Sim, Kate, ela estava prestes a cair e eu a segurei, só isso.

Escutei-o pela primeira vez e... meu Deus... Que voz era aquela? Poderia escutá-lo o resto da vida e não me cansaria nunca. Ele se ajeitou enquanto eu continuava sem reação. Kate voltou ao trabalho enquanto fiquei parada na porta.

— Entre, por favor.

Finalmente entrei. O seu cheiro estava impregnado na sala, e prendi a respiração tentando aproveitar mais um pouco.

Olhei para a frente e deparei com ele, sentado à sua mesa de mármore. Balançava sutilmente a cadeira de couro enquanto me olhava; eu ainda estava de pé e ele me devolvia o olhar como se dissesse para eu me sentar. Fiz isso com calma, tentando não cair mais uma vez.

— Srta. Sullivan?! — Sua voz saiu grossa e um pouco rouca.

— Eu mesma. — Minha voz, ao contrário da sua, saiu fina e baixa.

— Vamos começar — falou enquanto olhava meu currículo. — Vinte e um anos. Administração. New York University. — Deu uma longa pausa e continuou rapidamente, falando alto alguns itens escritos.

— Sim... — respondi, tentando não gaguejar.

— Por que trabalhar nesta empresa? — Seu olhar era curioso e eu não sabia o que falar.

— Bom... — começo, sem jeito —, as Indústrias Campbell são umas das maiores do país. Acho que seria bom para... adquirir experiência profissional, ainda mais em uma empresa como esta. Sou prestativa, eficiente, aprendo rápido. Faço o que for preciso, não tenho medo de trabalho — termino, tentando passar seriedade.

— Você tem tempo? — ele perguntou e eu levantei a sobrancelha, pedindo para ser mais específico. — Para viagens de negócios? Compromissos? Como você mesma disse, esta empresa é uma das maiores e sempre ocorre algo de última hora. Então, volto a perguntar, você tem tempo? — Ele me encara sério.

— Sim. Estarei à disposição assim que precisar. — Esperava que minhas palavras não tivessem duplo sentido, mas a única coisa em que conseguia pensar era como seria ter esse homem em minha vida. Ele me olhou mais uma vez e ficou um tempo em silêncio.

— Não haveria nenhum problema em relação a seu marido? — perguntou, mudando o tom de voz.

— Marido? — devolvi a perguntou, meio assustada. — Oh, não. Não tenho marido. — Ele me olhou de um jeito diferente e depois pegou o meu currículo como quem não queria nada.

— E namorado? — Não desviava o olhar do papel, mas esperava minha resposta pacientemente.

— Também não tenho. — Fiz uma pausa e continuei. — Me comprometo com o que precisar, como já disse.

Encaramo-nos novamente e ele voltou com algumas perguntas bestas. Depois disso, levantou-se e estendeu a mão. Levei um segundo para entender o que estava acontecendo, mas logo em seguida levantei e a apertei. Olhei para nossas mãos juntas e imaginei como seria poder estar com elas entrelaçadas. Toquei-me do que estava pensando e retirei a mão rapidamente. Ele me olhou confuso, mas não disse nada. Nos despedimos e fui em direção à porta. Dei adeus a Kate, que continuou com expressão antipática, e fui para o estacionamento. Entrei no carro e me sentei, largando a bolsa sem nenhuma delicadeza no banco.

Isso aconteceu mesmo? Eu, finalmente, tinha encontrado o Campbell? Bati na minha testa com força me arrependendo do que tinha feito. Será que falei alguma besteira? Será que iria conseguir aquele estágio? Meus pensamentos estavam a mil e não conseguia me concentrar.

Vamos por partes, Nicole. Você ia entrando na sala e caiu, ele te segurou. Você entrou na sala. Trocaram olhares. Aconteceu a entrevista e depois se despediram com um aperto de mão. Pronto, foi só isso. Acalme-se. Você vai conseguir esse estágio e fará tudo que tem em mente.

Não acreditando que tudo aquilo havia acontecido, segui em direção à universidade novamente. Precisava terminar alguns trabalhos e não tinha o material necessário. Agradeci por não bater em ninguém no trânsito, estava tão eufórica que não conseguia prestar atenção em nada. Chegando lá, observei minhas amigas de sala sentadas à mesa do quiosque.

— Desculpe o atraso, pessoal, tive um imprevisto — disse, sentando-me e colocando meu material ao lado. Não queria falar com ninguém sobre a entrevista enquanto não tivesse realmente conseguido. Poucas pessoas sabiam que aconteceria e não seria eu a espalhar.

— Sem problema — começou Julliet despreocupada. — Você tem algum compromisso na sexta? — perguntou curiosa.

— Não. Por quê? — falei sem interesse.

— Vamos à boate que vai inaugurar, e você não pode perder de jeito nenhum — Lindsay antecipou-se a Julliet, não a deixando falar com seu jeito espevitado.

— Não sei, pessoal... — tentei me esquivar sem sucesso.

— Como não sabe, Nicole? Vamos lá, poxa, você quase nunca sai com a gente — Julliet argumentou esperançosa.

Eu sabia que estava em falta com as meninas, mas não tinha disposição para sair. Muito menos para passar horas e horas em algum lugar para depois chegar bêbada em casa e morrer de ressaca no outro dia.

— Vou pensar no caso, ok? — respondi enquanto a garçonete chegava com o suco de laranja que eu havia pedido.

Conversamos mais um pouco, enquanto esperávamos o almoço, e, depois de satisfeitas, seguimos em direção à biblioteca para começar a agilizar as coisas. Saí da universidade quatro da tarde, já morta de cansada. Chegando em casa, tomei um banho rápido, jogando-me na cama logo em seguida; liguei a televisão e assisti a documentários e entrevistas sobre empresas. Precisava estar atualizada a respeito de tudo. Quando o relógio marcou dez horas da noite, fui dormir. Tinha de estar no pique para o resto da semana.

Mais do que nunca precisava ser a melhor. Com a universidade quase chegando ao fim, tudo ficava cada vez pior. Na terça-feira, assisti aula normalmente e depois fui para casa mais uma vez, seguindo assim até a sexta, quando a aula acabou um pouco mais cedo, pois a professora teve um contratempo. Liguei o carro já pronta para pegar a estrada quando o meu celular tocou. Procurei na bolsa e o achei rapidamente.

— Alô?

— Srta. Sullivan? — perguntou a voz já conhecida.

— Sim, ela mesma — respondi com o coração na mão.

— É a Kate, das Indústrias Campbell. — Sua voz era séria.

— Olá, Kate, tudo bom? — perguntei nervosa tentando ser gentil, mas imaginando mil coisas.

— Gostaria de informar que a senhorita foi escolhida para o estágio aqui na empresa. — Assim como na outra vez, fico estática. — Você começará na segunda. Esteja aqui às oito em ponto, que vou lhe mostrar cada coisa. Sem atrasos. — Depois desligou sem cerimônia.

Respirei fundo. Pronto. Tudo estava saindo como planejado. Liguei o carro mais uma vez e fui para casa. Havia prometido para as meninas que iria à tal boate, pois não aguentava mais escutá-las falando sobre o local.

Chegando em casa, fiz o mesmo ritual. Tomei banho e fui escolher algo. Fiquei em frente ao closet indecisa sobre qual roupa usar. Optei por um vestido preto curto, sem exageros, mas com um detalhe na parte superior para contrabalançar o foco de atenção.

Chegando ao local, não conseguia encontrar ninguém. Sexta-feira... Inauguração de uma boate... Estava simplesmente lotada! Mandei um SMS avisando que tinha chegado e na mesma hora elas responderam, dizendo-me onde estavam. Olhei para o segurança e só vi uma solução: paquerá-lo. Cantei o homem de forma discreta, fazendo com que ele me deixasse furar fila, dei um beijo estalado na bochecha como agradecimento e saí rindo. Ele achou mesmo que teríamos algo? Jamais. Entrei no local já no ritmo da música.

— Amigaaa... — gritou Lindsay com um copo de bebida na mão. — Toma aqui para você. — Entregou-me outro copo com o mesmo conteúdo.

— Começou cedo, hein? — comentei rindo, e ela deu de ombros.

— Olha aquele gatinho à direita — ela comentou e eu virei a cabeça discretamente fingindo ajeitar o cabelo. Loiro, olhos azuis e um corpo sarado, como dava muito bem para constatar. — Ele não tira os olhos de você, amiga. Vai lá e aproveita. — Ela me empurrou um pouco em direção a ele e fiz esforço para não sair do lugar.

— Tá louca? — perguntei. — Não é assim. Calma. — Ela bufou e foi atrás de mais bebida. Julliet estava do lado apenas observando e me olhou rindo.

— Ela não tem jeito — nós duas comentamos ao mesmo tempo.

Lindsay sempre foi doidinha da cabeça, mas é uma boa pessoa, apaixonada pelo mesmo cara desde que eu a conheço, mas, pelo que ela diz, ele nunca se interessou por ela. Julliet sempre foi a mais centrada de todos, namorava há três anos com o Eric Yorkie e já planejavam morar juntos. Éramos amigas desde o início da universidade e inseparáveis. Mais ou menos isso. As duas sempre se abriam comigo, sempre soube tudo que se passava com elas. Já eu não podia dizer o mesmo de mim.

— Nicky? — me chamou enquanto me beliscava.

— Ai — resmunguei passando a mão no local. — Doeu, sabia?

— Estava te chamando há tempos e você não respondia. Estava pensando em quem? — perguntou me lançando um olhar sugestivo.

— Você sabe que não há ninguém — respondi rapidamente, sem encará-la, e ela fez cara de desconfiada, mas não disse nada. Lindsay voltou com mais três copos na mão. Nós nos entreolhamos e caímos na risada.

— Hoje a noite promete, meninas — falou enquanto juntamos os três copos brindando animadamente, virando-os de uma só vez. Fiz uma careta, assim como as meninas.

— Meninas — chamei a atenção delas. — Tenho uma novidade. — Elas me olharam curiosas e se aproximaram. — Consegui um estágio em uma grande empresa — confessei saltitante por causa do efeito da bebida. Começamos a dar pulinhos de felicidade enquanto as pessoas ao nosso redor nos olhavam sem entender nada.

— Mais bebidas, precisamos de mais bebidas. — Lindsay foi em direção ao bar novamente e dessa vez voltou com uma garrafa inteira de tequila. — Precisamos comemorar — falou animada, virando a garrafa de uma só vez e fazendo uma careta engraçada. — Sua vez, Nicky, você merece. — Entregou-me a garrafa e eu fiz o mesmo, com uma careta ainda maior. O álcool desceu queimando a minha garganta, porém não liguei.

Duas horas depois, estávamos na pista dançando feito loucas. A música alta agitava o salão e havia várias pessoas se pegando a nossa volta. Não ligávamos, só queríamos nos divertir, esquecer um pouco a vida. Comecei a beber, sentindo o álcool agir em meu corpo. O loiro que me olhava antes chegou devagar. Lindsay e Julliet se afastaram um pouco percebendo o clima. Ele chegou mais perto e me ofereceu a mão, que aceitei de bom grado.

— Qual seu nome? — perguntou enquanto dançávamos. Encarei-o e arqueei a sobrancelha, escutei sua risada e voltamos a dançar. — Não vai mesmo me dizer? — sussurrou em meu ouvido, e eu balancei a cabeça de um lado para o outro, deixando-o mais louco. — O que tenho que fazer para você dizer seu lindo nome? — perguntou malicioso e dei de ombros, fingindo-me de inocente. Ele se aproximou do meu rosto, nos encaramos e, quando fechei os olhos pronta para beijá-lo, escutei uma voz atrás de mim.

— Mas o que é que está acontecendo aqui? — O homem estava parado na nossa frente com uma cara nada boa e a única coisa em que eu conseguia pensar era *no que eu fui me meter?*

CAPÍTULO 2

Daniel

Aos vinte e cinco anos, eu nunca imaginaria chegar aonde cheguei: dono de uma das maiores empresas dos Estados Unidos, comandando algo tão grande. Tenho duas irmãs: Catherine, com vinte e três, casada com Davis, meu amigo, braço direito da minha empresa. Ela é design e tem sua própria loja de móveis. E também tem a Heloise, a mais nova, com vinte, que faz faculdade de moda e sonha em ser uma estilista famosa.

Nossos pais morreram quando éramos pequenos. Eu tinha doze anos, Chaterine, nove e Heloise, sete, e desde cedo sempre fui o responsável. Anthony e Eleanor morreram em um acidente de carro. Um motorista bêbado vinha em alta velocidade e os acertou em cheio.

Aos dezesseis anos, consegui entrar na universidade e assim que completei dezoito assumi os negócios da família. Era difícil conciliar os estudos e o trabalho, mas consegui, e ainda me formei com louvor, sendo um dos melhores alunos da turma e deixando minhas irmãs orgulhosas. Deixei de lado toda a diversão que qualquer outro jovem iria querer. Não me arrependo, óbvio. Não foi fácil, mas consegui o que muitos nem imaginariam. Não podia negar que minha família tinha uma condição financeira estável e, com o passar dos anos, apenas a desenvolvi. Tendo duas irmãs mais novas para cuidar, não podia dar bobeira. Hoje elas já estão crescidas e vivem a própria vida, mas ainda me sinto superprotetor em relação a elas.

Às oito horas em ponto cheguei ao escritório, e minha assistente Kate me esperava na porta com uma tonelada de papéis. Contei até cinco mentalmente.

— Bom dia, Sr. Campbell — falou com um pequeno sorriso. Kate nunca me deu nenhum problema, ao contrário, sempre foi muito prestativa, até demais. Entretanto nunca dei em cima, nem nada parecido. Desconfiava que ela podia ter alguma paixonite por mim, mas nunca dei bola.

No sábado pela manhã, peguei meu carro e segui em direção à casa de Catherine e Davis, após uma ligação furiosa de Heloise. Fazia algum tempo que não os via, e de certo modo Heloise tinha mesmo razão. Sem tempo nem para encontrar minha própria família... Mas era assim que as coisas eram. Mesmo que fosse um trabalho cansativo e pesado, eu gostava. Esforçava-me todos os dias para deixar a empresa cada vez melhor.

Pensei em suas palavras mais uma vez ao telefone:

— Você está se esquecendo de viver, meu irmão. — Tinha de rever isso. Vinte e cinco anos e sem nenhuma namorada. Já deveria estar casado e com a casa cheia de crianças. Esqueci esse assunto, enquanto estacionava em frente à casa.

Catherine sempre teve bom gosto. Eles moravam um pouco afastados da cidade em um condomínio fechado. Não poderia chamar aquilo de casa, pois parecia mais uma mansão. Antes mesmo de colocar os pés na sala, escutei uma voz.

— Daniel, meu querido. — Ela apareceu, dando-me um abraço. — Esqueceu que tem família, foi isso? — resmungou enquanto batia no meu braço de leve.

— Impressão minha ou todos estão contra mim? — Fiz cara de indignado. — Primeiro Heloise e agora você. Só pode ser um complô. — Sorri de leve.

— Por falar em Heloise, ela já deve estar nos esperando, venha — disse enquanto me arrastava para a área de lazer.

— Olha quem chegou. — Ela apareceu saltitante com um vestido creme soltinho, rodopiando sem parar na minha frente, como quem não quer nada.

— O vestido está lindo, irmã, você já pode parar — comentei sorrindo.

— Ainda bem que você reparou. — Ela me abraçou e depois se sentou à mesa. Heloise sempre foi a mais carinhosa das duas irmãs.

— Tem como não reparar? Não. Está rodopiando feito uma louca mostrando um vestido — falei, e Catherine soltou uma gargalhada. Eu também ri. Heloise apenas fez cara feia e depois olhou para o lado, fingindo estar com raiva.

Davis apareceu alguns minutos depois, trazendo as coisas para o churrasco. Ajeitamos o fogo e depois colocamos as carnes para assar, enquanto as mulheres passavam bronzeador para entrar na piscina. Bebemos cerveja e conversamos sobre futebol enquanto a comida era preparada. Quando já estava tudo em ordem, sentamo-nos todos à mesa e começamos a comer.

— Bom... Temos uma novidade. — Catherine encarou Davis e ele devolveu um olhar cúmplice.

— Devo ficar com medo? — perguntei brincalhão.

— Acho que não — respondeu feliz, depois se levantou e foi se sentar no colo do marido. — Posso falar, amor? — perguntou acariciando o cabelo dele. Ele apenas deu um beijo em sua testa como forma de carinho, encorajando-a.

Não podia dizer que não sentia um pouco de inveja. Assim como o dos meus pais, o amor de Catherine e Davis era palpável. Era uma coisa bonita de se ver. Meus pais me criaram da melhor forma possível, por causa deles é que me tornei o que era. Via tantos homens que só pensavam em diversão, que não ligavam para nada e só pensavam em sexo. Não era nenhum santo, mas também não era nenhum mulherengo.

— Daniel? — Catherine chamou minha atenção. — Terra te chamando.

— Desculpa, estava pensando em algumas coisas aqui. — Fiquei sem graça.

— Pois deixe de pensar, que tenho algo para dizer. Então... — começou com um suspense. Olhou para Heloise e depois para mim, e, com um enorme sorriso, continuou. — Vocês vão ser titios. Estou grávida.

Ambos nos levantamos na hora para dar os parabéns e desejar felicidades.

— Estou tão, mas tão feliz, que vocês não imaginam o quanto. — Ela não parava de sorrir um só minuto. Nós a abraçamos mais uma vez, e, como ela estava emocionada, algumas lágrimas insistiam em cair, mas ela não se importava. Troquei um aperto de mão com Davis, que parecia muito feliz também.

— AI, MEU DEUS, VOU SER TITIA! — Heloise começou com a gritaria quando voltamos a nos sentar. Gargalhamos com a expressão de surpresa dela. — Temos que começar já. Temos que ver berço, guarda-roupa, chupeta, fraldas, lenços umedecidos — tagarelava sem parar. — As roupas... Catherine, como você ainda não foi ver isso tudo? Meu Deus! — continuou, perplexa.

— Calma, Heloise — Catherine respondeu, colocando a mão em seu ombro. — Temos oito meses pela frente ainda.

— Oito meses? Oito meses não são nada, é muito pouco tempo. — Todos riram da expressão de Heloise.

— Estou com um mês agora, ainda tenho tempo, se acalme — falou tentando tranquilizá-la.

— Agora, imagine quando Heloise ficar grávida, tenho pena do pobre marido e da criança — Davis começou, causando risos entre todos.

E assim se passou a tarde. Conversas sobre o bebê, sobre a empresa, um pouco de tudo. Quando começou a anoitecer, fui me despedir deles. Catherine me deu outro abraço, então Heloise e depois Davis. Heloise iria ficar mais um pouco para ajudar Catherine, mas eu ainda tinha algumas coisas para arrumar e decidi ir. Parei na porta do carro observando os três na porta da casa olhando para mim. Eu estava muito feliz. Tudo se encaixando. Todos estavam felizes e minha irmã estava grávida. Deus! Não conseguia acreditar.

Lembrava-me dela com cara de sono, indo para o meu quarto pedir para dormir comigo, pois tinha medo de trovões. Agora olhava para ela, uma mulher madura, crescida, tão feliz e ia ser mãe. Sabia que aquela criança seria muito sortuda. Ia ter pais maravilhosos e todo carinho e amor que poderia receber.

Com esses pensamentos, voltei à estrada escutando uma boa música, dirigindo calmamente até o apartamento. Chegando lá, fui para o quarto, tomei banho e depois segui para a sala, trabalhei um pouco no escritório e assisti à televisão até cair no sono. No domingo, acordei dolorido por ter dormido no sofá, espreguicei-me e fui atrás de algo para comer.

A semana passou voando, tive várias reuniões importantes, fora uma viagem inesperada a Dubai para fechar um negócio importante com um Sheik. Não ficou nada certo, para minha frustração, mas pelo menos ficou encaminhado. Para a alegria de todos, chegou a sexta-feira, mas para mim não fazia tanta diferença. Trabalhava todo final de semana mesmo, mas naquele dia eu não tinha escolha, havia prometido às minhas irmãs e ao meu cunhado que iria sair com eles para comemorar a gravidez da Catherine, mas seria só um jantarzinho em família, em um restaurante tranquilo, nada agitado, até porque eles sabiam que eu não era de badalação.

Combinamos de sair às nove horas. Disseram que iam passar para me pegar, alegando que o local não tinha muito estacionamento e que era desnecessário usar dois ou três carros.

Cheguei em casa quase oito. Logo a comitiva estaria lá para me pegar. Fui fazer a barba, para em seguida tomar um banho.

Confesso que demorei mais do que o normal no banho, a água estava quente e me dei ao luxo de relaxar. Saí, me enrolei em um roupão e fui para o closet, minha vontade era deitar do jeito que estava e só acordar no dia seguinte, de tão cansado, mas tinha prometido sair, e sempre cumpro minhas promessas.

Peguei uma calça jeans escura, uma camisa polo com listras grossas pretas e brancas, de mangas compridas, um blazer preto e um sapato preto. Tentei arrumar o cabelo, mas, como sempre, ele ficou meio bagunçado. Passei perfume, peguei minha carteira, celular e o relógio, estava pronto. Recebi uma mensagem de Heloise dizendo que já estavam chegando, e desci para o hall para esperar.

— Então, pra onde estamos indo? — A curiosidade me bateu, já no carro.

Heloise olhou pra mim com os olhos brilhando, como quem acabou de aprontar e respondeu:

— É surpresa.

— Como assim, surpresa? — perguntei. — Você sabe que eu odeio surpresas.

— Ah, Daniel, relaxa e aproveita — falou rindo e com um olhar cúmplice para o casal no banco da frente.

Davis dirigiu mais um pouco e parou em frente a um local cheio de gente. No começo não percebi onde estava até descer do carro.

— Vocês só podem estar de brincadeira — suspirei.

— Você vai ficar aqui e vai comemorar conosco a minha gravidez, Sr. Daniel Campbell, ou eu não me chamo Catherine Campbell Turner — ameaçou, fazendo cara feia, e eu suspirei rendido.

— Vamos, que hoje a noite nos espera — Heloise comentou animada. — E como eu sou demais, consegui convites para a inauguração dessa boate, na área VIP... Confesso que usei o seu nome, maninho, ele sempre me abre todas as portas — falou e deu uma piscadinha pra mim. Não tive como segurar o riso, Heloise era demais.

Entramos e aquilo estava uma loucura. Muita gente, música alta, muita bebida. Enfim, chegamos à área VIP, que ficava em uma espécie de primeiro andar, e fui me sentando em uma mesa.

Eles mal chegaram e já foram para a pista de dança. Fiquei só olhando de cima, do meu canto. Não gostava muito daquele estilo de música e muito menos daquele tipo de lugar. Pedi uma dose de uísque e fiquei na minha, só observando a movimentação, quando meus olhos pararam em uma morena de cabelos longos, em um vestido preto. Eu só podia estar tendo uma miragem. Então, ela se virou e eu tive certeza. Era ela. Aqueles olhos eram inconfundíveis, eu os reconheceria mesmo entre milhares de pessoas.

Pedi outra dose de uísque, dessa vez sem gelo, tomei tudo de uma vez para tomar coragem e ir até ela. Respirei fundo, contei até dez e fui em sua direção, pensando no que ia falar. Eu precisava agir de forma casual, e não podia dar a entender nada, até porque ela agora seria minha funcionária, mas eu precisava ir até lá. Não faria mal. Faria?

Conforme fui me aproximando, percebi que ela parecia meio alta e estava dançando quando um homem loiro chegou perto dela e a puxou para dançar. Ele parecia interessado demais nela e ela apenas balançava a cabeça. Acelerei meus passos quando percebi que ele estava a ponto de beijá-la, não podia deixar isso acontecer. Quem aquele cara pensava que era para agarrá-la daquele jeito?

CAPÍTULO 3

Nicole

A boate parecia mais lotada ainda. A música estava alta e as pessoas continuavam dançando. O clima foi quebrado quando o homem apareceu na minha frente com os braços cruzados, olhando-me como se eu tivesse acabado de cometer um crime.

— O que você está fazendo? — perguntei confusa com uma expressão séria. O álcool em meu corpo não me ajudava em nada.

— O que VOCÊS estão fazendo? — Brian, um colega da faculdade, retrucou a pergunta raivoso, apontando para nós.

— Desculpa, cara — começou o loiro cujo nome eu nem sabia. — Não fazia ideia de que ela estava acompanhada. — Levantou as mãos como se estivesse se rendendo.

— Você não tem por que se desculpar — interrompi. — Não estou acompanhada. — Minha expressão era raivosa, assim como a de Brian. Mas ele continuava de braços cruzados nos encarando. Devolvi o olhar e ele permaneceu encarando. Eu não estava entendendo nada.

— Ela é minha mulher — Brian falou e eu abri a boca simplesmente chocada. — Por favor, saia. — Seu rosto continuava sério, como se ele não estivesse mentindo na maior cara de pau. O loiro me olhou mais uma vez, como se estivesse se desculpando, e foi embora sem falar nada.

Brian estudava na mesma sala que eu e desde o início tentou algo comigo, mas sem sucesso algum. Tudo bem que ele era um cara legal, porém me relacionar agora estava fora de cogitação. Não gostava de tomar tal atitude, mas não havia outra opção.

— O QUE VOCÊ ESTÁ FAZENDO? ESTÁ LOUCO? — gritei, chegando mais perto dele e voltando um passo. Minha cabeça rodava e eu não conseguia raciocinar direito.

— Por que diabos você estava se esfregando naquele cara? — perguntou indignado, como se tivesse algum direito sobre mim.

— Que diabos você está fazendo? — perguntei mais uma vez. — Você não é nada meu. N-a-d-a, entendeu?— Joguei isso na cara dele. Ele me devolveu um olhar triste. Não tive pena alguma.

Por que ele teve que aparecer? Quando finalmente arrumei coragem para sair e me divertir um pouco, ele vem e estraga toda minha diversão. Será possível que eu não podia ter um momento de paz?

— Você não sabe o que está fazendo! — exclamou.

— Eu não sei o que estou fazendo? — devolvi revoltada, já estressada por causa da situação em que ele me meteu. — Você chega aqui como se tivesse algum direito sobre mim, acaba com a minha diversão, fala que sou sua mulher e ainda quer ter alguma moral, pelo amor de Deus.

— Sou apaixonado por você há quatro anos. Quatro anos — explicou um pouco mais calmo e fiquei sem reação. Ele fez uma pausa esperando alguma resposta minha, mas continuei calada, chocada demais para falar algo. — Então... venho atrás de você e te vejo com outro. — Sua voz agora estava alterada e uma expressão de aflição tomava seu rosto.

— Você nunca me disse nada, Brian. — Aquilo foi a única coisa que consegui formular. Minha cabeça continuava a rodar e já estava ficando tonta. Maldita hora em que fui encher a cara. Sempre soube que ele era a fim de mim, mas não a esse ponto.

— Eu precisava dizer? — perguntou chateado. — Eu te dei tantos sinais... tantos.

Continuei calada e ele olhou para cima, respirando fundo.

— Eu não... — comecei, mas não consegui completar a frase.

— Não, Nicky... — ele disse, aproximando-se, ficando a poucos centímetros do meu corpo. — Sei que você não me ama, tenho consciência disso, mas... — ele faz uma pausa novamente. — Só preciso de uma chance. Posso te fazer feliz, sei que posso — prossegue já com as mãos em meu rosto, segurando-o delicadamente.

Não sei que expressão se encontrava em meu rosto, mas ele não se importou. Antes de eu conseguir raciocinar algo, ele estava com os olhos fechados, tocando seus lábios nos meus. Continuei com os olhos abertos sem saber o que deveria fazer.

Havia esquecido totalmente o mundo lá fora, a música já havia mudado há tempos e ainda estávamos na pista de dança. Quando Brian finalmente me soltou, percebendo que eu não cederia, vi Lindsay com uma expressão raivosa e olhos marejados.

— Como você teve coragem? — perguntou já chorando. Assim como eu, Julliet estava olhando para ela confusa.

— Do que você está falando? — perguntei sem entender nada.

— Você... — começou a falar — com o Brian. — Seu olhar era uma mistura de raiva com tristeza. — Como você teve coragem de fazer isso comigo? Logo eu, que sempre fui sua amiga.

— Lindsay... eu não sabia — falei, depois de levar alguns segundos para entender o porquê daquilo, tentando me defender. — Você nunca me contou.

— Você não sabia? Sério que você não sabia? — bêbada, já começou a se alterar. — De todas as pessoas do mundo, Nicky, por que justo você? — As lágrimas caíam e ela chorava sem controle enquanto nos entreolhávamos sem saber o que fazer. Brian me abraçou cauteloso e pelo visto essa atitude só a irritou mais.

— Lindsay, por favor, vamos conversar. Juro por tudo que é mais sagrado que eu não sabia que você gostava dele. Você nunca nos disse nada, pelo menos não para mim. — Afastei-me sutilmente do abraço. Percebendo a situação, Brian não disse nada.

— Esquece que eu existo ouviu?! Esquece — Lindsay gritou e na mesma hora foi andando em outra direção. Julliet e Brian ficaram parados, sem reação. Tentei ir atrás dela, mas a pista estava lotada.

— Calma, Nicky — Julliet me confortou. — Dá um tempo. E não se culpe também, nem eu sabia. Ela nunca nos contou, não é culpa sua — tentou me acalmar vendo meu estado.

— Eu me sinto péssima. — Desabei, quase chorando também. — Eu não sabia, juro que não sabia.

— Eu sei que não. — Ela me abraçou preocupada. Ela era a mais sóbria de todas. — Vou atrás dela — falei, mas Julliet não deixou. — Não vai adiantar nada você ir, ela está com raiva, deixa ela se acalmar um pouco e depois vocês conversam. — Dito isso, foi na mesma direção que Lindsay.

Brian estava parado no mesmo canto, olhando-me preocupado. Contei até dez, tentando me acalmar. As pessoas a nossa volta pelo visto perceberam o que havia acontecido. Alguns me olhavam com pena e outros só riam. Percebendo a situação, Brian se impôs.

— Acabou o show. Voltem ao que estavam fazendo. — Ele me abraçou novamente, mas não retribuí. — Desculpa — pediu com sinceridade, mas a única coisa que eu conseguia pensar era em Lindsay. Por que diabos ela nunca me contou?

Mesmo em um estado não muito bom, fui atrás das duas. Não poderia deixar Lindsay pensar que eu gostava dele. Sem me importar, saí dali desesperada, deixando-o sozinho. A quantidade de gente era absurda, tentei passar sutilmente, mas era impossível. Fui empurrando as pessoas do jeito que podia. O salto não ajudava e quase caí umas duas vezes. Quando eu estava olhando para o outro lado, vi as duas e fui até elas sem pestanejar.

— Lindsay... — comecei a falar, e ela, que estava sentada no chão junto a Julliet, levantou-se revoltada.

— Você é uma falsa. É isso que você é — gritou nervosa. — Não tente dar uma de santa. Você sempre foi apaixonada por ele.

— Você está louca. — Agora quem gritava era eu. — Você está bêbada, tenta se acalmar.

— Sua fingida, eu te odeio, entendeu?! Eu te odeio. — Ela deu um tapa na minha cara com toda força. Meu rosto virou com a brutalidade, começando a arder. Com certeza ficaria uma marca. Fiquei chocada, sem reação, e minha cabeça não parava de rodar. Tudo dava voltas e eu tentava me concentrar. Julliet estava atrás da gente com a mão na boca, chocada também. Olhando para o lado, percebo que todos pararam para ver a briga. Cochichos e risadas podiam ser ouvidos mesmo com a música alta. As pessoas me olhavam de um jeito horrível e a única coisa que eu consegui fazer foi sair de lá correndo.

Não olhei para trás. Saí cambaleando e as lágrimas já caíam de meus olhos. Estava ficando sufocada, minha visão embaçada, e não conseguia respirar direito. A cada minuto piorava a situação, eu estava no meio da pista, todos dançando animados com a música, e eu estava sufocada. Olhava para o chão tentando não cair e uma hora não aguentei. Olhei o homem a minha frente, que eu não sabia quem era, e implorei:

— Por favor, me tira daqui agora.

Daniel

Parei bruscamente, vendo a cena que era formada na minha frente, enquanto outro homem foi em direção a eles. Não entendendo direito o que estava acontecendo, decidi esperar um pouco e ver no que aquilo iria dar. Nicole e o loiro pararam de dançar enquanto o outro homem começou a falar. Eles estavam discutindo? O que estava acontecendo?

Poucos segundos depois, o loiro foi embora. Continuei apenas observando. Nicole e o homem que eu não fazia ideia de quem era começaram a discutir também. Fiquei sem reação, sem saber o que fazer. Ela parecia confusa e ele não parava de falar. Realmente estava bêbada. Pisquei rapidamente e quando vi ele roubou-lhe um beijo. *Que merda era aquela?*

Ela ficou estática, sem fazer nenhum movimento, enquanto eu estava parado com o sangue fervendo e com muita raiva. O que estava acontecendo comigo? De repente, duas mulheres se aproximaram e uma delas começou a brigar com Nicole. As duas começaram a falar, porém não consegui entender nada por causa da música alta. Tudo aconteceu muito rápido, a mulher saiu em outra direção chorando, enquanto Nicole tentou ir atrás dela, mas a pista de dança estava lotada. A outra mulher se aproximou e falou algo com ela, saindo segundos depois na mesma direção que a primeira. O homem abraçou Nicole, que não retribuiu e foi atrás das duas mulheres.

Continuei no mesmo lugar, perdendo-as de vista. Decidindo tomar uma atitude, segui-as sutilmente. Como falei, o local estava lotado, então não consegui achá-las. Depois de um pequeno tempo procurando-as, parei. Escutei cochichos e risadas e olhei para o lado, vendo Nicole com a mão no rosto, como se tivesse levado um tapa na cara. Esperava que fosse um engano meu, ninguém tinha o direito de encostar nela. Ninguém!

Ela veio em minha direção chorando, olhando para o chão, tentando não cair por causa do salto que usava. Estava atordoada demais e não me reconheceu. Olhou para cima, mas a luz estava em meu rosto e ela suplicou:

— Por favor, me tira daqui agora.

Sem pensar duas vezes, segurei sua mão, tirando-a daquele local. Demorou um pouco até chegarmos à saída, ela continuava a chorar e aquilo estava acabando comigo. Peguei o celular e mandei uma mensagem para Heloise, dizendo que tivera um imprevisto e estava indo embora. Ela mandou uma resposta malcriada, mas não liguei, tudo que importava agora era Nicole.

Segurei mais uma vez em sua mão e entreguei o cartão ao segurança, que foi pegar seu carro. Abri a porta e a coloquei sentada no banco do passageiro, depois dei meia-volta e fui para o local do motorista. Coloquei o cinto de segurança e liguei o carro, já dirigindo em direção à avenida principal. Olhei rapidamente para o lado e vi que ela continuava a chorar. Meu coração se apertou, eu queria confortá-la, porém não sabia o que fazer, então decidi ficar calado.

Continuei a dirigir sem saber para onde estava indo. Vinte minutos depois, ela já tinha se acalmado um pouco, mas respirava com dificuldade e com a cabeça encostada no vidro.

— Onde você mora? — perguntei nervoso.

— A cinco quadras depois daqui. — Sua voz era baixa. — Vire à esquerda e depois à direita. — Ela não me olhava.

Depois de seguir suas orientações, paramos em frente a um apartamento. Desliguei o carro e esperei alguma reação de sua parte. Ela levou alguns segundos para perceber que já havíamos chegado e foi abrindo a porta do seu carro, porém fui mais rápido. Desci apressadamente, não dando tempo de ela concluir a ação. Já em pé, cambaleou e quase caiu para trás. Ela estava bêbada, pude confirmar isso sentindo o cheiro de álcool. Segurei-a e ela foi de forma desajeitada em direção ao portão. Já dentro, dirigiu-se ao elevador e entrou. Como um cavalheiro, eu a segui. Ela não apertou o botão e eu não sabia em qual andar morava. Cutuquei-a devagar e ela se tocou, apertou o botão e paramos no quinto andar.

Ela procurou a chave na bolsa e vi que não tinha sucesso. Segurei a bolsa e encontrei a chave, abrindo a porta logo em seguida. Ela não me olhou em nenhum momento. Seu estado não era um dos melhores e eu estava realmente preocupado. Encostou-se à parede, parecendo estar muito mal, e antes que eu perguntasse se ela precisava de algo senti algo molhado cair em mim.

Ela estava vomitando em cima dos meus sapatos italianos de couro. Respirei tentando me acalmar, mas segurei seus cabelos para que não se sujasse muito, enquanto ela continuava a vomitar. Depois de esperar acabar, coloquei-a junto à parede e retirei os sapatos tentando não sujar minhas mãos, deixando-os de lado, aí passei pelo vômito. Ela estava com os olhos fechados. Olhei para o apartamento e tentei ver onde era o banheiro. Puxei-a com calma pelo braço. No banheiro liguei o chuveiro e fui retirando sua roupa.

Respirei puxando o ar com força. Ela era linda demais, uma perdição. Tentando não olhar muito para seu corpo, retirei o vestido. Era a tentação em forma de mulher. Sua pele branca contrastava com a lingerie de renda preta. *Controle-se, Daniel*, falei para mim mesmo e a coloquei na água.

— Ahhh — reclamou. — Está gelada.

Não liguei para suas reclamações e fui dando banho do jeito que podia. Ela ainda estava com a lingerie quando terminei o banho. Fui em direção aos quartos e, pelo que parecia, aquele era o dela. Fui para o closet e o cheiro dela estava em toda parte. Respirei profundamente tentando guardar a todo custo seu cheiro. Abri a gaveta e encontrei algumas lingeries de renda minúsculas;

não consegui me conter e peguei uma, vermelha, toda em renda, e fiquei imaginando Nicole usando-a. Coloquei a calcinha no bolso, uma pequena recordação desse dia. Abri outra gaveta e nela encontrei algumas camisolas, peguei a primeira que vi e voltei em direção ao banheiro. Ela estava sentada no vaso sanitário, apoiada no boxe como se estivesse dormindo. Cutuquei-a mais uma vez e ela não deu sinal de vida, tirei a lingerie molhada, trocando por uma camisola e uma calcinha, tentando a todo custo não a olhar, e a peguei em meus braços, carregando-a até o quarto.

Coloquei-a na cama. Ela já dormia tranquilamente e a cobri com o edredom. Parei um instante e a admirei: boca não muito carnuda, cabelos castanhos que agora se encontravam espalhados ao lado, um corpo de dar inveja a qualquer mulher. Como alguém conseguia ser tão perfeita assim?

Sentei-me em uma cadeira que havia lá e fiquei observando. Ela não se mexia muito, sua respiração era controlada e ela fazia algumas caras e bocas, o que era extremamente sensual. Depois de quase uma hora apenas admirando, olhei para o relógio e vi que era hora de ir. Levantei-me e fui em sua direção, ela dormia tranquilamente, abaixei e me dirigi ao seu rosto. Beijei-lhe a testa de uma forma carinhosa e segurei sua mão enquanto falei baixinho:

— Nos veremos em breve, doce Nicole.

CAPÍTULO 4

Daniel

Despedi-me dela e fui em direção à sala. Quando saí do quarto, o cheiro de azedo e álcool do vômito me causou mal-estar. Se não desse um jeito naquele momento, no dia seguinte estaria um cheiro insuportável. Procurei um balde e panos limpos, e comecei a limpar como podia, considerando que não era muito bom em serviços domésticos. Peguei meu sapato, coloquei na lavanderia de qualquer jeito, ao lado dos baldes e panos sujos. Deixei tudo como estava e fui embora, não aguentando mais olhar nada daquilo.

Desci descalço e o porteiro ficou me encarando, tentando controlar o riso ao me ver todo arrumado e sem sapatos.

— Boa noite — comecei —, o senhor pode chamar um táxi pra mim, por favor? — continuei, colocando a minha máscara de homem de negócios.

— Um momento, senhor — ele falou e se encaminhou para a rua.

Meu táxi chegou bem rápido, entrei e dei meu endereço. No caminho, não parei de pensar em Nicole, tão vulnerável. Cheguei ao meu apartamento e ele estava totalmente apagado, com o silêncio confortável de sempre, mas senti falta de algo. Como é que podia? Mal a vi e ela não me saía do pensamento, só podia estar ficando louco. Fui para o quarto, tirei a roupa e entrei no banheiro, tomei uma ducha quente e me dei o direito de relaxar, pensando que, naquela hora, Nicole estava em casa, dormindo tranquilamente, longe de todo o perigo das ruas de NY, e nesse perigo eu incluía os homens que a cobiçavam, é claro. Saí do banho, coloquei uma calça de moletom e caí na cama; o cansaço me consumiu e eu apaguei.

Acordei com um barulho infernal no meu apartamento. Não consegui entender o que estavam falando, mas reconheci as vozes de Heloise e Catherine falando com a Sra. Jones. De repente como um furacão as duas entraram no meu quarto, gritando comigo, que continuei sem entender nada.

— O que é que está acontecendo aqui? — perguntei às duas, sem entender nada.

— Senhor Campbell, tentei impedir, mas não tive como — a Sra. Jones se explicou sem jeito.

— Tudo bem, Elisabeth, conheço as duas e sei que elas são impossíveis — tranquilizo a governanta que se retira preocupada.

— Agora é com vocês. — Olhei de uma para outra. — O que é que está acontecendo aqui? — perguntei já irritado com aquela barulheira toda àquela hora da manhã.

— Você nos deixou sozinhas na boate.

— Você não podia ter nos deixado na boate.

As duas falaram ao mesmo tempo e eu não entendi nada.

— UMA DE CADA VEZ — alterei a voz sem paciência.

Heloise falou primeiro:

— Como você ousa sair daquele jeito e só mandar uma mensagem? — perguntou irritada.

— Tive motivos... — Mas Catherine não me deixou falar.

— Motivos? Que motivos tão importantes são esses pra você deixar suas irmãs e seu sobrinho numa boate sozinhas? — Catherine perguntou cruzando os braços e batendo o pé.

— Posso me explicar? — perguntei, tentando não ser grosseiro com as duas.

— Estamos aguardando... — Heloise falou e cruzou os braços, batendo o pé, repetindo o mesmo gesto da irmã.

— Certo, obrigado por me deixarem explicar — ironizei. — Mas, antes, preciso ir ao banheiro — falei e saí para fazer minha higiene matinal. Quando voltei do banheiro, deparei com as duas sentadas na minha cama, só me aguardando.

— Pronto, agora você já pode começar a falar — Catherine disse de uma forma sarcástica e levantou a sobrancelha.

— Em primeiro lugar, vocês não ficaram sozinhas, Davis estava com vocês. — Elas tentaram falar, mas interrompi. — Não, quando eu terminar você falam — declarei, sendo curto e grosso. — Em segundo lugar, eu tive meus motivos pra me ausentar, não que seja da conta de vocês, mas vou contar, e não quero perguntas — falei e elas me olharam atentas. — Eu saí com uma pessoa da boate.

— Que pessoa? — Heloise perguntou curiosa e eu já interrompi.

— Eu disse sem perguntas.

— Chato — resmunga. — Nós queremos saber. Temos esse direito.

— Como eu estava dizendo... Tive que sair porque uma amiga precisou que eu a levasse em casa, apenas isso, eu a deixei em casa e vim para a minha. Pronto, fui dormir e acabou a noite. — Deixei bem claro que tinha acabado a história.

— Que amiga? — Catherine perguntou.

— Deixou ela em casa, como assim? Você entrou? — Heloise se intrometeu.

— Vocês transaram? Vocês estão juntos? Quem é ela? — Catherine atropelou em seguida.

— Você está nos matando de curiosidade, fala logo! — Heloise implorava.

— Qual parte do "sem perguntas" vocês não entenderam? — perguntei irônico.

— Nenhuma, você sabe que isso não cola com a gente — retrucou Catherine.

— Não, nós não transamos e nem estamos juntos, ela é só uma amiga que bebeu demais e eu a levei pra casa e ponto final. Chega de perguntas. Quem quer tomar café? — perguntei, tentando cortar o assunto.

— Por enquanto, basta, mas queremos saber mais — Heloise falou fingindo raiva.

Troquei de roupa e fomos até a Starbucks mais próxima, onde comemos e rimos dos desejos da Catherine, que eram um pior que o outro, coitado do meu amigo. Comecei a achar que aquilo ainda não era desejo e ela só estava explorando o pobre Davis; dei uma risada com esse pensamento. Voltamos para o meu apartamento e depois elas foram ao shopping, programa preferido das duas.

Cheguei e fui para o meu escritório. Não vi o tempo passar até a Sra. Jones levar o almoço. Só saí do escritório quando já era noite. Estava exausto, fui ver TV e adormeci no sofá mesmo.

O sábado foi tão corrido que nem pensei em Nicole, mas acordei no domingo com aqueles olhos verdes na cabeça, e assim passei o dia, com ela nos meus pensamentos, sem fazer nada de mais, dando-me ao luxo de descansar.

Nicole

Acordei no sábado com uma tremenda ressaca, parecia que um caminhão tinha passado por cima da minha cabeça de tanto que doía, meu estômago estava embrulhado e meu corpo, todo dolorido. Levantei-me da cama de uma vez e caí sentada tamanha foi minha tontura, achei que ainda estava bêbada. *Meu Deus, por que bebi tanto?*, murmurei pra mim mesma.

Quando cheguei ao banheiro, encontrei meu vestido jogado no chão, minha lingerie molhada e amassada em cima da pia, meus sapatos jogados no quarto. *Meu Deus, o que eu fiz? Como vim parar aqui? Como coloquei essa roupa?* Quanto mais me fazia essas perguntas, mais minha cabeça doía e eu não me lembrava de nada.

Tomei meu banho, lavei o cabelo e deixei que a água fria levasse pra longe aquela ressaca infeliz. Troquei de roupa e fui em busca de um café preto, bem forte.

Ao sair do quarto, o cheiro forte de azedo me enjoou, então respirei fundo para não vomitar novamente, andei em direção à sala e deparei com a sujeira ao lado da porta, na verdade acho que alguém tentou limpar, mas sem sucesso. Corri para a área de serviços do meu apartamento e vi uma situação ainda pior: baldes e panos sujos de vômito em cima da lavanderia, um cenário de horror, o cheiro pior ainda; quando tentei organizar tudo, deparei com um par de sapatos italianos, lindos, caríssimos e vomitados. *Meu Deus, de quem são esses sapatos que estraguei com o vômito?* Minha cabeça doía mais ainda e, quanto mais eu tentava me lembrar, mas minha memória falhava.

Organizei a sala e a área de serviços, fiz um café bem forte e me deitei no sofá, curtindo a ressaca da pior maneira possível e tentando me lembrar da noite anterior. Lembrei-me do loiro, do show de Brian, da briga com Lindsay, tudo isso em flashes, nada muito concreto. Eu precisava falar com Julliet, só ela poderia me esclarecer essas coisas.

Tentei falar com ela durante todo o sábado, e não consegui; com Lindsay nem tentei. Sabia que ela não ia querer falar comigo, mas, ainda que me desse a chance de conversar, precisaria estar bem e me lembrando de tudo, ou só iria piorar a situação. Passei o sábado me dividindo entre dormir e curtir a ressaca. Acordei no domingo com o telefone tocando, e, quando olhei no visor, era Julliet.

— Oi, finalmente consegui falar com você — disse ainda sonolenta.

— Desculpa, Nicky, passei o dia na casa da Lindsay... Ela estava daquele jeito, incontrolável e te chamando de falsa o tempo todo, não tive como te atender — falou se desculpando.

— Tudo bem, Julliet, sem problemas — murmurei baixo.

— Você está bem? — ela me perguntou.

— Na medida do possível — respondi, tentando amenizar a situação. — Não me lembro muito do que aconteceu, só me lembro do Brian me agarrando, dela falando absurdos pra mim, me chamando de traidora, de falsa. Julliet, eu não sabia de nada, ela nunca me disse nada. Você sabe que eu não faria nada se eu soubesse. Fora que ele me agarrou, eu nunca ia querer algo com o Brian, para mim ele é só um amigo, quer dizer, era um amigo, não sei — falei já explicando a situação para ela.

— Eu sei, Nicky, deixa a raiva dela passar, aí você explica direitinho e ela vai entender, você vai ver — Julliet falou tentando amenizar a situação.

— Certo, se você acha que é melhor esperar... — falei, rendendo-me.

— Tá bom, então. Preciso desligar. Vou estar em casa, qualquer coisa pode me ligar.

— Certo. Até amanhã — me despedi.

Acordei na segunda-feira nova em folha, nem parecia que o meu fim de semana tinha sido um inferno. Ia começar em um novo emprego e tinha de chegar com toda a energia possível. Tinha um objetivo e ia cumprir. Levantei-me, tomei uma ducha e fui escolher uma roupa, algo formal. Sequei os cabelos, deixando-os volumosos nas pontas com uns cachos, e fiquei pronta. Peguei a bolsa, chaves do carro e saí de casa.

O trânsito nesse horário sempre ajudava e cheguei rápido na empresa. Peguei o elevador e fui direto ao RH para me apresentar, e de lá ser encaminhada ao meu local de trabalho. Após assinar toda a documentação, disseram-me que eu ia trabalhar no andar da presidência, auxiliando Kate, secretária do Sr. Campbell. Eu precisaria exercer todo o meu autocontrole para trabalhar com ele. Encaminhei-me até o 20º andar e ao sair do elevador dei de cara com Kate na sua mesa; apresentei-me e ela já foi me dando instruções.

— Bom dia, eu me chamo Nicole Sullivan e fui encaminhada para trabalhar neste andar — falei, sendo o mais educada possível.

— Srta. Sullivan, sou Kate, mas isso você já sabe. Você vai trabalhar me auxiliando. — Pelo visto, ela nunca estava de bom humor. — Você vai dividir esta mesa comigo — falou apontando para uma cadeira no outro canto da mesa. — Não gosto de ninguém colada em mim, também não gosto de bater papo. Só falo sobre trabalho e o que eu achar necessário que você saiba. Só eu tenho contato direto com o Sr. Campbell, você só servirá café ou água, se ele desejar, o resto mostro no decorrer do dia. Agora guarde suas coisas que em breve o Sr. Campbell chegará.

Sentei-me em meu lugar, e guardei minhas coisas em um pequeno armário que ficava atrás da mesa. Kate não parava de digitar, mas falava sobre como eram os procedimentos em cada setor e as obrigações que tínhamos.

Às 9h em ponto o elevador abriu e ele apareceu, lindo e sexy em um terno cinza-escuro de três peças, camisa azul-claro e gravata da mesma cor do terno, exalando profissionalismo e seriedade. Um calor se espalhou pelo meu corpo. Eu jurava que ia sentir repulsa ao lidar com ele, essa mistura de sentimentos era muito nova para mim.

— Bom dia, Kate, Nicole — falou e se encaminhou para a sua sala. Demorei alguns segundos até me dar conta de toda a situação, até que o telefone tocou e Kate, *eficiente demais*, correu para atender.

Não sei o que a pessoa do outro lado da linha falou, só sei que ela arqueou uma sobrancelha e olhou pra mim com cara de desprezo.

— Pois não, Sr. Campbell. — E desligou.

— Ele quer falar com você agora — ela disse, e fui em direção à porta da sala dele. — Ah, Nicole...

— Pois não, Kate — respondi com uma postura séria.

— Cuidado com o que vai falar com o Sr. Campbell, ele é muito profissional e não dá muita liberdade aos funcionários — disse-me com segundas intenções.

— Pode deixar, querida, ao contrário de alguns, sei me comportar — falei, sendo sarcástica, e entrei na sala extremamente confiante.

— Bom dia, Sr. Campbell! O senhor deseja falar comigo?

— Sim, Srta. Sullivan, sente-se — ele disse e eu me sentei. Cadê toda aquela confiança que eu tinha lá fora? — Em primeiro lugar, bem-vinda às Indústrias Campbell, pode ter certeza de que você mereceu estar aqui.

— Obrigado, Sr. Campbell, é um prazer trabalhar aqui — respondi piscando rapidamente.

— Bom, mas não foi para isso que te chamei. Acredito que Kate já tenha lhe explicado seu trabalho. Sua agenda será de acordo com a minha, assim como a de Kate. Viajo muito e sempre preciso que uma de minhas assistentes me acompanhe.

— Certo, senhor, já estava ciente de tudo isso, Kate já explicou.

— Muito bem — começou a falar de um jeito estranho. — Queria falar de um assunto um tanto delicado, Nicole. Sei que sua vida pessoal não tem nada a ver com a profissional, mas algumas atitudes suas refletem na sua carreira. Eu não falo isso como seu chefe, falo como uma pessoa que sabe o quanto é difícil construir uma carreira, e que também sabe que um minuto é capaz de destruir um trabalho que durou anos.

Ele continuou e fiquei sem entender nada, de que diabos ele estava falando? Destruir minha carreira? Como assim?

— Não estou entendendo o que o senhor está falando, Sr. Campbell — respondi confusa.

— Falo sobre a sexta-feira, Nicole... Vi o que aconteceu com você, na verdade, vi mais do que deveria ver — ele falou e eu congelei.

— O senhor está dizendo que... — comecei a falar, mas ele me cortou.

— Estou dizendo que vi você embriagada, toda a confusão com os dois caras e depois com as duas garotas, até que você saiu correndo cambaleando e esbarrou em mim, pedindo-me que tirasse você dali — respondeu com uma expressão mais que séria.

Eu estava atônita, sem reação alguma, meu único desejo era que abrisse um buraco no chão para eu cair e não voltar nunca mais. Que vergonha!

— Então, quer dizer que era o senhor? — perguntei sem jeito.

— Sim, Srta. Sullivan, era eu.

Fiquei em silêncio, respirando devagar, tentando assimilar aquela situação em que eu me encontrava. Destruí meus planos por causa de uma bebedeira idiota. Ele ficou me observando, esperando uma justificativa, mas o que eu podia dizer?

— Desculpe, senhor, não sabia que era o senhor que estava me levando pra casa. Não costumo fazer esse tipo de coisa, só estava comemorando e me excedi — falei tentando amenizar a situação.

— Não aprovei sua atitude, mas não sou ninguém pra julgar. Só espero que esse tipo de comportamento não se repita, pois a partir de hoje você trabalha pra mim e detesto escândalos. Agora, volte para o seu trabalho e não se preocupe, isso não vai mudar minha decisão de te contratar — ele falou e me levantei na hora.

— Muito obrigado, Sr. Campbell, e mais uma vez me desculpe — falei e fui me levantando, tentando não tropeçar em meus próprios pés. Que vergonha!

— Ah, Srta. Sullivan...

— Pois não? — perguntei receosa.

— Sobre os sapatos que esqueci na sua casa, eu os quero de volta, e de preferência limpos.

Certo, Deus, já pode me matar agora...

CAPÍTULO 5

Nicole

Definitivamente meu dia não tinha como piorar. Queria poder sumir do mapa naquele exato momento. Saber que o meu chefe me viu bêbada, com dois homens brigando por mim, minha melhor amiga me chamando de traidora, eu saindo da boate com um estranho — que não era tão estranho assim —, e ainda vomitando nos sapatos caríssimos dele... Pior ainda, esse estranho era ele, o meu chefe. Se existe uma pessoa azarada neste mundo, esse alguém sou eu.

Respirei fundo e fui para a minha mesa aguardar que Kate — *eficiente demais* — me mandasse fazer algo. Como ela estava ocupada com os documentos para uma reunião da diretoria, deu-me um relatório pra lá de chato para fazer, o que provavelmente levaria o dia todo. Na hora do almoço, comi um sanduíche na lanchonete em frente à empresa, para não perder tempo, e corri para o meu relatório.

Ao voltar para o escritório, Kate não estava na sala. Devia ter ido almoçar. Como me encontrava sozinha, tirei os sapatos, coloquei os fones de ouvido e voltei para o meu relatório. Estava tão concentrada que não sabia de nada que acontecia ao meu redor, só conseguia ver números e nomes de empresas, até que notei uma movimentação na minha frente. Quando levantei a cabeça, lá estava ele, olhando para mim com um olhar raivoso, pronto para matar um. Ele falou algo, mas não entendi, então veio até mim e retirou meus fones.

— Srta. Sullivan, já cansei de ligar e ninguém me atender, posso saber por quê?

— Desculpe, Sr. Campbell, é que eu estava concentrada nesses relatórios, não devo ter escutado o telefone — tentei me explicar envergonhada.

— Concentração não te deixa surda — ele falou e eu gelei. — Fones de ouvido, sim, te impedem de ouvir qualquer barulho exterior. — Olhou para mim arqueando a sobrancelha.

— É... É... Desculpe, senhor, eu achei que estava sozinha, e, como estou no horário de almoço, achei que não teria problemas, me desculpe.

— Que isso não se repita.

— Sim, senhor — falei e fui calçando os sapatos da forma mais discreta que consegui. — O senhor deseja alguma coisa?

— Agora não mais, volte para o seu relatório — ele falou e entrou feito um furacão em sua sala.

E eu ainda tinha dito que o meu dia não podia piorar.

O resto do dia se resumiu a isto: terminar meu relatório. Quando acabou o expediente, despedi-me de Kate, que nem deu bola, e me encaminhei para os elevadores. Cheguei rapidamente ao subsolo, peguei meu carro e parti para a segunda jornada do dia.

Quando cheguei à universidade, fui direto para a sala de aula, até porque já estava em cima da hora. Passando pelos corredores, percebi uns buxixos. Chequei minha roupa, meus cabelos e tudo estava normal, mas por que tantos olhares? Ouvi, então, uma pessoa comentando sobre o incidente da boate, afirmando que eu tinha ficado com o paquera da minha melhor amiga.

Respirei fundo, levantei a cabeça e fui para a sala. Ao entrar, dei de cara com Julliet e Ashley logo nas primeiras cadeiras, forcei um sorriso amarelo e passei direto, indo para a última fileira de cadeiras e sentando-me no canto. Como se não bastasse o dia de merda, minha noite também não ficaria atrás.

Ainda bem que o Brian resolveu não aparecer, não ia ter saco para lidar com ele. A aula passou voando e, quando dei por mim, já tinha acabado. Eu já podia ir para a minha casa dormir, que era tudo de que precisava.

Cheguei em casa, fui direto para o banheiro, preparei um bom banho de banheira e fiquei lá relaxando. Depois de vinte minutos, fui para o closet e peguei um baby-doll lindo, todo em renda preta e meio transparente.

Fui para a cozinha pegar algo para comer e nada me agradou, exceto um pote de sorvete de chocolate. Peguei uma colher e fui para a frente da TV procurar algo para ver. Decidi assistir a um desses seriados de comédia, daqueles que você assiste mil vezes e ri em todas as mil. De repente, escutei a campainha tocar, o que é estranho já que o porteiro não interfonou. Devia ser a vizinha pedindo alguma coisa. Abri a porta e deparei com uma cena merecedora de uma capa de revista: o Sr. Campbell estava parado na minha porta, lindo e sexy como sempre, segurando o terno em um ombro e com o outro apoiado na porta, com um sorriso daqueles de molhar a calcinha, mordendo o cantinho do lábio inferior e me secando com os olhos.

— Boa noite, Srta. Sullivan — falou o desgraçado com a voz mais sexy que o normal.

— Boa noite, Sr. Campbell. — Foi o que consigui falar.

— Desculpe te incomodar na sua casa. É que eu queria os meus sapatos, eles são os meus favoritos, sabe, e estão fazendo falta. — Sorriu.

— Tudo bem... — Faço uma longa pausa. — Pode entrar.

Ele entrou, mas em nenhum momento parou de olhar para mim. Ora olhava meus olhos, ora olhava meu corpo. Só então me dei conta da roupa que estava vestindo e fiquei vermelha, com mais vergonha ainda.

— Fique à vontade, senhor, já volto — falei e saí em busca de um robe. Quando voltei, ele estava sentado no sofá, rindo com as besteiras da televisão e tomando meu sorvete de chocolate. Era impossível não rir da situação. Ele percebeu que voltei e falou:

— Você falou para eu ficar à vontade e eu levei a sério, até seu sorvete já tomei — disse olhando para mim e rindo.

— Tudo bem, senhor...

— Pare de me chamar de senhor, pelo menos aqui. Fora do escritório, eu prefiro ser chamado de Daniel.

— Tudo bem, senhor — falei e ele olhou sério para mim. — Digo, tudo bem, Daniel. Enfim... vou pegar o seu sapato. — E saí para a lavanderia. Quando estava pegando os sapatos, percebi que ele veio atrás de mim.

— Tentei limpar tudo, mas não tenho muito jeito com isso, você deve ter percebido pela bagunça que fiz.

— Não se preocupe, o senhor não tinha que fazer nada disso, eu que me excedi — falei envergonhada.

— Às vezes, a gente faz burradas, Nicole, o segredo é não tornar essas burradas uma rotina — falou se aproximando.

— Eu sei, é que tanta coisa aconteceu... Queria comemorar, me deixei levar, fiz besteira e estou pagando pelos meus atos — falei já me segurando.

— Vamos conversar — ele disse e me puxou em direção ao sofá. — Olha, eu não quis me meter na sua vida pessoal, só achei que seria bom te alertar que esse tipo de comportamento não é aceitável na empresa.

— Eu sei, não falo só disso, mas deixa pra lá, não vou tomar o seu tempo — falei olhando para o chão, quando senti as mãos dele colocando meus cabelos atrás da minha orelha e tocando meu rosto.

— Falar com você não é perda de tempo, e também preciso me redimir, pois fui um grosso com você hoje, o dia inteiro — ele disse intensificando o carinho e se aproximando cada vez mais.

— Sr. Campbell... — falei e ele percebeu meu desconforto, afastando-se rapidamente.

— Desculpe, eu me excedi, mas se você quiser conversar pode contar comigo. Agora eu preciso ir — disse e se levantou apressado. — Boa noite. — E foi embora deixando os sapatos e eu sem entender nada.

Passei a noite pensando em cada gesto e em cada palavra que ele me disse e não consegui chegar a nenhuma conclusão. Peguei no sono pensando nele sentado bem pertinho de mim e fazendo carinho.

Havia completado um mês desde aquela visita e, quase todas as noites, eu dormia pensando nele. Havia me acostumado com a rotina de estudo e trabalho e já estava familiarizada com o serviço. Em uma segunda-feira, acordei cedo e com disposição, havia tirado o final de semana todo para descansar. Arrumei-me com calma, enquanto escutava uma música aleatória e o trânsito colaborou, fazendo-me chegar à empresa sem estresse. Estacionei e segui em direção ao elevador.

Ao chegar ao 20º andar, percebi que estava vazio. Kate ainda não tinha chegado. Sentei-me à mesa, guardei minhas coisas e liguei o computador, adiantando alguns relatórios. Fui rapidamente ao banheiro e voltei correndo, escutando o telefone tocar.

— Presidência, Nicole Sullivan falando — atendi.

— Bom dia, Srta. Sullivan, aqui é Marie, do RH, estou ligando para lembrar que você terá de fazer o seu serviço e o da Kate.

— Sem problema. Ela está doente? — perguntei curiosa.

— Não — respondeu. — Ela tirou licença pois fará uma cirurgia. Achei que você já tivesse sido avisada.

Segurei o telefone atônita. Todos os dias trabalhando juntas e Kate não teve a consideração de avisar que iria tirar uma licença. Filha da mãe. Então, era por isso que, mesmo com todo mau humor, nos últimos tempos ela estava me deixando por dentro de todos os assuntos e me fazendo aprender os serviços dela.

— Tudo bem, Marie. Obrigada por me avisar.

— Ok, então. Tenha um bom-dia — ela falou, desligando.

É, pelo jeito naquele dia ia ter sossego. Minutos depois de desligar o telefone, o Sr. Campbell chegou, e o frio na barriga veio com ele.

— Bom dia, Nicole. Onde está a Kate?

— Ela tirou uma licença — informei.

— Oh, sim, havia esquecido — respondeu. — Ela te passou todas as informações de como deve fazer? — perguntou e eu acenei com a cabeça. — Certo. Então hoje você irá fazer o trabalho dela. Aguardo você em minha sala daqui a cinco minutos para repassar a minha agenda — falou e foi entrando na sala. — Ah, Nicole, por favor traga café e água.

— Sim, senhor — respondi e já fui correndo procurar o *iPad* e a agenda com todos os compromissos dele. Peguei uma bandeja, coloquei café, água e uns biscoitos e bati devagar na porta da sala.

— Pode entrar.

Coloquei o *iPad* na mesa e fiz o mesmo com a bandeja. Servi o café e a água e fiquei em pé a sua frente.

— Pode sentar. Aceita um café?

— Não, obrigada, senhor.

— Bom, então, o que temos para hoje?

— Pela manhã o senhor tem uma teleconferência com a empresa da Arábia Saudita, às 10h e, em seguida, uma reunião com a diretoria. À tarde, às 14h, o Sr. Turner irá visitar um possível investidor e pediu, se possível, que o senhor o acompanhasse. Tenho uns relatórios para o senhor analisar e uns documentos vindos do financeiro e do RH para serem assinados.

— Certo, já pode ir para a sua mesa.

— Com licença. — E me retirei.

Cheguei à minha mesa e fui preparar os documentos que seriam necessários para a teleconferência, imprimi tudo e revisei. Quando terminei, vi que já estava em cima da hora. Corri para a sala do Sr. Campbell, bati na porta e, quando ele me autorizou, entrei carregando uma pilha de papel.

— Deixa que eu te ajudo. — Ele se levantou e pegou os documentos da minha mão, e, quando encostamos nossas mãos, um choque elétrico percorreu meu corpo e fiquei paralisada. Acho que ele sentiu a mesma coisa, pois estava olhando para mim de uma forma diferente. Seria sempre assim quando nos tocássemos?

— Obrigada, senhor — falei e já fui me afastando.

— Você vai ficar aqui e assistir à teleconferência comigo, vou precisar de uma assistente. Ligue para o RH e diga que estou pedindo uma pessoa para o seu lugar, já que você irá me acompanhar hoje em todas as reuniões. Resolva isso e volte rápido, daqui a pouco começaremos.

— Certo.

Liguei para o RH e de imediato mandaram uma secretária para atender ao telefone e resolver qualquer urgência. Voltei para a sala dele e quando entrei vi que a teleconferência já estava começando. Ele apontou para a cadeira ao seu lado e eu me sentei.

Ele e o empresário árabe começaram a falar sobre investimentos, rentabilidade, custos, mão de obra, todas as coisas necessárias para que se fechasse o negócio. Estava encantada com a facilidade que ele tinha em conduzir esse tipo de reunião. Ele era seguro, confiante e sabia o que estava fazendo. Passamos horas e horas na teleconferência, mas mesmo assim nada ficou certo. Ele disse que só fecharia o contrato após fazer todas as verificações de perto, e ficaram de ver uma data para a viagem.

Depois da teleconferência, ainda tivemos a reunião com toda a diretoria, em que ele repassou todos os dados informados pelo árabe, acrescentando suas observações, e finalizou dizendo que só iria fechar o contrato após a ida até Dubai. No fim de tudo, já eram três da tarde e eu estava exausta e faminta. Todos se retiravam da sala, eu juntei todos os documentos espalhados, guardei e fui atrás de um café para enganar a fome, já que não sabia a que horas poderia ir almoçar. Quando estava voltando da copa, Sarah, a secretária temporária, informou-me que o Sr. Campbell queria me ver imediatamente. Larguei meu café e bati em sua porta.

— Me chamou, senhor Campbell?

— Sim, Nicole, chamei. Dia cheio, não?

— Movimentado — respondi calma.

— Olha, quero que você agende a viagem para Dubai para o fim de semana, reserve o jato da empresa, hotel e um carro com motorista. No banco de dados você encontra todas as empresas de confiança, mas qualquer dúvida é só me perguntar.

— Sim, senhor.

— E outra coisa... — Virei em sua direção. — Você vem comigo. Preciso de uma assistente e você participou de toda a negociação — ele falou, e engoli em seco. Como assim, eu e ele em Dubai? — Algum problema?

— Não, senhor, irei providenciar tudo imediatamente — respondi e saí da sala, segurando com força os papéis que tinha na mão. Como iria sobreviver àquela viagem?

Mais dias se passaram e eu já estava fazendo muito bem o trabalho de Kate, e adorava ficar sozinha na sala. Na universidade também tive um pouco de paz. Brian tentou falar comigo uma vez, mas não dei bola e ele desistiu, pelo menos por enquanto. Só estava triste por causa das minhas amigas. Lindsay ainda teimava em não falar comigo, mas pelo menos não me provocou mais, e a coitada da Julliet estava no meio disso tudo.

Na sexta-feira me arrumei e fui para a empresa, tinha muita coisa para fazer antes da viagem. Quando cheguei ao 20º andar, para minha decepção, Kate estava na sua mesa, tomando um café.

— Bom dia, Kate, você não devia estar descansando? — perguntei educadamente, mas por dentro irritada.

— Bom... — começou com sua voz irritante. — Não achei que o senhor Campbell fosse realmente para Dubai, mas, quando soube que ele iria viajar, mudei a data da cirurgia. — Piscou os olhos e tentou soar preocupada. — Sabe... Ele precisa de mim. Sou a verdadeira secretária dele.

Engoli em seco tamanha a minha raiva, e com todo autocontrole que tinha falei:

— Bom, já deve estar sabendo de tudo o que aconteceu esta semana, mas se você quiser eu passo novamente pra você.

Mesmo ela estando afastada por um tempo, eu a mantinha sempre informada por e-mail.

— Estou, sim, não precisa se dar ao trabalho — respondeu petulante. — E Nicole... Não precisa se preocupar com a viagem, eu é que irei com o Sr. Campbell.

Minha vontade era tirar aquele sorriso de vitória do seu rosto, mas mesmo com raiva preparei toda a documentação necessária, os contratos elaborados pelo jurídico e os papéis com os dados de todas as reservas, e enviei para o e-mail dela e do Sr. Campbell. Também imprimi e coloquei em uma pasta. Minutos depois, o telefone tocou e Kate atendeu.

— O Sr. Campell está nos chamando na sala dele — informou de má vontade.

Ela entrou primeiro e eu, em seguida. O Sr. Campbell não estava com uma cara muito boa. Sentamos à frente dele e me preparei para o pior quando ele olhou fixo para Kate.

— Quem te deu autorização para alterar algum dado da viagem? — perguntou com uma calma que não tinha.

— Senhor Campbell, pensei que... — Ele a interrompeu.

— Você não é paga para pensar. Quem te deu autorização para alterar algum dado da viagem? — perguntou novamente.

— Senhor... — começou a se justificar. — Sou sua assistente pessoal, pensei que... — Ele a interrompeu novamente.

— PELA ÚLTIMA VEZ, QUEM TE DEU AUTORIZAÇÃO PARA ALTERAR ALGUM DADO DA VIAGEM?

É, Kate, Srta. *eficiente demais*, quero ver você se safar dessa.

CAPÍTULO 6

Daniel

Depois de uma semana cheia, chegou a sonhada sexta-feira. Acho que eu nunca fiquei tão feliz pelo fato de o final da semana ter chegado... Devia ser porque eu ia viajar para Dubai, fechar um contrato milionário e ainda por cima ia bem acompanhado. Estava nas nuvens. Cheguei à empresa no horário de sempre e ao sair do elevador só vi Kate, o que me deixou surpreso.

— Bom dia, Kate, cadê a Nicole?

— Bom dia, Sr. Campbell, ela está xerocando uns documentos, retorna em breve — respondeu, calma.

— Você tem certeza de que está em condições de trabalhar, Kate? — questionei.

— Absoluta, senhor.

— Certo. Em cinco minutos, quero passar minha agenda. E, por favor, traga café e água — falei e já fui entrando na minha sala.

Kate entrou, trouxe meu café e repassou minha agenda, nada de mais, até porque naquele dia eu iria sair mais cedo devido à viagem. Quando abri meu e-mail, vi que o hotel de Dubai me confirmou a alteração da reserva... Mas não me lembro de mandar alterar nenhuma reserva. Continuei a ler e vi que a reserva em nome de Nicole havia sido alterada para o nome de Kate. Como assim? Quando vi todos os detalhes do e-mail, percebi que foi a própria Kate quem fez a alteração. Com a autorização de quem ela fez isso? Já furioso, peguei o telefone e liguei para ela, que atendeu de primeira.

— Pois não, Sr. Campbell.

— Kate, quero as duas na minha sala agora.

Não deu um minuto e elas entraram na minha sala, Kate primeiro, seguida por uma Nicole desconfiada, e se sentaram à minha frente. Fiz o possível para me segurar, respirei fundo, olhei para Kate e perguntei:

— Quem te deu autorização para alterar algum dado da viagem?

— Sr. Campbell, pensei que... — Não dei nem tempo para ela responder e já interrompi.

— Você não é paga para pensar, quem te deu autorização para alterar algum dado da viagem? — Ela pensou o quê? Só podia estar maluca de ir contra a minha ordem.

— Senhor... sou sua assistente pessoal, pensei que... — interrompi novamente, desta vez já sem um pingo de paciência.

— PELA ÚLTIMA VEZ, QUEM TE DEU AUTORIZAÇÃO PARA ALTERAR ALGUM DADO DA VIAGEM? — Já nem falava mais, gritava.

— Ninguém, senhor — ela falou de cabeça baixa.

— Ótimo, então por que você alterou? — Minha voz é mortalmente calma.

— Porque pensei que, como sua assistente pessoal, seria eu quem deveria acompanhá-lo — ela falou tentando se justificar.

— Mas quem vai é a Nicole e ponto final, não quero ouvir mais nada. Ela ficou todo o tempo resolvendo tudo da viagem e seria injusto se ela não fosse. Espero que essa sua atitude não se repita, ou terei de tomar providências, você é muito boa no que faz, mas não pense que é insubstituível.

— Me desculpe, senhor, não irá se repetir — ela continuava a falar de cabeça baixa.

— Certo, agora pode se retirar. E Kate, por favor, desfaça imediatamente o que você fez — falei e as duas se levantaram. — Você não, Nicole, temos que falar a respeito da viagem ainda. — Quando falei, ela se sentou. Fiquei esperando Kate se retirar e comecei a falar sobre a viagem. — Bom, como você sabe nosso voo sai às 20h do JFK, temos que estar lá uma hora antes, então às 18h30 passo na sua casa para irmos juntos, pode ser?

— Claro, senhor, às 18h30 estarei pronta.

— Ótimo. Você pode sair mais cedo pra organizar suas coisas, não precisa voltar após o almoço. Só peço que deixe toda a documentação necessária pronta e a leve para casa.

— Certo. Muito obrigada, senhor — ela agradeceu e saiu da sala.

Comecei a revisar um contrato sobre uma prestadora de serviços, e não vi a hora passar, só me dei conta de que já estava na hora do almoço quando meu celular tocou.

— Campbell — falei sem ver o nome no visor.

— Ei, cunhadinho, vamos almoçar? — Davis perguntou rindo.

— Que cunhadinho o quê.. E, sim, eu aceito almoçar.

— Nossa, quanta agressividade, isso é falta de mulher. — Deu uma risada. — Passo aí em cinco minutos. — Ele desligou antes de eu ter a chance de retrucar.

Em menos de cinco minutos, ele chegou à minha sala. Seguimos para um restaurante novo. O lugar era lindo, em uma cobertura no Upper West Side, com vista para o Central Park. Fizemos os nossos pedidos e ficamos jogando conversa fora.

— Então, Daniel, você enrolou as meninas, mas a mim não enrola... Que história é essa de amiga bêbada que você levou pra casa? — questionou com sorriso malicioso.

— Eu disse que não queria perguntas sobre esse assunto — respondi.

— Ah, qual é... A mim você não engana, você tá a fim de alguém... Quem é? Você sabe que pode confiar em mim... Sou seu melhor amigo, cunhado e braço direito na empresa, quer mais confiança que isso? — falou e não consegui me conter. Pensei duas vezes e decidi falar.

— Certo, mas você precisa me prometer que não vai me questionar, nem vai contar para as meninas.

— Certo, promessa feita — concordou, já na expectativa.

— Existe, sim, uma pessoa, só não posso contar detalhes sobre ela, até porque eu ainda não sei esses detalhes. Mas, quando eu me sentir à vontade pra falar sobre isso, pode deixar que você vai saber.

— Eu sabia... sabia que tinha alguém. Cara, tu tá amarradão nela — ele falou. Depois parou e coçou a cabeça. — É ela, né? — brincou.

— Claro, seu idiota, tenho cara de que me agarro com macho? — perguntei e nós caímos na gargalhada.

Nossos pratos chegaram e realmente o restaurante era tudo o que diziam. Terminamos o almoço, deixei-o na empresa e segui para casa. Precisava deixar umas coisas encaminhadas em casa e ia aproveitar para dar folga aos meus funcionários, exceto Garrett, meu chefe de segurança e minha sombra.

Cheguei ao apartamento por volta das 16h, o que é incomum, assustando minha governanta.

— Já em casa, senhor? Aconteceu alguma coisa? — perguntou preocupada.

— Não, Elisabeth — acalmei-a. — Está tudo bem, vim mais cedo pra organizar umas coisas antes de viajar. Você já arrumou minha mala? — questionei.

— Já sim, senhor, ela está aberta em cima da cama, é só o senhor dizer se falta algo que eu fecho — respondeu.

— Não precisa, o que faltar pode deixar que eu coloco e fecho. Pode se recolher — falei e fui me retirando da sala quando me lembrei de outra coisa. — Ah, Elisabeth...

— Pois não, senhor — falou, já vindo em minha direção.

— Pode tirar de folga esses três dias em que estarei viajando. Só precisa voltar na terça-feira. E dê folga aos outros funcionários também. Garrett vai comigo, a folga dele será em outra oportunidade.

— Certo, e muito obrigada, senhor — ela falou e foi se retirando, enquanto eu ia em direção ao meu quarto. Quando entrei, vi minha mala aberta em cima da cama. Tudo perfeito, não precisava colocar nada. Fechei-a e pus no canto da parede. Tirei o paletó, a camisa, a gravata e os sapatos. Não me dei nem ao trabalho de tirar a calça e já caí na cama, ia descansar uma horinha porque a noite seria longa.

Acordei com o despertador tocando, às 18h, corri para tomar um banho, sequei-me rapidamente e fui para o closet. Procurei algo confortável para viajar, afinal 12 horas dentro de um avião, com terno e gravata, é impossível suportar. Optei por um jeans e uma camisa de botão preta, com sapatos na mesma cor e um suéter cinza. Peguei minha mala e fui para a sala.

— Tudo pronto, Garrett? — perguntei ao meu segurança.

— Sim, senhor. Paul irá nos levar até o JFK e depois retornará com o carro.

— Ótimo. Então vamos. — Entreguei minha mala a ele e nos encaminhamos para o elevador. Entramos no SUV e fomos pegar Nicole. Do caminho mandei um sms para ela:

Já saí de casa, em breve estarei aí.

Segundos depois ela me respondeu com um simples

Ok. Já estou descendo.

Em poucos minutos, chegamos em frente ao seu prédio. Ela já estava na parte da frente, segurando uma mala gigante, sua bolsa e uma almofadinha rosa. Desci do carro para ajudá-la, assim como Garrett, que logo pegou a mala dela.

— Boa noite, Srta. Sullivan, pronta para conhecer Dubai? — perguntei para descontrair.

— Boa noite, Sr. Campbell. Estou ansiosa pra conhecer a cidade mais rica do Oriente — ela respondeu com um sorriso.

— Então vamos, Dubai nos espera.

Chegamos ao JFK em cima da hora, às 19h em ponto; organizamo-nos em nossos assentos, um em frente ao outro, e o piloto começou a preparação para decolar. Às 19:45 já estávamos taxiando, prontos para partir rumo a Dubai, com uma pequena parada para abastecer na Itália. No começo da viagem, Nicole estava meio tensa e percebi que tinha algo errado.

— Algum problema? — questionei-a.

— N-Não, s-senhor — respondeu gaguejando.

— Não precisa ter vergonha... Você tem medo de voar, é isso?

— Desculpe, senhor, eu adoro viajar, mas a hora da decolagem e a da aterrissagem pra mim são terríveis — confessou envergonhada e eu me levantei da minha poltrona e sentei-me ao lado da dela, segurando sua mão enquanto o avião se preparava para decolar. Ela olhou para mim meio confusa, mas em seguida agradeceu: — Obrigada.

— Não tem de quê. Agora relaxe que em breve estaremos no ar — falei enquanto segurava sua pequena mão para lhe passar segurança. Quando o avião já estava no ar, senti seus dedos relaxarem e sabia que era hora de tirar minha mão.

Enquanto ela lia um livro, eu estava entretido lendo o jornal, e assim foram se passando as horas. Depois de mais ou menos duas horas no ar, Nicole já dormia agarrada com sua almofada rosa e eu já estava vencido pelo cansaço e também fui dormir. Não sei quanto tempo se passou, só sei que acordei com um calor enorme em cima de mim. Quando abri os olhos, vi que Nicole estava praticamente sentada no meu colo, dormindo, a cabeça apoiada no meu ombro, as pernas em cima das minhas, e os braços em meu peito. Apesar da posição desconfortável em que me encontrava, não conseguia me mexer. Era incrível o que eu estava sentindo com ela em meus braços. Acomodei-me da melhor maneira que podia e voltei a dormir, também me enroscando nela, desejando ficar assim por um longo tempo.

CAPÍTULO 7

Nicole

Fui abrindo os olhos calmamente enquanto sentia um cheiro conhecido. Meu corpo já foi ficando alerta, lembrando-me de onde estava. Olhei para o lado e Daniel estava impecável lendo o jornal enquanto eu estava praticamente sentada no seu colo, com a cabeça apoiada em seu ombro, as pernas em cima das suas e os braços em seu peito. Pelo jeito ele não estava muito confortável naquela posição. Tentei achar um motivo para ele não ter me acordado e pedido para me ajeitar, porém não encontrei nenhum.

— Desculpe. — Minha voz não passava de um sussurro.

— Não foi nada — respondeu baixo, não deixando de se concentrar no jornal.

Inacreditável a capacidade de ele, mesmo depois de horas e horas viajando, continuar lindo. Bufei com meus pensamentos, arrependendo-me logo em seguida, vendo que saiu alto demais; nem me dei ao trabalho de olhar para ele. Tinha de parar de agir com o coração e começar a agir com a razão. Certo que, talvez, só um pouco, eu estivesse nutrindo sentimentos em relação a ele. Que mal faria?

Fui de um lado para o outro da poltrona tentando achar uma posição confortável. Que mal faria, pensei novamente. *Todos, Nicole... Todos.* Meu subconsciente tentava me alertar e eu sabia que estava errada.

Fechei os olhos e tentei passar minha vida em um flash, meu coração se apertou. As coisas não deveriam ser assim, eu sabia. Só que eu não conseguiria viver em paz sabendo que nunca fiz nada para mudar isso. Tentei voltar a uma época em que tudo era mais fácil, mas não consegui.

Abri os olhos e desejei que tudo aquilo não passasse de um sonho, de um pesadelo. Não era. Eu teria de seguir em frente e aguentar o que viria.

— Nicole? — Fui tirada do meu devaneio pela voz rouca próxima a mim.

— Sim? — Minha voz saiu arrastada, mas agora não por motivos de nervosismo ou vergonha.

— Tudo bem? — A sua preocupação era nítida.

— Sim — respondi com uma falsa calma.

Ele não perguntou mais nada e assim seguimos viagem até o aeroporto. Um carro de luxo já nos esperava na saída. O motorista abriu a porta para nós e assim entramos. Fui o caminho inteiro observando a maravilhosa paisagem de Dubai, completamente apaixonada pelo local.

Quando chegamos ao destino, desci e fiquei mais perplexa ainda. Havia sido eu quem reservara tudo e preparara todos os detalhes da viagem, mas nunca achei que seria um lugar tão bonito. Atlantis The Palm era o hotel em que iríamos ficar. Enquanto o motorista pegava as bagagens, partimos para a recepção. Uma loira bonita encontrava-se lá e a primeira coisa que fez foi olhar com desejo para Daniel. Reprimi um grunhido.

— Boa noite — chamei sua atenção piscando o olho rapidamente, tentando não fazer uma cara desagradável.

— Nomes, por favor — ela pediu, olhando para ele.

— Daniel Campbell e Nicole Sullivan — respondi rapidamente, fazendo assim com que ela fechasse a cara de maneira sutil. A mulher pesquisou algo no computador e voltou com os cartões dos quartos.

— O hotel dispõe de um aquário subaquático, oportunidades para nadar com golfinhos, um parque aquático amplo, um SPA completo oferece tratamentos faciais e corporais, a academia dispõe de treinadores pessoais, clube de Golfe Emirates e... — falou sem parar, deixando-me zonza, e logo depois fez uma pausa, olhando para ele — qualquer coisa que precisar pode me chamar, estarei à disposição. — Terminou tentando fazer um bico sexy que, em minha opinião, estava ridículo.

— Não precisaremos. Obrigado — Daniel respondeu calmamente sem dar atenção a ela e seguiu em direção aos quartos, levando consigo os cartões das portas. Fui caminhando atrás dele.

Pegamos os elevadores e entramos. Posicionei-me de um lado e ele de outro enquanto observamos as portas se fecharem e só restarmos nós dois lá dentro. O cheiro dele exalava e eu queria poder senti-lo mais. Continuei a olhar para a frente tentando manter a concentração, mas era impossível. Na mesma hora em que virei na direção dele e ele virou na minha, nos entreolhamos. Seu olhar era cheio de desejo e duvido que o meu, naquele estado, também não fosse. Ele se aproximou um pouco e as batidas do meu coração foram a mil, quando do nada escutei um click. O elevador parou e as portas se abriram. Uma senhora de idade entrou e ficou no meio de nós dois que, a essa hora, já tínhamos nos afastado.

Depois dessa cena, seguimos em direção aos quartos. O local era enorme e só de andar naquilo já estava me sentindo cansada, sem contar o tempo que demorou para chegarmos a Dubai. Ele me entregou o cartão e eu dei um pequeno sorriso sem graça.

— Boa noite, Nicole, nos veremos amanhã. — Com essas palavras se curvou, plantando em minha bochecha um beijo. Minhas pernas estavam bambas e minha boca ficou entreaberta com a atitude inesperada.

Quando entrei no quarto, fui tirando os sapatos de salto, jogando em qualquer lugar enquanto levava minha mão à minha bochecha direita ainda sentindo a sensação do beijo. Suspirei alto, aquele homem estava acabando com as minhas estruturas.

Depois de me recuperar, fui verificar o local. O quarto apresentava decoração árabe e cama grande. A varanda possuía a bela vista da cidade; além disso havia uma TV de tela plana via satélite. Fui em direção ao banheiro e encontrei uma enorme banheira ao meu dispor. *Esse emprego tem lá suas vantagens*, pensei sorrindo, voltando e me jogando na cama, morta de cansada.

— Venha aqui, Nicole — chama com a voz sedutora enquanto ando sensualmente até ele. — Você sabe que fez algo errado, não sabe? — Aceno com a cabeça olhando diretamente em seus lábios que me chamam tanto a atenção.

— Devo ser punida? — pergunto chegando mais perto, observando o jeito que seu olhar percorre meu corpo, sem nenhum pudor.

— Chegue mais perto — pede com uma voz rouca, contida, de desejo. Enquanto isso, sou mais ousada. Ele está sentado na cadeira de seu escritório. Paro em pé bem em sua frente, curvando-me sobre ele, mostrando um pouco do meu decote discreto. — Um pouco mais perto. — Sem me controlar, sento em seu colo sem pudor.

— Está bom assim, Sr. Campbell? — Clamando por mais contato, direciono minhas mãos ao seu cabelo, deixando-o bagunçado, sem

me importar. A posição na qual me encontrava era mais que boa: sentada em seu colo, de frente para ele, que agora apertava minha cintura fortemente. Gemo baixinho quando sinto seu toque em minha pele. Ele havia levantado um pouco a parte de baixo da minha blusa e eu já me encontrava morta de desejo.

Encaramo-nos por um breve segundo antes de nos atacarmos sem pudor. Sua boca pressiona a minha com força; não satisfeito com isso, suga meu lábio inferior sem cerimônia enquanto faço o mesmo com o seu lábio superior. Abro levemente a boca dando passagem para sua língua. Gememos. O clima sexual contagia o local. Nossas línguas duelam com gosto, como se estivessem em uma batalha. Seu beijo é voraz e ao mesmo tempo selvagem.

Suas mãos passeiam por todo o meu corpo, mesmo que por cima da roupa; eu já estou em um estado deplorável. Ainda estamos nos beijando, ele abre os botões da minha blusa social deixando à mostra meu sutiã meia-taça de renda preta. Ele para bruscamente querendo me observar. Seus olhos ardem de desejo e eu gemo quando ele abre o fecho do sutiã. Segura-o na mão me mostrando, para logo em seguida jogá-lo no chão. Seus olhos recaem nos meus seios descobertos e ele morde meu lábio de um jeito que deveria ser crime.

— Perfeitos — sussurra rouco de desejo, sugando-os em seguida. Gemo mais uma vez entorpecida, ele beija todo meu seio esquerdo enquanto aperto o direito. Sua língua percorre de cima a baixo enquanto olha para mim. Puxo seus cabelos para a frente implorando silenciosamente por mais enquanto ele volta a sugar sem cerimônia. Intercala as sugadas entre o seio direito e o esquerdo, dando atenção aos dois. Impaciente, retira minha camisa jogando-a em algum lugar que estou ocupada demais para reparar qual é. Beijos, lambidas, mordidas são direcionados aos meus seios enquanto eu gemo sem vergonha.

Querendo mais, sua mão esquerda vai ao encontro da minha saia e a direita continua em meu peito enquanto ele suga o outro mamilo. Serviço completo, era isso que eu estava tendo, e queria receber mais, bem mais. Sinto sua mão máscula em minha coxa e fico mais molhada ainda. Posso dar adeus e esta calcinha porque a pobre se encontra em um estado bastante crítico. Ele continua com a brincadeirinha e eu não estou aguentando.

— Oh, por favor — suplico desnorteada. Ele volta a me beijar sem pressa. Meus seios colados ao seu peito, esmagados. Sua mão volta a minha coxa e sinto subir cada vez mais. Minha calcinha ensopada é afastada e gemo de antecipação. Sentiria seus dedos em mim e só esse pensamento me deixa mais molhada ainda.

— É isso que você quer? — pergunta rouco.

— É tudo que eu mais quero — respondo com sensualidade quando finalmente sinto tudo o que tanto desejo.

Acordei ofegante com a respiração entrecortada e toda suada. Que merda era aquela? Oh, meu Deus. Eu não acreditava que eu acabara de sonhar com o Campbell.

Estava perplexa demais. Tive um sonho erótico com ele? Como pude? Respirei com dificuldade ainda abalada com isso. Se sonhei com ele, poderia ao menos ter terminado, né? Agora me encontrava molhada e sem saber o que fazer. Na verdade, saber eu sabia, mas não queria isso. Pelo menos não vindo de mim.

Suspirei com esse pensamento. Ele estava tão perto. Apenas alguns passinhos e o tal sonho poderia virar realidade. Joguei o travesseiro com força no chão, como se de algum modo fosse adiantar. Olhei para o relógio e vi que já eram oito da manhã. Como assim?

Não acreditei que dormira tanto. Também pudera... horas exaustivas de viagem. Ainda estava com a roupa com que tinha chegado. Levantei-me, indo em direção a minha mala e escolhi algo. Fui diretamente para o banheiro. Olhei para a enorme banheira que se encontrava lá. Suspirei. *Não hoje, querida*, pensei. Um banho de banheira não iria conseguir aplacar meu corpo em chamas.

Depois de um banho gelado e já um pouco mais calma, repensei no que acontecera. Por que, quando se tratava dele, tudo era tão complexo? Tão difícil?

Não era esse meu propósito. Eu não podia, não podia. Por que era tão difícil entender? Na verdade, entender eu entendia, só não aceitava. Como eu podia ter sentimentos por alguém como ele? Justo ele?

Havia *milhares* de homens no mundo e eu tinha de acabar tendo fortes sentimentos justo em relação a ele. Só podia ser castigo. O destino estava de brincadeira comigo. Sabia que era forte o suficiente. O problema é que ele me desarmava. Eu não conseguia completar o que deveria em relação a ele.

E todos os fins de noite eu acabava com o mesmo pensamento. Ele. Esse maldito que vinha atormentando todos os dias da minha vida. Que vinha acabando com o meu sossego sem ao menos saber. Cansada de não conseguir tirá-lo da minha cabeça, fui em direção ao meu celular.

Duas chamadas perdidas dele.

Disquei o número e esperei impacientemente. O que ele queria, afinal? Depois de chamar, chamar e ninguém atender, decidi ir lá conferir pessoalmente. Teríamos uma reunião mais tarde, porém já estava tudo resolvido. Olhei mais uma vez conferindo se estava apresentável e fui em direção à porta. Dei graças a Deus por não haver ninguém no corredor e parei em frente ao seu quarto. Depois de um longo suspiro, tomei coragem e bati em sua porta.

— Pode entrar — escutei sua voz do outro lado.

Sem cerimônia, fui abrindo a porta e entrando, quando algo chamou minha atenção, fazendo-me parar bruscamente. Ele estava apenas de toalha. Seus cabelos estavam molhados, um pouco assanhados, gotículas de água caíam pelo seu pescoço e iam em direção a seu abdômen definido, perdendo-se na toalha. Prendi o ar. Queria ser aquela gota de água mais que tudo. Percebendo minha expressão, levantei o olhar, encontrando o dele. Disfarcei ajeitando o cabelo, amaldiçoando-me mil vezes. Foco, Nicole.

— Queria falar comigo, senhor? — Minha voz saiu um pouco arrastada.

— Daniel, pode me chamar de Daniel — respondeu fazendo cara feia e me repreendendo.

— Desculpe — falei sem jeito. — Então...?

— Oh, sim — começou, mexendo no cabelo molhado e me deixando perdida. — Liguei para perguntar se você queria comer algo antes de irmos.

— Bem, humm... — resmunguei, mas, antes de completar, escutamos uma batida. Ele olhou me encorajando a abrir a porta mais uma vez.

— Serviço de quarto. — O homem devidamente fardado estava com o carrinho cheio de travessas e alternou o olhar de mim para Daniel. — O casal deseja mais alguma coisa? — perguntou, sem graça, vendo a situação.

Casal?

— Não, obrigado — respondeu Daniel, fazendo-me ficar mais atônita ainda. O homem entrou no quarto sem jeito, depositou a refeição na mesa que ficava no local e saiu sem falar mais nada, e eu fechei a porta logo em seguida.

— Por que fez isso? — perguntei sem entender.

— Você por acaso não viu o olhar de cobiça dele em sua direção? — devolveu a pergunta com uma cara brava. — Desculpe, não sabia que estava interessada nele, se quiser posso chamá-lo de volta — terminou, com um quê de ciúmes na voz.

— Não estou interessada — respondi rapidamente antes que ele pensasse mais alguma besteira.

— Então, quer comer? Aqui tem comida suficiente para nós dois — ofereceu mudando de assunto rapidamente. — Se você quiser, é claro. Como não me atendeu, pedi serviço de quarto.

Fiquei impressionada com o seu humor. Uma hora estava todo irritadinho por causa do homem e agora, depois da minha resposta, era mil amores. *Homens*, pensei. Depois as mulheres é que são complicadas.

— Acho que vou aceitar a oferta. Peguei no sono e não vi a hora passar, acordei quase agora e ainda não comi nada — expliquei a ele, que me deu um sorriso torto.

— Vou trocar de roupa. Só um instante — falou, indo em direção ao banheiro.

Um minuto depois eu já estava impaciente, imaginando o que ele estaria fazendo naquele momento. Minha mente perversa me relembrava do sonho que tivera há pouco. Sem conseguir me controlar, fui de fininho até a porta do banheiro, que estava entreaberta, e fiquei na ponta dos pés tentando enxergar nitidamente.

Visão do paraíso era o que eu estava tendo no momento. Ele tirava a toalha bem na hora e eu quase caí para trás de tanta emoção. Meu corpo se arrepiou e minha respiração ficou descontrolada. Que homem era aquele?

Vira de frente, vira, pedia em pensamento repetidas vezes, como se fosse adiantar. Que bunda era aquela, meu Deus? Eu estava louca para apertá-la. Suspirei com esse pensamento. Ele pegava uma cueca boxer preta e a vestia.

Eu me tornava uma pervertida sexual. Mas também pudera, com um homem desse, nenhuma mulher conseguiria ficar controlada. Depois de vestir a calça, quando ele já ia colocando a blusa, corri para o mesmo local onde me encontrava, rezando para que ele não suspeitasse de que eu o estava observando.

Ele voltou abotoando os últimos botões da camisa e fingi olhar para a bela vista que se tinha do quarto.

— Podemos comer? — perguntou.

— Claro.

Dito isso, foi em direção as travessas. O cheiro de frango grelhado e salada subiu em nossas narinas e meu estômago deu sinal de vida. Estava morrendo de fome. Ajudei-o a colocar nos pratos e sentamos à mesa.

— Está uma delícia — comentei, tentando puxar assunto.

— Oh, sim — respondeu entre garfadas. — Está mesmo. — Pela sua expressão, pude comprovar que era verdade. — Tudo certo para o jantar de hoje à noite?

— Sim, não se preocupe, já preparei tudo.

— Então, Nicole, queria falar outra coisa com você — disse. — Quero que você preste bastante atenção no encontro de hoje. Está quase tudo certo para fecharmos negócios com os árabes, só falta a confirmação com a minha presença e algumas conversas. Esse é um ótimo negócio e vai ser de muita vantagem para a empresa.

— Estarei de olho em tudo — respondi séria.

— Você está quase terminando de se formar e, se for seguir essa carreira, é bom ter lidado com essas experiências — comentou, tomando um gole de seu vinho.

— Sim. Quero, sim, seguir essa carreira. Por isso mesmo é que tentei esse estágio nas Indústrias Campbell...

Pelo jeito a conversa seria mais para o profissional. Tentei passar seriedade em minhas palavras e, depois do assunto chato, conversamos amenidades. Uma hora depois, deixei seu quarto, indo em direção ao meu totalmente relaxada.

Entrei e me joguei mais uma vez na cama, despreocupada. O jantar seria dali a algumas horas, então eu teria algum tempo. Ajeitei a pouca roupa trazida e depois decidi assistir a um filme.

Tomei banho mais uma vez e comecei a me arrumar. Precisava estar linda. Já limpa, vesti a roupa sem pressa e fui terminar de me arrumar. Meia hora mais tarde, estava parada em frente ao espelho e com um único pensamento na cabeça: *Tem que dar certo.*

CAPÍTULO 8

Daniel

Bufei impaciente, esperando Nicole descer para irmos ao tal jantar de negócios. Naquela noite seria apenas um jantar; no dia seguinte, uma festa de boas-vindas. Podia ter omitido um pequeno detalhe para ela. O contrato não estava cem por cento fechado. Os árabes fizeram questão de minha presença para assim conversarmos corretamente. Não julgava, as coisas eram assim. Seria algo muito bom para a empresa; além de me render bilhões, ainda abriria várias vagas de emprego no mercado.

Perdido em pensamentos, alguém me tirou dos meus devaneios mais uma vez.

— Tem certeza de que não quer nada, Sr. Campbell? — perguntou a recepcionista de novo. Bufei baixo, não querendo ser grosseiro. Será que a mulher não percebia que eu não estava a fim?

— Não, obrigado — respondi a ela do jeito mais educado que podia; a mulher abriu a boca mais uma vez e agradeci mentalmente quando escutei o elevador. As portas se abriram e sabia quem estava lá dentro.

Pisquei rapidamente para ver se aquilo era real. Nicole vestida em uma saia preta de cintura alta, uma blusa de botão branca e um sapato de salto. No rosto, usava uma maquiagem leve, batom vermelho, e os cabelos estavam soltos. Prendi o ar, admirando aquela fantástica cena.

Seria ilusão da minha parte não admitir que estava caidinho por ela. Completamente caído, na verdade. Já tive várias mulheres em minha cama, uma mais linda que a outra, porém nenhuma delas se comparava a Nicole.

Relembro o fato ocorrido naquela manhã. Admitir que eu e ela éramos um casal era totalmente errado, tinha consciência disso. Mas, ao ver os olhos cobiçosos daquele homem na direção dela, perdi a cabeça. Confirmei que éramos, sim, um casal, sem pestanejar e, para ser sincero, não estava arrependido. Pelo menos o homem parou de olhá-la, vendo minha expressão ao seu lado.

O seu olhar confuso me fez recobrar a consciência. Escutar de sua boca que não estava interessada me deixou mais que feliz. Não conseguiria imaginar os dois. Não conseguiria imaginar ninguém com ela além de mim. Nicole iria ser minha, disso eu tinha certeza.

Fui até ela deixando a loira falando sozinha. Sabia que era falta de educação, mas não liguei. A única coisa que me importava era a belíssima mulher a minha frente. Mais alguns passos e estava a sua frente; ela já tinha saído do elevador.

— Você está deslumbrante — disse sorrindo feito bobo.

— Obrigada — respondeu corando e olhando para baixo.

— Não precisa ter vergonha — comentei segurando em seu queixo e levantando-lhe o rosto delicadamente. Tendo a visão daqueles lindos olhos verdes, suspirei encantado.

— Podemos ir? — perguntou ainda sem jeito.

— Podemos — falei segurando em sua mão e levando-a até o carro.

Decidi eu mesmo dirigir. Mesmo não sabendo onde era exatamente o local, tinha ajuda do GPS. Com as janelas fechadas e o ar-condicionado ligado, seu cheiro impregnava o carro.

Alguns minutos mais tarde, chegamos ao tal restaurante. Parei o carro bem na frente, e logo o manobrista estava parado e eu dava a chave para ele. Já dentro do local, observo a magnitude do ambiente. Um dos garçons nos leva até a nossa mesa, na parte superior do restaurante, aonde só alguns têm acesso.

Como sempre eu era pontual, e estávamos alguns minutos adiantados. Cinco minutos depois, dois homens chegaram muito bem arrumados, de terno e gravata.

— Salaam Aleikum — cumprimentou o mais velho.

— Alaikum As-Salaam — respondi cordialmente. Nicole me olhou de uma forma intrigada, com certeza se perguntando como eu sabia falar tão bem. Fiz vários cursos de idiomas e sabia basicamente todos. Como CEO de uma grande empresa, seria inadmissível não saber outras línguas. Desde novo aprendi uma por uma. Não foi fácil, porém nada que um esforcinho não ajudasse.

Depois de todos os cumprimentos nos sentamos. Um garçom veio nos atender rapidamente.

— Desejam algo, senhores? — perguntou educado.

— Vinho Hermitage La Chapelle 1961. — Olhei para os lados. — Tudo bem para vocês?

— Sim — todos responderam.

— Não sabia que era um degustador de vinho, senhor Campbell — Ghalib se pronunciou. Observei atentamente sua forma de falar. Perfeita.

— Oh, claro, afinal quem não gosta de um bom vinho? — comentei com um sorriso de lado recebendo olhares simpáticos.

O rapaz trouxe rapidamente o vinho enquanto engatamos uma conversa mais formal. Nabhan era parente de Ghalib e trabalhava para ele. Nicole estava ao meu lado se comportando perfeitamente, observando tudo que era dito. Não deixei de notar os olhares do mais novo para ela. Praguejei em pensamentos, já um pouco irritado. Todo homem do mundo desejava aquela mulher? Eles não percebiam que ela não era para o bico deles?

Eu tinha de me controlar. Nicole era uma mulher esplêndida e era normal que os homens a desejassem, entretanto eu não suportava essa ideia. Queria poder gritar aos quatros ventos que tirassem o olho dela, pois ela já tinha dono, mesmo não tendo. Voltei minha concentração para o jantar e comecei a falar sobre os benefícios da parceria das empresas.

Os dois se mostravam sérios durante a conversa, assim como eu. Porém, sabia que não era tudo aquilo. Pelo que pude perceber, eles iriam topar, só não queriam admitir agora. Quando você lida com essas coisas, precisa ter jogo de cintura, não pode deixar claras suas intenções. Com toda a minha experiência, eu já sabia o que iria acontecer.

— O cordeiro estava uma delícia — Nicole comentou tímida.

— Estava mesmo — Nablan respondeu rapidamente dando um sorriso para ela. — Irá para a festa amanhã?

Confusa com a pergunta, ela olhou para mim e eu acenei discretamente com a cabeça. Ainda não havia falado com ela sobre isso.

— Sim — respondeu.

Uma hora depois, eu estava pagando a conta. Ghalib se ofereceu para pagar, mas eu neguei imediatamente. Deixei uma boa gorjeta pela gentileza do garçom e nós quatro saímos em direção à frente do hotel para esperar o manobrista.

O primeiro carro que chegou foi o de Ghalib, que se despediu de nós educadamente, não antes de nos avisar:

— Estaremos esperando-os amanhã — disse gentilmente.

Acenei mais uma vez, não deixando de dar um sorriso. Estava quase tudo certo, iria conseguir o contrato, tinha certeza.

— É a sua primeira viagem para Dubai, Nicole? — perguntou Nablan galanteador para Nicole, depois que o mais velho saiu.

— Oh, sim, é a primeira vez — respondeu educada.

— Está gostando?

— Sim — falou. — Aqui é espetacular.

— Está terminando a faculdade, correto? — perguntou e ela assentiu. — Poderia vir para cá. O mercado de trabalho daqui é muito bom, e, como você mesma disse, aqui é espetacular. — O interesse em sua voz era nítido e eu já estava puto. Ele estava dando em cima dela descaradamente mais uma vez. Como podia isso?

— Vamos, Nicole — interrompi os dois vendo que o carro se aproximava. Ela olhou para ele e deu um sorriso tímido sem responder, despedindo-se dele, que, sem que ninguém esperasse, chegou próximo dela e deu um abraço e um beijo em sua bochecha esquerda. Que merda era aquela?

Minha vontade era partir pra cima dele e dar um murro certeiro, tirando aquele sorrisinho do seu rosto. Fechei minhas mãos em punhos tentando me controlar. Ele estava na minha lista de desafetos. Onde já se viu mexer com a mulher dos outros? Não esperava a hora de anunciar que ela já tinha dono, e esse alguém era eu. Despedi-me dele com um aperto de mão forte e fui em direção à porta do carro.

Entrei com raiva, batendo a porta com força. Nicole me olhou sem entender, mas não perguntou nada. Fui dirigindo pelas ruas devagar. Estava com a cabeça quente e a última coisa que iria querer era sofrer algum acidente. Jamais me perdoaria se acontecesse algo com ela por minha culpa.

Chegamos ao hotel pouco tempo depois, parei na entrada e desci para entregar a chave do carro ao manobrista. Quando me aproximei da porta de Nicole, ela simplesmente saiu andando com passos rápidos sem dizer nada, então me apressei, alcançando-a ainda no hall e nos encaminhamos aos elevadores.

Entramos e o clima não mudou, pelo contrário, ficou ainda mais pesado. Sem conseguir me conter, perguntei:

— Algum problema, Nicole?

— Nenhum, Sr. Campbell — ela respondeu seca.

— Tem certeza?

— Absoluta.

O elevador chegou ao nosso andar e ela saiu às pressas. Quando parou na porta do quarto, atrapalhou-se com o cartão de entrada e ficou sem conseguir entrar.

— Deixa que eu te ajudo — falei tentando ser cavalheiro.

— Não precisa — respondeu simplesmente.

— Precisa, sim. — Tomei o cartão das mãos dela sem ser grosseiro e, quando ela virou para protestar, ficamos com os rostos praticamente colados, nossas bocas a milímetros de distância uma da outra, seu hálito era uma deliciosa mistura de vinho com menta.

Ficamos assim pelo que pareceram horas, e quando finalmente nossas bocas se aproximaram mais, praticamente coladas, o barulho do carrinho da limpeza nos despertou, quebrando o nosso clima.

— Desculpe — falei enquanto colocava o cartão na fechadura, liberando sua entrada rapidamente. — O quarto está aberto. Boa noite, Nicole.

— Errr... Boa noite, Sr. Campbell. Obrigada — falou meio gaguejando, já entrando em sua suíte.

Eu apenas dei um sorriso de canto de boca e segui para a minha suíte. Tinha muita coisa para assimilar daquela noite. Para falar a verdade, não só daquela, mas dos últimos dias, e nada era relacionado ao meu trabalho, tudo era relacionado a *ela*. Aquela garota me enfeitiçou... Só podia. Eu que sempre fui conhecido pela minha frieza em relação aos negócios e vida pessoal, agora me via como um adolescente apaixonado.

Entrei no quarto e deitei na cama do jeito que estava, só me dei ao trabalho de tirar o paletó, a gravata e os sapatos, e continuei com ela em meus pensamentos, adormecendo com um sorriso idiota nos lábios, lembrando seu rosto.

Nicole

Entrei no quarto sem acreditar no que tinha acontecido, ou melhor, no que quase tinha acontecido: o Sr. Campbell e eu quase nos beijamos. Fiquei escorada na porta, com os olhos fechados, lembrando-me de tudo. Dos olhares para mim quando me pegou em casa, do fato de ele não ter me tirado de cima dele enquanto viajava, eu em seu quarto com ele praticamente nu, nosso almoço, sua cara quando eu apareci no hall no hotel antes do jantar, e finalmente nosso quase beijo.

— Maldita camareira — bufei.

Recuperei-me de meus pensamentos impróprios, tirei minha roupa, minha maquiagem e fui tomar uma ducha. Precisava esfriar minha cabeça, pôr tudo em ordem. Aquele homem me confundia, não conseguia ser racional ao seu lado. Toda a minha razão sumia, meu corpo e minha cabeça me traíam. Saí do banho, vesti um pijama e fui me deitar, tentando ao máximo não pensar nele. Mas é impossível, e acabei adormecendo com ele em meus pensamentos.

Escuto o barulho da porta e abro meus olhos. Ele está em meu quarto, extremamente sexy com uma boxer preta, marcando seu membro já excitado.

— O senhor precisa de algo, Sr. Campbell? — pergunto, pois é a única coisa que sai da minha cabeça na hora.

— Preciso de você, Nicole — fala, vindo em direção à cama, com um olhar faminto, arrancando os lençóis que me cobrem. — Vim terminar o que começamos lá fora. — Puxa-me para um beijo quente e selvagem, de tirar o ar. Ele me beija de forma alucinante mordendo meus lábios, pedindo passagem para a minha boca, tomando tudo de mim, e eu me entrego. Dou tudo o que posso no beijo. Passo minhas mãos pelos seus cabelos, puxando-o cada vez mais, enquanto ele explora meu corpo com as mãos apertando meus seios e minha bunda.

— Aaaaah... — Tudo o que posso fazer é gemer, não consigo formular nada na minha cabeça, minha única vontade é ficar assim, e tomar tudo o que ele tem a me oferecer.

Ele puxa a blusa do meu pijama, deixando-me com os seios à mostra.

— São lindos. — E beija meus seios, sugando e dando mordidinhas, levando-me à loucura. Deita-me na cama e tira meus shorts e minha calcinha juntos, deixando-me totalmente exposta a ele, seu olhar em meu corpo faz eu me sentir poderosa. Ele me olha com desejo e admiração, fazendo-me sentir totalmente entregue. Hoje eu serei dele, para o que ele quiser.

CAPÍTULO 9

Nicole

Acordei ofegando mais uma vez, completamente atordoada. Oh, merda! Não acreditava que tinha sonhado com o Campbell mais uma vez, isso só podia ser castigo. Passei minhas mãos pelo meu pescoço vendo o quanto eu estava suada. Não era possível. Aquele maldito me matava aos poucos, e o pior de tudo é que até nos sonhos ele nunca terminava o que começava. E o que acontecia? Eu ficava a ver navios.

Levantei-me da cama um pouco raivosa por causa do maldito sonho. Eu não aguentava essa vida. E esses sentimentos por ele? Seria só atração ou algo mais? Rezava pela primeira alternativa, mesmo sabendo que não era assim. Daniel era um homem extremamente lindo, de fazer todas as mulheres babarem e rastejarem por ele, além de ser rico e uma pessoa muito inteligente. Uma combinação perfeita, quem não iria querer?

Apesar de saber que meu interesse nele não tinha nada a ver com o dinheiro, eu me preocupava. As coisas estavam saindo do controle. Mãos suadas, coração acelerado, bochechas coradas e borboletas em meu estômago. Argh, essas borboletas são as piores. Não podia me deixar levar. Parece que quanto mais eu tento mais tudo só sai ao contrário.

Olhei para o relógio e vi que já eram onze e vinte da manhã, então corri para o banheiro. Tomei banho gelado, como da última vez, tentando aplacar o desejo desenfreado, mesmo que sem sucesso. Voltei e escolhi uma roupa normal, um vestido branco soltinho com mangas até o pulso, com um cinto marrom fino no meio para destacar e, nos pés, um salto também na cor marrom. Peguei a maquiagem e passei um pouco de pó, blush, rímel e um batom clarinho em minha boca. Olhei no espelho e aprovei o visual, nada muito sofisticado, mas também nada muito simples.

Deixei meu cabelo solto, dando um ar de rebelde, peguei minha bolsa e fui em direção à porta. No corredor, olhei para o quarto ao lado. Fechado, droga. Eu queria saber o que se passava com aquele homem. Uma hora gentil, amável, e, na outra, ignorava-me e era rude. Qual o problema dele, afinal?

Fui para o restaurante do hotel, não muito cheio, e me sentei a uma das mesas. Um garçom altamente vestido veio me atender. Olhei o cardápio e pedi a primeira coisa que vi. Estava morrendo de fome. Não era normal acordar às onze da manhã, sempre fui de levantar cedo, entretanto aqueles últimos dias estavam me matando e, para melhorar, com o fuso horário, ficava completamente perdida. Peguei meu celular e fui ver os acontecimentos na empresa. Mesmo estando bem longe, Kate me mandava trabalho. Ela que espere. Estava em uma viagem de trabalho, não tem o porquê disso. Olhei bem o que era, nada importante. Faria quando chegasse. Pra falar a verdade, ela estava é me testando.

— Kafta de carne moída com molho curry, senhorita — falou o garçom chegando com o prato que, só de olhar, me deu água na boca. Agradeci e ele saiu rapidamente.

Dei graças aos céus por eles saberem falar também minha língua. Seria constrangedor não saber absolutamente nada, apesar de que, nos últimos dias, eu fizera minhas procuras pela internet, e agora sabia ao menos algumas palavras. Terminei de comer saboreando até a última garfada, estava uma delícia. Depois de sair do restaurante, pensei no que fazer no resto do dia. Teria festa à noite, e eu definitivamente não tinha trazido roupa para algo tão grande assim. Decidi ir fazer compras. O táxi já aguardava na entrada do hotel. Já no carro, pedi, em árabe mesmo, que ele me deixasse nas tão conhecidas lojas do local.

Meia hora depois, estava provando um vestido vermelho muito bonito, porém curto demais. O segundo vestido era verde-esmeralda, bonito também, porém cheio de babados. *Também não*, pensei. Terceiro vestido: um azul-celeste, não me agradou muito. Experimentei mais dois vestidos e nenhum me agradou. Já cansada, parei e fui olhar mais uma vez. Escondido estava um vestido que não dava muito para saber como era.

Curiosa e com um pouco de dificuldade, consegui tirá-lo do cabide. Já em minhas mãos, olhei para ele maravilhada. Simplesmente perfeito. Era esse, eu sabia que era. Corri para o provador morrendo de felicidade, imaginando a cara do Campbell ao me ver naqueles trajes; ele iria enlouquecer. Pensei também em Nablan, que no dia anterior não tirou os olhos de mim um só segundo. Chegou até a perguntar se eu não poderia vir para cá definitivamente. Ri com o pensamento, jamais.

Vi seus olhares cobiçosos, mas o que me interessou mesmo foi a reação do Daniel. Estaria ele com ciúmes? Acho que não, ou não sei. Só o tempo iria dizer. Dei uma volta mais uma vez já com o vestido em meu corpo. Ofeguei, eu estava deslumbrante. Fui até o local indicado e paguei; o vestido me custaria uma pequena, bom, não tão pequena, quantia, porém valeria a pena. Os sapatos, oh, sim, eu não os tinha. Pelo menos não que combinasse com o vestido.

Na mesma rua, encontrei uma loja de sapatos. Entrei rapidamente e fui olhando coisa por coisa, meia hora depois estava pagando mais uma vez. Com os sapatos e o vestido perfeito, iria arrasar. Eu sabia que, por mais que negasse, o único que queria impressionar era ele. Porque tudo só girava em torno do maldito Daniel. Chamei outro táxi e voltei para o hotel, não o encontrando nenhuma vez. No quarto, deixei as sacolas de lado e fui para o notebook adiantar algumas coisas. Depois disso, tirei um pequeno cochilo acordando quase duas horas depois. Atordoada com a hora, levantei-me e fui me banhar.

Dei-me ao luxo de ficar mais um tempo na banheira, já que não era tão tarde. Pensando em tudo, veio-me ele mais uma vez. Não deu sinal de vida o dia todo. O que estaria fazendo? E o pior, com quem? É fato que todas as mulheres são ciumentas, até então eu nunca havia sido, achava isso besteira demais, insegurança demais. Até que ele me apareceu, quebrando todas minhas crenças e pensamentos. Eu estava enciumada, na verdade eu vivia enciumada. Por que todas as mulheres tinham de querê-lo?

Sete e meia em ponto eu me encontrava toda arrumada. Com uma pequena bolsa de festa em minhas mãos, fui até o elevador, mais uma vez não me encontrando com ele. A única coisa que ele me mandara dois minutos antes tinha sido uma mensagem dizendo que já estava me esperando. Bufei desgostosa.

Como em um déjà-vu, a mesma cena se repete. Estou no elevador esperando as portas se abrirem e, quando isso finalmente acontece, ouço um suspiro. Ele estava impecável em um terno todo preto, e com a camisa branca por baixo e um sapato para a ocasião. O cabelo assanhado do jeito que eu gosto e um sorriso doce nos lábios. Aproximei-me em passos lentos enquanto o escutava ofegar baixo.

Pulei de alegria mentalmente. Eu estava deslumbrante em um vestido azul longo, e na parte de cima havia uma tela cor da pele constituída de delicadas flores. Tinha os cabelos soltos e uma maquiagem um pouco mais chamativa, saltos delicados em tom de prata, assim como os meus acessórios.

— Você está perfeita, Nicole. — Sua voz chegou aos meus ouvidos.

— Obrigada — respondi dando um fraco sorriso.

Ele tomou minhas mãos e me levou em direção ao carro. O clima tenso de antes havia sumido e eu agradecia por isso. Odiava saber que ele estava com raiva de mim mesmo que não fosse culpa minha.

Com a ajuda do GPS mais uma vez, chegamos ao local. A enorme mansão a nossa frente demonstrava o ambiente caracterizado por suas tradições. Uma mulher veio nos atender prontamente, levando-nos para uma grande sala. Várias pessoas já se encontravam no local e eu passei o olho discretamente averiguando tudo.

Na sala magnífica, os tapetes tinham a função de decorar e amenizar o frio que se sentia, acompanhados por almofadas de grandes dimensões e puffs aconchegantes. Em termos de cores, a decoração era caracterizada pelas cores quentes e mais vivas, como o rosa, o vermelho, o laranja, o azul-turquesa e o verde. Tudo projetado de um jeito magnífico. Estava deslumbrada, tamanho o espetáculo.

— Salaam Aleikum — cumprimenta-nos Ghalib.

— Alaikum As-Salaam — respondi educadamente enquanto Daniel me olhou surpreso.

— Doce Nicole. — Nablan aparece me deixando sem reação enquanto segura minha mão esquerda e deposita um singelo beijo. Senti Daniel estremecer ao meu lado, mas não falou nada.

— Olá — respondi com as bochechas coradas.

— Essa é minha esposa Aisha — apresenta Ghalib enquanto a mulher nos cumprimenta cordialmente. — Leve a senhorita Nicole para comer algo, Aisha, estaremos no outro lado conversando — terminou olhando-a de um jeito amoroso e ela apenas acenou, levando-me para o lado onde estava a mesa.

Caminhei calmamente, tentando não mostrar minha grande irritação. Que coisa machista foi essa? Uma mulher não poderia participar de uma reunião, por acaso? Essa época em que só os homens comandavam tinha acabado havia muito tempo. Tentei não pensar muito no assunto enquanto sua mulher era gentil comigo. Eu deveria estar lá, participando e vendo como eram feitas as negociações. Eu estava estudando tanto anos pra quê?

Servir de enfeite e acompanhante para um homem? Mesmo que fosse Daniel?

— Aceita algo, querida? — perguntou ela e eu respondi que sim. — Experimente isso, é uma delícia.

— O que é? — perguntei gentilmente, tentando não parecer mal-educada.

— Se chama homus, é patê de grão de bico com pasta de gergelim — respondeu enquanto eu dava uma mordida na comida.

— Uma delícia — comentei. E estava mesmo.

Meia hora depois, eles voltaram conversando entre si normalmente. Eu esperei tanto para ter essa oportunidade e, quando finalmente consegui, ele me despachou como se eu fosse qualquer uma. Dei um sorriso fraco enquanto eles andavam em minha direção. Aisha continuava ao meu lado, e estávamos conversando amenidades esperando eles voltarem.

— Vamos comemorar — comentou Ghalib. — Temos um novo sócio, querida — falou olhando para Daniel que estava com um semblante feliz. — Chame as meninas. — Depois disso, ela saiu e fiquei curiosa para saber quem seriam elas.

Pouco tempo depois, apareceram cinco meninas vestidas com roupa da dança do ventre, cada uma com uma cor, indo em direção ao meio da sala, onde não havia nada, acho que justamente para isso. A música começou a tocar e elas começaram a dançar sensualmente; até então tudo bem. Com uma coreografia perfeita, elas iam se dividindo em diferentes áreas, enquanto eu observava a reação de Daniel. Elas eram lindas e com o corpo escultural, praguejei baixo esperando não ver interesse dele em nenhuma delas. A de vermelho foi em sua direção fazendo um tipo de show particular para ele, rodeando-o e requebrando o corpo de uma forma sensual.

Eu já estava vermelha de raiva e tentava me controlar. Vendo minha expressão, Nablan perguntou se estava tudo bem e eu acenei com a cabeça. Os minutos passaram se arrastando e parecia que aquilo não teria mais fim. A mulher ainda continuava dançando para ele quando finalmente a música acabou e palmas foram ouvidas por toda parte. Agradeci mentalmente, pois não aguentava mais ver aquela cena.

Uma hora depois, estávamos todos sentados enquanto Ghalib contava a história da sua família com muito orgulho. Até então eu não sabia que Nablan era filho dele. Escutando suas palavras, tentei não parecer tão surpresa quanto a isso.

— Nicole? — chamou e eu olhei para ele curiosa. — Você é casada?

— Oh, não — respondi com vergonha, vendo que a atenção de todos estava em minha direção.

— Namora?

— Também não — respondi mais uma vez, enquanto ele e seu filho trocaram olhares.

— Nablan está solteiro, à procura de uma esposa.

Diante de suas palavras, engasguei com o champanhe que estava tomando, assim como Daniel, que olhou em minha direção esperando alguma atitude minha. Ele estava mesmo me jogando para o filho dele?

Certo que Nablan era muito bonito e inteligente, assumiria os negócios da família e tudo mais, porém meu interesse nele era nulo. O único homem com quem eu me importava estava bem a minha frente me olhando como se fosse me matar. Dei um sorriso fraco e pisquei sem jeito para eles.

— Nablan, mostre a Nicole o local, tenho certeza de que ela vai adorar conhecer — falou o mais velho enquanto seu filho se levantou rapidamente e estendeu a mão em minha direção. Aceitei sem jeito e ele me ajudou a levantar mesmo sem necessidade. — Ficarei aqui conversando com Daniel. — Olhei para ele, que estava com um semblante não muito bom e saí acompanhando Nablan.

Caminhamos uns dez minutos sem dizer nada até que ele parou, segurou minha mão mais uma vez e nos sentamos em uma espécie de balanço que havia ali.

— A noite está bonita, não acha? — perguntou olhando para o céu.

— Está mesmo — concordei, observando também.

— Desculpe pelo meu pai — disse sem tirar os olhos do alto. — Ele quer que eu me case logo e assuma os negócios da família — terminou sem jeito.

— Não tem problemas, eu entendo — comentei.

— Você teria coragem de morar aqui, Nicole? — perguntou de repente e eu o encarei surpresa.

— Não sei — respondi, não querendo dizer um não tão de cara.

Ficamos em silêncio mais uma vez, só a música alta preenchia o ambiente.

— Você pensa em se casar? — questionou e eu fiquei sem reação. Casar? Não estava nos meus planos.

— Nunca pensei sobre isso, Nablan — falei, esperando que ele acreditasse na minha mentira. Ele se aproximou mais ainda fazendo com que ficássemos lado a lado do banco. Suas mãos procuraram a minha mais uma vez e ele a segurou, deu um beijo casto, assim como na entrada, e, antes que eu pudesse dizer algo, Daniel apareceu bem na hora. Seu olhar foi para nossas mãos de imediato e ele parecia furioso.

— Já estamos de saída, vamos, Nicole. — Sua voz me fez estremecer. Ele parecia muito puto. Soltei minhas mãos do homem ao meu lado tentando não parecer rude, peguei minha bolsa que estava em meu colo e me levantei, despedindo-me de Nablan.

— Até logo, Nicole. — Sua voz foi ouvida quando estávamos próximos ao portão, eu acenei sem jeito tentando andar sem cair enquanto Daniel parecia em uma maratona, de tão rápido que andava.

— Você pode me esperar, por favor? — pedi enquanto estava andando e segurando na parede já com o pé doendo. Antes que ele pudesse responder, meu telefone tocou fazendo-o se virar em minha direção e me olhar de uma forma estranha.

— Atenda — falou sem emoção alguma. Coloquei a mão na bolsa, achei meu celular rapidamente e pisquei, temendo atender. Ele continuou parado enquanto o aparelho começou a tocar mais uma vez.

Sem escolha, atendi o celular e vi-o se afastando um pouco, dando-me privacidade.

— Oi, Oliver — falei baixinho, rezando para que Daniel não escutasse.

— Ei, gata. Esqueceu de mim? — perguntou fazendo charme.

— Claro que não... Também estou com saudades — respondi fazendo um beicinho. Eu realmente estava com saudades. Principalmente das noites perdidas que tínhamos juntos.

— Quando vamos nos ver? — perguntou curioso.

— Em breve, ainda estou em Dubai. Quando eu chegar, nós acertamos algo — falei e dei uma desculpa dizendo que estava muita ocupada. Ele acreditou e finalizei a ligação já com a mão no coração. Daniel não pareceu nada bom.

Entrei no carro escutando sua respiração irregular, abri a boca para falar algo, mas alguma coisa atrapalhou. Meu telefone tocou mais uma vez e praguejei baixinho. Dessa vez não era uma ligação, pelo menos isso, mas uma mensagem. Com as mãos no volante, ele dirigiu com uma calma artificial.

A viagem pareceu longa demais, até porque nenhuma palavra foi dita. Como já era um pouco tarde, não havia quase ninguém na frente no hotel. Pegamos o elevador em total silêncio, eu não olhava para ele e ele muito menos olhava para mim.

— Você está mesmo interessada nele? — perguntou tentando controlar a raiva.

— É claro que não, Sr. Campbell — respondi tentando inutilmente fazê-lo parar de pensar besteira.

— E por que diabos ele estava beijando sua mão? — Seu rosto já estava vermelho e eu começava a me irritar. Qual o problema dele, afinal?

— Ele só estava sendo gentil, pelo amor de Deus — falei já sem muita paciência.

— Está com muitas saudades do Oliver? — perguntou me deixando surpresa. Ele escutou, com certeza.

— Oliver é só um... — Como eu poderia dizer isso a ele? — Oliver é só um amigo — menti, ele não poderia saber a verdade. Jamais.

— Você tem amigos demais, Nicole — comentou em tom de deboche.

— Não posso mais ter amigos? — perguntei rebatendo seu comentário sarcástico. Ele abriu a boca para falar, mas eu o cortei. — Boa noite, Sr. Campbell — falei dando as costas para ele e indo em direção ao meu quarto quando fui virada bruscamente.

— Sr. Camp... — comecei a falar, mas fui interrompida pelo seu dedo indicador sobre meus lábios, vindo ainda mais em minha direção. — Só... fica parada.

Nossos corpos estavam colados um de frente para o outro, enquanto seu olhar ia em direção a minha boca. Passei a língua pelos lábios sutilmente enquanto encarei sua expressão de desejo por mim. Sem esperar, ele avançou em minha direção, colando a sua boca na minha, jogando-me na parede sem cuidado. Oh, meu Deus, aquilo estava mesmo acontecendo?

De início seu beijo era calmo, sem pressa, como se estivesse tentando apreciar cada segundo. Nossas línguas brincavam uma com a outra em uma mistura de descoberta. Minhas mãos, até aquele momento paradas, ganharam vida puxando o cabelo dele enquanto aprofundávamos cada vez mais o beijo. Mordi seu lábio superior e ele fez o mesmo com o meu inferior enquanto nossas línguas voltaram com as brincadeiras. Sem nos desgrudar um só segundo, escutei um barulho, o *click* da porta sendo aberta.

Sem ao menos perceber, fui jogada em sua cama, sentindo a maciez do colchão. As mãos dele passeavam pelo meu corpo sem pudor. Sua boca deixou a minha e seguiu o traçado da minha bochecha até o pescoço dando mordidas e chupões, que com certeza deixariam uma pequena marca. Eu não me importava com mais nada naquele momento, seu cheiro exalava no quarto e seus beijos estavam me enlouquecendo.

CAPÍTULO 10

Daniel

Minha cabeça estava a mil, eu deveria estar feliz, afinal tinha acabado de fechar um negócio milionário, entretanto não conseguia pensar em mais nada, a não ser naquele infeliz do Nablan beijando a mão de Nicole. O caminho para o hotel foi longo e silencioso, entramos no elevador e o silêncio permaneceu, até que perdi a paciência e resolvi falar.

— Você está mesmo interessada nele?

— É claro que não, Sr. Campbell — respondeu de imediato.

— E por que diabos ele estava beijando sua mão? — perguntei tentando esconder a minha raiva, mas em vão.

— Ele só estava sendo gentil, pelo amor de Deus — respondeu já sem paciência, querendo encerrar o assunto, mas eu ainda tinha outra dúvida.

— Está com muitas saudades do Oliver? — perguntei deixando-a surpresa. É, Nicole, eu ouvi sua conversa.

— Oliver é só um... — falou, ficando pensativa por um instante, tendo cuidado com as próximas palavras. — Oliver é só um amigo — terminou, porém sabia que tinha algo por trás dessa história. Dessa vez iria deixar passar, afinal eu não era nada dela... Ainda.

— Você tem amigos demais, Nicole — resmunguei em tom de deboche.

— Não posso mais ter amigos? — retrucou sarcástica. — Boa noite, Sr. Campbell. — Falou isso e deu as costas, indo para o outro lado. Antes que chegasse ao quarto, puxei-a pelo braço, deixando-a surpresa.

— Sr. Camp... — tentou protestar, mas eu a interrompi colocando o meu dedo indicador nos seus lábios.

— Só... fica parada — pedi aproximando-me.

Não consegui pensar em mais nada, o desejo tomou conta da minha cabeça. Tudo em que eu conseguia pensar é que eu precisava dela, precisava do corpo dela, precisava dela para mim. Peguei-me olhando fixamente para seus lábios — lindos e rosados — quando ela sutilmente passou a língua por eles de uma forma extremamente sexy. Que se dane tudo, eu preciso sentir esses lábios. Sem pensar duas vezes, selei as nossas bocas, agarrando-a e pressionando-a contra a parede.

Nossas línguas brincavam uma com a outra; enquanto ela puxava meus cabelos, eu a pressionava mais contra a parede; ela mordeu meu lábio e eu não resisti e mordi o seu, nosso beijo cada vez mais intenso. Tateei em meus bolsos a chave da suíte sem afastar os lábios. Achando-a, imediatamente inseri o cartão na trava de segurança, liberando a passagem num click, abrindo a porta da suíte; nem me dei ao trabalho de acender as luzes, fomos direto para o quarto. Ao perceber a cama aos nossos pés, joguei-me nela levando Nicole comigo, abandonando sua boca apenas para beijar-lhe as bochechas, o pescoço, o colo, enquanto minhas mãos passeavam sem pudor por todo o seu corpo.

Sem a menor cerimônia, tirei o paletó e a gravata, voltando a beijar sua boca, enquanto tentava localizar o fecho do vestido. Ela percebeu meu desespero quando não consegui.

— Deixa que eu te ajudo — falou, invertendo a posição. Ficou em pé em cima da cama, comigo aos seus pés, bem embaixo dela. Tirou o vestido de forma lenta e torturante, fazendo-me ficar com mais tesão ainda. Quando o retirou totalmente, eu estava de boca aberta; cada segundo de tortura esperando o maldito vestido cair valeu a pena. Ela vestia apenas uma micro calcinha de renda azul, na mesma cor do vestido, fazendo-me salivar diante de tanta luxúria; minha única reação era admirar aquele corpo lindo, até que ela ficou na minha altura.

— Agora você é que está com muita roupa, não? — perguntou de uma forma retórica e foi desabotoando minha camisa, tirando-a depressa, indo em direção à minha calça, também a retirando sem cerimônia. Ela só de calcinha e eu só de boxer preta. Ofeguei mais uma vez tendo a visão de seu belo corpo. Meu pau se contorceu mais uma vez imaginando como seria estar dentro daquela mulher.

Ataquei sua boca novamente apertando seu quadril com uma mão, com a outra puxei seu cabelo com força, mas sem machucá-la de fato. Já completamente animado, senti-a se mexendo em cima do meu amiguinho e interrompi o beijo.

— Porra — resmunguei completamente alucinado. Aquela mulher estava acabando comigo. Eu não era de falar palavrão, de maneira alguma, mas estar ali sentindo Nicole roçando em minha ereção era demais para qualquer um. Minha boca foi ao seu pescoço mais uma vez, distribuindo beijos até chegar aonde queria: seus seios, completamente deliciosos. Caí de boca sem nem pensar, beijando, sugando, mordendo, mordiscando, fazendo de tudo para enlouquecê-la. Ela gemeu baixinho enquanto alternei de um para o outro. Até então, pele nunca tinha tido sabor realmente, mas não era de se estranhar, pois tudo que se aplicava àquela mulher era diferente. Sempre fui de agradar todas as mulheres que já passaram pela minha cama, até porque eu não era um insensível; se elas me agradavam então eu as agradava também. Porém, com Nicole não era nada forçado, nada por agrado, eu queria sentir sua pele, sua boca, queria sentir seu gosto.

Enquanto minha boca estava em seu seio, minhas mãos ganhavam vida própria percorrendo o corpo dela em áreas deliciosas. Não querendo ir direto ao ponto, minhas mãos percorreram suas coxas sentindo a maciez delas. Não aguentando, fui subindo devagarzinho, fazendo Nicole ofegar, assim como eu, quando finalmente achei o caminho da felicidade. Sem tirar sua calcinha, apenas a afastando, fui com meus dedos ao local tão desejado. Oh, merda, ela estava tão molhada. Meu pau se contorceu dentro da cueca mais uma vez. Essa mulher ainda ia acabar comigo. Brinquei com sua intimidade, separando suas dobras, passando meus dedos sem pressa, acariciando e brincando com ela, sentindo-a ficar cada vez mais molhada.

Olhei para seu rosto, querendo saber como ela estava. A boca estava levemente aberta, mordia seu lábio inferior e seus olhos estavam fechados; o prazer estava estampado em seu rosto. Sem aguentar, virei-a para baixo, ficando por cima dela, tendo a visão da sua barriga lisa e seus seios suculentos, tirei sua calcinha lentamente, fazendo-a implorar.

— Oh, Daniel, por favor — pediu ainda de olhos fechados. Salivei diante da visão da sua intimidade completamente molhada, pronta para mim. Minha boca foi em direção a ela depositando um simples beijo de início, mas não me controlei e caí de boca na sua boceta rosada. Chupei com gosto sentindo-a desfalecer em meus braços. Beijei mais uma vez e voltei a chupá-la sentindo sua mão sobre o meu cabelo implorando por mais.

Descontrolei-me chupando-a cada vez mais, sem parar, sentindo seu gosto maravilhoso, esperando ter a visão dela gozando para mim. Pouco tempo depois, senti isso acontecendo, suas pernas tremeram, seus dedos dos pés dobraram enquanto ela pressionou seus dentes sobre seu lábio, tamanha a sensação.

Esperando seu corpo se acalmar, beijei-a sentindo-a mole em meus braços. Depois de recuperada, voltou à posição inicial ficando em cima de mim. Com um olhar safado, passou a mão no meu amiguinho, que ainda estava coberto. Sem cerimônia, tirou minha cueca ficando de boca levemente aberta quando viu o tamanho. Dei um sorriso fraco, não é querendo me gabar, mas sabia que era muito bem dotado.

Fechei os olhos, assim como ela, quando caiu com sua boca deliciosa no meu pau. Oh, Deus, que sensação maravilhosa. Ficou sugando, deixando a cabeça do meu pau tocar no céu da sua boca, deliciando-me com a expressão de prazer em seu rosto. Sabia que não iria aguentar muito tempo, assim como ela também sabia. Vendo que eu estava quase lá, voltou a chupar rapidamente, levando-me ao céu no exato momento. Queria afastá-la para não ter de engolir, mas ela não saiu do lugar, engolindo tudo, até a última gota, com uma cara de safada, deixando-me totalmente limpo.

Depois do maravilhoso oral recebido, voltamos a nos beijar loucamente. Minhas mãos iam em direção a sua intimidade encharcada e minha boca, ao bico dos seus seios já duros, cheios de tesão. Ela me olhou e as batidas no meu peito duplicaram. Diante dos meus olhos, foi como em câmera lenta, parecia que todo o oxigênio naquele quarto tinha desaparecido. Nossos olhares estavam ligados numa espécie de luta interna. Sorri malicioso agora contra o seu ombro, sentindo sua pele quente ficar arrepiada sob a minha língua. Eu assistia ao fogo dançante nos seus olhos claros, e fiquei duro mais uma vez. Fui por cima dela, que puxou a minha cabeça pela nuca, beijando-me de uma forma diferente.

As nossas línguas enrolaram-se e acariciaram-se juntas, no que parecia uma dança perfeita, enquanto as nossas mãos se perdiam ao longo do corpo um do outro. Uma onda quente de prazer espalhou-se pelo meu corpo. Insanidade. Era a única palavra que me ocorria para descrever o que senti.

Apoiei meu cotovelo no colchão, no lado do seu corpo, passando as mãos por baixo dos seus ombros enquanto eu envolvia os meus braços em volta do seu pescoço e a puxava para mais um beijo antes de penetrá-la. Eu ia devagar. Colocava e retirava somente a pontinha do meu membro dentro dela, fazendo-a gemer. Comecei com movimentos lentos e intensos, tirava quase o membro todo para depois o forçar de volta. Todo o meu corpo tremia de arrepios com as sensações que estava sentindo. Ela respirava pesadamente ao meu ouvido.

Ela beijava o meu pescoço, o meu rosto e os meus lábios com avidez. Os nossos corpos iam aumentando o ritmo da dança aos poucos, enquanto o prazer nos torturava.

À minha frente, tudo o que eu via era a pele de Nicole reluzir de suor. Ela estava perfeita. Os olhos fechados, a face contorcida em tortura e prazer, os lábios carnudos e vermelhos entreabertos num meio sorriso prazeroso. Ao sentir na minha boca o gemido do profundo prazer dela, o meu corpo não aguentou mais e cedeu, fazendo-me chegar ao clímax alguns instantes depois dela.

Depois do prazer, desabei sobre o seu corpo enterrando o meu rosto no seu ombro, que cheirava a morangos.

Era esse o seu cheiro. Quando virei o meu corpo para sair de cima, e de dentro dela, Nicole me segurou pelos ombros, mantendo-me em cima do seu corpo.

— Ainda... não...

Passamos alguns instantes assim. Eu passeava com a ponta do nariz por toda a extensão do seu rosto e sua respiração tranquila foi-me tranquilizando. Quando ela finalmente adormeceu, nós estávamos deitados de lado, de frente um para o outro, abraçados. Não pude deixar de sorrir docemente ao observá-la dormir tranquila. Eu soube, assim que olhei nos seus olhos, antes de vê-la adormecer completamente, que ela era diferente de todas as outras.

Eu sabia que estava caído por ela, porém não achava que era tanto. Ver seu corpo se contorcer debaixo do meu enquanto me afundava em sua carne quente foi uma das melhores, ou a melhor sensação que eu poderia ter sentido em minha vida. Nenhuma das outras mulheres com as quais fui para a cama me deu tanto prazer como Nicole, e não digo só na cama, claro que ela era maravilhosa. Eu sabia que isso tudo não se tratava só de sexo. Eu estava apaixonado por Nicole, ou até mais que isso. Meus sentimentos por ela cresciam a cada minuto e eu não sabia onde isso iria parar. Observei-a dormindo em meus braços e meu coração se encheu de felicidade. Recordei-me de alguns minutos antes e fechei os olhos extasiado, completamente feliz pelo momento ocorrido.

Não queria que aquela noite acabasse nunca, foi tão perfeito tê-la entregue para mim daquele jeito, ver esse lado dela que eu nem sabia que existia. Eu teria essa mulher para mim, custasse o que custasse. Nicole seria minha. Antes, até cheguei a duvidar de seus sentimentos, mas tê-la tão entregue a mim naquela noite me fez perceber que não era apenas eu, ela sentia a mesma coisa. Nossos sentimentos eram iguais, pude notar seu olhar sobre mim e ver a sinceridade desses sentimentos contidos nele. Com esses pensamentos, adormeci sentindo o calor dela junto ao meu corpo, sentindo-me o cara mais feliz do planeta Terra.

CAPÍTULO 11

Nicole

Minha mente adorava me enganar, eu sabia bem disso. Eu não aguentava ter mais sonhos com o Campbell, era tão frustrante. Sonhar em tê-lo junto a mim, o seu corpo junto ao meu, para, depois de tudo, acordar sabendo que aquilo não passava de uma ilusão. Continuei de olhos fechados, tentava aproveitar o resto de felicidade de mais um sonho. Eu sentia o calor de alguém junto a mim, porém sabia que aquilo não era possível.

Depois de dois sonhos quentes com aquele infeliz, eu não aguentava mais. Meu corpo reclamava, e eu me sentia exausta. Que diabos foi isso? Lembranças do dia anterior me atropelaram em cheio. Eu e ele passando a noite toda juntos, beijando-nos, tocando-nos, sentindo-o dentro de mim. Foi tão bom, tão maravilhoso, eu não conseguia acreditar que aquilo não era real.

Abri os olhos devagar, acostumando-me com a escuridão do quarto, já que as cortinas estavam fechadas. Sabia que já era de manhã, por causa da pouca claridade, mesmo com tudo fechado. Ainda sonolenta, tentei abrir os olhos de vez, olhando para a frente e não reconhecendo o lugar onde estava.

Eu me sentia exausta, mesmo não entendendo o porquê daquilo. Ainda sentindo um calor junto ao meu corpo, olhei para cima, encontrando Daniel me olhando e acariciando meu cabelo tão levemente que eu nem havia percebido, mas espera aí...

Daniel? O que ele está fazendo no mesmo quarto que eu? Ainda por cima na mesma cama?

— Bom dia, Nicole. — Sua voz rouca me despertou de vez.

Continuei parada, na mesma posição de antes, deitada em seu peito completamente descoberto. Tentei me lembrar dos acontecimentos daquela noite. A festa. A dançarina se mostrando para ele. Nablan me cantando. Daniel chegando bem na hora em que ele beijava minha mão enquanto estávamos sentados juntos. Ele puto da vida comigo. Oliver me ligando. Ele escutando toda a conversa. A volta silenciosa para o hotel. Ele pedindo para eu ficar parada enquanto me beijava. A gente entrando no quarto e... Oh, meu Deus. Isso aconteceu mesmo? Eu transei com o Campbell?

Minha intimidade dolorida comprovava muito bem isso. Por que fui fazer isso? Cacete. Puta merda, tudo saindo do meu controle. Não sabia que expressão estava fazendo, mas acho que não lhe agradou muito. Ele depositou um beijo na minha testa e me abraçou, fazendo assim com que ficássemos deitados na cama juntos, eu em cima do seu peito enquanto ele acariciava minhas costas descobertas. Eu estava pelada na frente dele, mas que vergonha!

Eu me sentia altamente constrangida. Fechei os olhos, pela primeira vez rezando para que tudo aquilo fosse um sonho. Depois de perceber que era bem real, continuei imóvel aproveitando o carinho e seus toques em minhas costas, aquilo era tão bom. Sabendo que não poderia ficar assim, afastei-me dele a contragosto, enrolando-me em um lençol que estava me cobrindo apenas na parte de baixo. Sem olhar para ele, levantei-me da cama com intenção de me afastar e ir embora.

— O que pensa que está fazendo? — Pelo tom de sua voz, ele não gostou nem um pouco da minha atitude.

— Voltando para o meu quarto. — Parecia mais uma pergunta do que uma afirmação.

— E por quê? — perguntou com um olhar triste em minha direção.

Parei na sua frente, ainda enrolada no lençol. Olhei para ele, que se encontrava na cama coberta, envolto em outro lençol, cobrindo apenas suas partes íntimas. Virei o rosto para o lado, lembrando-me do que acontecera de noite. Merda.

— Eu... só... tenho que ir — respondi não sabendo direito o que fazer. Não queria ficar ali, mas também não queria ter de sair no meio do hotel só de lençol. Estava tão desorientada na hora que nem de pegar minhas roupas me lembrei.

— Volta aqui, Nicole. — Sua voz era um sussurro. — Por favor — ele pediu. Mesmo sabendo que iria me arrepender mais tarde, fiz o que me pediu. Fui até ele caminhando calmamente, ficando de joelhos na cama de frente para ele. Suas mãos me trouxeram para mais perto, bem a sua frente. Minhas mãos agarradas ao lençol tentando me cobrir estavam prestes a falhar, enquanto ele me olhava de um jeito diferente. Seu rosto veio lentamente em direção ao meu, nossos lábios ficaram próximos, sem se tocar realmente, não interrompendo o contato visual um só minuto. Quando, enfim, nossas bocas se tocaram, ocorreu a tal explosão de sentimentos. Coração acelerado, borboletas no estômago, pele arrepiada, sensações diferentes. Nossas línguas brincaram uma com a outra em uma sincronia perfeita. Suas mãos vieram em direção ao meu rosto, segurando-me de uma forma delicada, como se estivesse com medo de me machucar. Nossos lábios voltaram a se encontrar. Lambidas, mordidas, sugadas, tudo ocorreu de uma forma calma, sem pressa.

— Esse é o problema — ele falou ainda com a boca colada na minha. — Quando estou contigo, não consigo manter a boca longe — suspirou, acrescentando logo em seguida: — Estou começando a pensar que essa obsessão se trata de outra coisa.

Arqueio as sobrancelhas curiosa.

— Do quê? — perguntei.

— É a tentação mais doce que conheço. — Diante disso, não esperei e nem dei uma resposta, ataquei sua boca com a minha, voltando assim mais uma vez ao beijo. Ele me segurou levando meu corpo para cima do seu, o lençol foi retirado de mim ainda com as bocas coladas, eu mal havia percebido. O fogo entre as minhas pernas já estava ficando insuportável, a única coisa que nos atrapalhava no momento era o lençol dele, que eu tratei de tirar sem pudor, deixando assim nossos corpos visíveis um para o outro mais uma vez. A lembrança da noite preenchia meus pensamentos, fazendo-me ficar mais molhada ainda. Seu amiguinho se animou rapidamente. A luz fraca do sol adentrava o quarto, porém a escuridão ainda predominava. Sentia-me indefesa exposta daquele jeito, mas seus beijos me acalmavam, aqueles lábios macios e quentes passeavam do meu pescoço até meu tórax e seios, fazendo-me ficar alucinada. Enquanto chupava um seio, Daniel passou a tocar o outro com uma das mãos. Apertava, beliscava, acariciava levemente com os dedos longos. Cada arquejo meu era um gemido agora. A chama entre as minhas pernas só aumentou quando ele inverteu, sugando o outro seio e acariciando o primeiro. Ele sabia como levar uma mulher à loucura.

Quando ele desceu para a minha barriga, senti meu corpo inteiro entrar em erupção. Balbuciava coisas sem sentido, bem baixinho. Eu queria um toque, qualquer um, em minha boceta naquele instante. Parecendo ler meus pensamentos, apertou minha coxa com força, causando um misto de prazer e dor e deslizou a mesma mão pela parte interna, até tocar, muito levemente, minha intimidade.

Ficou um bom tempo apenas olhando para mim, para minha carne inchada de desejo. Soprou-a levemente, o que fez o meu corpo se arrepiar. Eu respirava desordenadamente pela boca, implorando para que ele me tocasse mais. Ele me obedeceu, acariciou os grandes lábios com os dedos e os penetrou bem devagar. Arqueei os quadris, tentando obter mais contato. Então, sem aviso prévio, ele retirou a mão, agarrou minhas duas pernas e jogou-as sobre os próprios ombros. Posicionou-se entre elas e abocanhou, de uma vez só, minha carne, lambendo e chupando.

Perdi os sentidos. Agarrei-me nos cabelos dele e rebolei freneticamente. Sentia como se pudesse deixar meu corpo a qualquer momento. Tive a familiar sensação de um orgasmo se aproximando, mas era bem diferente das outras vezes, mais intenso. Quando veio, veio forte e eu soltei um grito muito longo enquanto gozava. Terminado o ato, nós dois ofegantes nos abraçamos. Trocamos beijos lentos com o sabor picante do sexo. Sentindo-me mais leve e sem vergonha, explorei as costas dele com as mãos, esperando que nossas respirações acalmassem.

Sem conseguirmos nos controlar, ambos nos atacamos mais uma vez. Beijamo-nos com fervor, enquanto ele segurava meu cabelo com força me trazendo para ele. Jogou-me na cama, vindo em cima de mim, traçando beijos pelo meu corpo mais uma vez, minhas pernas já abertas...

Senti seu amiguinho em minha entrada e suspirei de antecipação. Eu sabia o que estava por vir e esperava que fosse logo. O tesão era muito grande, ao sentir seu pênis me penetrando firme, abrindo-me, fazendo-me sua. Sentia-me preenchida por ele. Tudo isso sem camisinha, minha vagina sentindo o contato direto do seu pênis. Ele meteu até o fundo e começou a mexer. Tirava tudo e voltava a penetrar de novo, matando-me aos poucos, eu não conseguia conter os gemidos de prazer.

Ele aumentava suas investidas, enquanto meu corpo ondulava embaixo do seu. Minhas mãos acariciaram seu peito, braços e costas, e, quando ele intensificou ainda mais os movimentos, minhas unhas se cravaram em sua pele.

O calor se apossava do meu corpo, fazendo-nos ficar suados. Ele dentro de mim, preenchendo-me, indo e vindo, firme e forte. Não conseguia raciocinar direito, o prazer me consumia. Ele continuava a bombear e eu gemia em seu ouvido enquanto sentia aquela maravilhosa sensação. Eu ainda estava com as mãos sobre as costas dele, ele me ergueu, deixando-me ainda mais vulnerável às suas investidas com esse movimento. Seu membro me penetrou ainda mais profundamente. Lancei a cabeça na curva do pescoço de Daniel, ambos gritando de prazer, atingindo a tão famosa libertação. Minha pele suada, meu rosto rosado, os músculos se contraindo, fazendo-me chegar ao ápice ao mesmo tempo que ele.

Respirações ofegantes, corpos suados, colados um no outro. Quando, enfim, me acalmei, repensei no que aconteceu. Oh, merda, eu me entreguei para ele mais uma vez. Eu estava em pé indo embora, por que diabos não fui? O maldito Campbell tinha de me chamar para perto dele, fazendo assim com que eu jogasse tudo para o alto, entregando-me para ele de uma forma inexplicável.

Não podia dizer que foi ruim, ao contrário, foi maravilhoso, até mais do que isso, pode-se dizer. Onde eu estava com a cabeça quando me deixei levar desse jeito? Eu só podia estar maluca. E estava mesmo, mas, infelizmente, por ele. Aquele maldito, infeliz, gostoso... Oh, não, no que eu estou pensando. Ele é meu chefe, meu Deus. Será que isso não entrava na minha cabeça? Eu tinha tantos planos, e isso não podia acontecer, não agora.

Mordi meu lábio inferior amaldiçoando-me por ter me rendido a ele. O que ele devia estar pensando no momento? Que eu era qualquer uma, que queria apenas subir na vida transando com o patrão. Eu jamais queria que ele pensasse isso de mim.

— Senhor Campbell? — começo a falar sem jeito. Olhei para o lado e ele estava totalmente pelado. *Oh, Deus, me dê forças para não atacá-lo de novo.*

Mas fala sério, se você tivesse um cara pelado, enquanto vocês estivessem se beijando, e ele parasse e falasse que você é a tentação mais doce que ele conhece, poxa, é de quebrar qualquer uma. Eu estava tão cansada, sair dali era a última coisa que eu queria, porém tinha de tomar uma atitude.

— Sim? — perguntou se aproximando, levando as mãos a uma mecha do meu cabelo que insistia em cair do meu rosto. Suspirei diante de sua atitude. — Quero me desculpar pelo que aconteceu agora... — comecei a falar meio sem jeito. — Isso não vai se repetir, não precisa se preocupar. Tudo vai voltar ao normal como sempre foi...

— E quem disse que eu quero que volte ao normal? — perguntou me encarando.

— Bom... eu... achei que... — Atropelo as palavras sem saber o que fazer. — É errado, senhor Campbell.

— E por que seria errado, Nicole? — perguntou e eu olhei para ele abismada. Ele era idiota ou estava apenas se fazendo?

— Você é meu chefe e eu sou apenas uma funcionária, isso é errado — falei tentando passar seriedade em minha voz.

— Não é errado quando duas pessoas que se gostam fazem aquilo que lhes convém, Nicole — comentou me deixando sem palavras.

CAPÍTULO 12

Nicole

Suas palavras me deixaram mais que surpresa. Com a boca levemente aberta, respirei com dificuldade. Por que aquele homem tinha de me afetar daquele jeito? Minha vida estava tomando o curso certo e ele apareceu acabando com todos os meus planos. Diante disso, levantei-me, sentindo seu olhar sobre mim.

Olhei para o lado, encontrando minha roupa jogada no chão, fazendo lembrar-me de como ela foi parar ali. Minhas bochechas coraram diante desses pensamentos. Peguei o vestido em minhas mãos o mais rápido que pude. Sem mais uma palavra, deixei o quarto sabendo que havia deixado para trás um Daniel confuso diante da minha atitude.

Qualquer mulher se mataria para escutar aquelas palavras, e eu fugi dele assim como o diabo foge da cruz. Eu só podia ser muito azarada mesmo. Respirando com dificuldade mais uma vez, lembrei-me de que não trouxera a maldita bolsa que havia levado para a tal festa do dia anterior, estando contidos nela meus documentos, o cartão da porta e o principal, meu celular. Suspirei. Se ele encontrasse meu celular e visse o que havia, eu estava perdida. Muito perdida.

Mesmo tendo certeza de que ele não faria tal coisa, não queria me arriscar. Não podia, não dessa maneira. De um jeito ou de outro, eu teria de voltar mais uma vez para o quarto dele. O cartão estava lá e sem ele eu não poderia entrar no meu quarto. Fui em direção à porta, não me dando ao trabalho de bater, entrando lá da forma mais dura que podia. Na verdade eu estava desabando. A bolsa estava bem perto da porta e eu virei lentamente, sabendo que teria de virar e encará-lo, se quisesse voltar.

Quando enfim nossos olhos se cruzaram, eu perdi o controle. Meu coração se apertou vendo o rosto sofrido dele. Surpreso pela minha volta repentina, ele abriu a boca para falar, mas antes disso eu falei.

— Desculpe — minha voz saiu arrastada, não dando oportunidade para ele prosseguir, e fui embora mais uma vez, escutando o baque da porta atrás de mim.

Eu não sabia direito o que sentir. Eu estava revoltada comigo mesma. Como pude deixar as coisas chegarem àquele ponto? Eu sabia, eu tinha consciência desde o início. Se eu cruzasse aquela ponte, não teria mais volta. Mesmo assim eu me arrisquei. Deixei-me levar pelos encantos de Daniel. Minha cabeça rodava sem parar e eu não conseguia não me abalar com aquilo.

Entrei no meu quarto, atirei a bolsa brutalmente em cima da pequena mesa que ali havia, jogando-me na cama sem pensar duas vezes. O que seria de mim depois disso? Ele iria me querer? Iria querer que tudo voltasse ao normal?

— Não é errado quando duas pessoas que se gostam fazem aquilo que lhes convém, Nicole.

Iria apenas me querer como um caso? Ou eu seria uma qualquer do trabalho, que ele pegaria quando quisesse? Bufei impaciente. Sentindo que iria enlouquecer a qualquer momento, fui em direção ao banheiro. Tirei o tão sonhado vestido com uma brutalidade absurda, como se de algum jeito fosse fazer o tempo voltar atrás. Sabia que um banho de banheira não me acalmaria. Decidi tomar uma ducha, e bem gelada. A água escorria pelo meu corpo e eu esfregava o sabonete líquido em meu corpo com raiva. Raiva de mim mesma por ter sido tão fraca. Eu é quem deveria estar no controle, não ao contrário. Daniel estava me levando, eu tinha consciência. Mas isso ia acabar. Ah, se ia.

Com a cabeça um pouco mais relaxada, saí do banho pensando nos meus próximos passos. Eu tinha de ser cuidadosa. Essas merdas de sentimentos estavam atrapalhando tudo. Enrolada na toalha, fui em direção a minha mala. Optei por uma calça jeans colada, uma blusa branca por dentro da calça, jaqueta preta e botas de salto alto. Fiz uma maquiagem discreta e borrifei um pouco do meu perfume favorito. Peguei meu celular e vi a hora: meio-dia e meia. Minha barriga reclamou de fome. Pegando outra bolsa e colocando meus pertences dentro, fui em direção ao restaurante do hotel.

Dei um pulo da cadeira quando senti uma mão estranha em meu ombro. Mesmo sem ver, sabia quem era. Eu nunca esqueceria aquele cheiro.

— Posso me sentar? — perguntou educado.

— Claro — respondi tentando não gaguejar.

Eu não podia nem almoçar em paz? Oh, meu Deus. Coloquei o cardápio bem em frente ao meu rosto, tampando a visão que tinha dele.

Fizemos nossos pedidos e comemos num silêncio constrangedor, até que o telefone dele tocou. Pelo que entendi, era o Sr. Ghalib nos chamando para um passeio pela cidade. Ele nem pediu minha opinião e já foi aceitando, acho que ele sabia que eu queria muito conhecer os principais pontos turísticos de Dubai. O clima não poderia estar pior, todas as vezes em que Daniel tentou conversar comigo sobre a noite anterior eu desconversei e isso o estava irritando muito. Ele simplesmente desistiu de falar comigo, passou a dedicar ao celular o tempo enquanto esperávamos. Quando, enfim, Ghalib e seu filho chegaram, nós mal nos olhávamos.

— Estão prontos para conhecer a cidade mais linda e rica do Oriente Médio? — perguntou Ghalib com entusiasmo, ao que respondi com um sorriso torto.

— É claro, estamos ansiosos — respondeu Daniel, mas sem nenhuma empolgação. Ele poderia ao menos fingir; se não estava contente, pelo menos tentasse manter uma boa expressão. O seu jeito me irritou ainda mais.

Entramos no carro e logo os dois começaram a falar sobre a cidade, que era a maior do país, que tinha uma população de aproximadamente três milhões de habitantes, que o petróleo era a base da riqueza, e mais um monte de baboseiras, mas nada daquilo prendia minha atenção. Eu só pensava na noite anterior e em tudo o que eu e Daniel tínhamos feito, e tê-lo ali ao meu lado e não poder tocá-lo me matava.

Logo chegamos ao Al Bastakiya, que é o quarteirão mais pitoresco e tradicional na região histórica, o destaque para as típicas Torres de Vento. Muitas das residências típicas foram transformadas em galerias de arte, museus, locais para eventos, pousadas, lojas, cafés, restaurantes. Eu fiquei encantada, era incrível como ali o antigo e o moderno andavam em perfeita harmonia. Entramos em várias lojinhas típicas e me dei ao luxo de esquecer tudo e me encantar com tudo aquilo. Aproveitei para comprar alguns presentes, incluindo presentes para mim, é claro.

De lá nos dirigimos ao Souk de Tecidos, que é um mercado localizado na parte antiga de Dubai, território de intermináveis lojas oferecendo bugigangas coloridas, xales, casimiras e tecidos. Era uma muvuca exótica, e eu adorei, percebi também que todos estavam se divertindo, inclusive Daniel, que finalmente tinha desmanchado a cara feia.

Depois fomos ao Gold Souk, que era o mercado de ouro, o que eu tanto esperei. Chegando lá, fiquei pasma, nunca tinha visto tanto ouro na vida, afastei-me um pouco dos homens e comecei a procurar umas joias bem diferentes para mim, ficando em dúvida sobre o que escolher diante das intermináveis vitrines. Comprei brincos, pulseiras, anéis e colares. Confesso que gastei uma pequena fortuna, mas joias eram joias e aquelas eram para sempre, sabe-se lá quando ia voltar ali.

Quando terminei minhas compras, fui à procura dos homens e deparei com eles sentados em um café batendo papo, aguardando-me. Ao ver-me cheia de sacolas, Ghalib e Nablan abriram grandes sorrisos, acho que não esperavam me ver com tantas compras.

— Nicole, vejo que gostou do mercado de ouro — comentou Ghalib com um sorriso.

— Adorei, senhor, confesso que esperei ansiosamente por esse momento durante a viagem — respondi sem graça.

— Vejo que gastou muito além do seu salário, Nicole — Campbell falou com desdém me deixando furiosa. Isso era coisa que se falasse?

— Não se preocupe, Sr. Campbell, eu sei administrar bem minhas finanças — respondi de uma maneira educada. Sabia que estava sendo grosseira, mas ele mereceu. Ele simplesmente se calou e voltou a tomar o seu café, olhando para além.

Até que me surpreendi com Nablan ao meu lado segurando um embrulho.

— Pra você, Nicole — ele falou e eu corei, estava morrendo de vergonha. Pelo embrulho já podia imaginar do que se tratava. — Elas combinam com seus olhos.

— Obrigada, Nablan, você é muito gentil. — Abri o presente e fiquei chocada com o que vi. Um maxi colar lindo, todo em ouro, com safiras enormes, junto com um par de brincos com uma safira em formato de gota. O colar era lindo, mas era um exagero, eu não teria onde usar, fora que devia ter sido um absurdo de caro. — É lindo, mas eu não posso aceitar — recusei imediatamente. — Deve ter custado muito, eu não me sentiria à vontade aceitando.

— Nós fazemos questão. — Ghalib se meteu no meio da conversa me forçando a aceitar o presente. — Se você não aceitar, será uma ofensa, afinal, todas as mulheres devem estar cobertas de joias para realçar ainda mais a beleza.

Olhei para Campbell e ele me olhou intrigado, eu não queria nem imaginar o que estava se passando pela cabeça dele.

— Aceite, Nicole, não faça essa desfeita com Nablan e Ghalib, que nos recepcionaram tão bem — falou e eu não sei se ele falava sério ou se estava apenas sendo cortês com nossos anfitriões, mascarando sua raiva.

— Bom, nesse caso eu aceito, sim, é um exagero, mas é lindo, muito obrigada aos dois. — Decidi aceitar o presente, mas enfatizei bem que ambos me deram, não só Nablan, ele não podia criar expectativas comigo. Eu não podia lhe oferecer nada, meu coração e minha cabeça já pertenciam a outro, mesmo que fosse errado.

Nablan não tirou os olhos de mim um só minuto, deixando Daniel cada vez mais furioso. Por um lado eu estava adorando e, por outro, ficando assustada. Não sabia do que ele era capaz. Homens sempre têm aquelas disputas de ego, sendo irracionais nesses momentos. Não queria que nada ocorresse entre os dois, mesmo sabendo que Daniel estava tentando se controlar ao máximo.

— Meu filho comentou que você está terminando seus estudos — Ghalib falou como quem não queria nada.

— Sim, é verdade — respondi temendo suas próximas palavras.

— A senhorita está apenas em um estágio, correto? — perguntou e eu acenei com a cabeça. — Já pensou em vir para Dubai depois disso? O mercado de trabalho daqui é muito bom e você teria muitas oportunidades por aqui.

— Então... — comecei a falar tentando arranjar um jeito de me esquivar. — Dubai é um lugar maravilhoso e, como o senhor disse, o mercado de trabalho é muito bom e... — Parei por um instante. — Talvez... Quem sabe no futuro.

Seu olhar ia de mim para o seu filho. O sorriso pequeno estampado em seu rosto me fez ficar envergonhada.

— Eu já estou ficando velho e, como você sabe, chega uma hora em que você tem que passar os negócios da família para frente — falou calmamente, dando a entender que ainda não havia acabado. — Como meu único filho homem, Nablan assumirá tudo. — Seu olhar foi exclusivamente para mim. — Mas, para isso, ele precisará de alguém, de uma companheira para estar ao seu lado, para ser uma boa esposa e uma boa mãe. — Terminou seu discurso como se aquilo fosse a coisa mais normal do mundo.

Escutei um barulho e olhei para o lado rapidamente, tentando me livrar daquele clima. Daniel havia acabado de quebrar sua taça de vinho.

— Desculpe — falou com um olhar raivoso. Mesmo com raiva dele – e de mim mesma –, eu estava preocupada com ele, sua mão sangrava e levantei-me sem pensar para ajudá-lo.

— Está tudo bem? — perguntou Nablan.

— Sim, não se preocupem. Apertei a taça forte demais, foi só isso — respondeu de uma maneira estranha.

— Vamos — falei. — Vou te ajudar. — Segurei em seu braço e o levei em direção ao banheiro, deixando os dois homens para trás.

— Porque está fazendo isso? — perguntou estressado.

— Estou te ajudando. Não é óbvio? — rebati irônica. Pedi ao garçom um kit de primeiros socorros e ele trouxe rapidamente. Segurei em sua mão cortada e tratei o ferimento da forma mais cuidadosa possível. Fiz um pequeno curativo no local, não antes de ter estancado o sangue. — Prontinho.

— Por que me ajudou? — Revirei os olhos com a pergunta. — Responda, Nicole. — Sua voz saiu rouca e autoritária.

— Eu faria isso por qualquer um — respondi sem pensar e, pelo seu olhar, vi que não gostou muito. Parabéns, olha a merda que você falou, Nicole. Eu tinha de estragar tudo mais uma vez. A nossa situação já estava uma merda e, claro, eu tinha de piorar ainda mais. Praguejei em pensamentos.

— Obrigado. — Foi a única coisa que falou e voltou para onde estávamos. Fui atrás dele sabendo que de nada adiantaria.

Meia hora depois, a conta já estava paga e nos despedíamos. Abracei Ghalib agradecendo por tudo e mandando lembranças a sua mulher.

— Até logo, Nicole — falou Nablan me abraçando assim que me soltei de seu pai. O abraço foi mais que demorado, e depois de afastá-lo sutilmente ele se tocou disso, dando um sorriso torto. Tudo bem, ele era lindo, mas nenhum sorriso se comparava ao *dele*.

A volta para o hotel foi silenciosa. No elevador nenhuma palavra foi dita. Partiríamos dali a uma hora e eu tinha de arrumar as coisas. Já no quarto, arrumei o pouco ainda espalhado que havia. Com tudo pronto me joguei na cama, pensando.

Como eu iria aguentar olhar para o Campbell todos os dias? Como eu teria coragem de ficar no mesmo ambiente sabendo de tudo que a gente fez à noite? Eu estava em um beco sem saída. Desistir do estágio não era uma das opções. Bufei raivosa.

Com as malas prontas e um pouco antes do horário marcado, desci para a recepção do hotel já levando minhas coisas. Fechei a conta e fiz todo o procedimento, que era o meu trabalho. Daniel apareceu alguns minutos depois vestindo uma roupa casual, calça jeans confortável e uma blusa preta de manga, casaco de couro e um daqueles relógios caros no braço. Suspirei ao sentir seu cheiro próximo a mim.

— Tudo pronto? — perguntou sério.

— Sim — respondi. — Já podemos ir.

O clima no avião foi o pior possível, pode-se assim dizer. Sentei-me ao lado dele, assim como na outra vez. Senti um vazio estranho quando não recebi o toque de sua mão para me acalmar assim que levantamos voo. Tinha consciência de que a culpada disso era eu, mas mesmo assim eu queria sentir o calor de suas mãos nas minhas. Ele não me olhou e muito menos falou, e seguimos assim por uma hora de viagem. Eu me sentia impaciente. Por que ele não tomava alguma atitude? Custava falar algo?

Acomodei-me da melhor maneira que podia e tentei dormir, sem sucesso algum. Eu sentia frio, porém era idiota demais para lembrar de trazer um maldito casaco. Minutos depois, ele percebeu o meu estado. Observei-o tirar o casaco e comecei a falar.

— Não precisa. — Minha voz saiu arrastada.

— Eu insisto. — Após dizer essas palavras, retirou completamente e colocou no meu ombro com calma.

Perguntava-me a cada segundo que passava o que ele estaria pensando. Minha mente me pregava peças, trazendo à tona a nossa noite, fazendo-me enrubescer. Eu queria escutar sua voz, saber o que ele estava sentindo. Se antes eu estava desconfiada, agora eu podia ter certeza. Na verdade, não era bem uma desconfiança, eu só não conseguia admitir. Era mais fácil achar que aquilo não passava de uma simples atração e que logo eu esqueceria. Mero engano, em cada momento que eu estava ao seu lado, e quando não estava também, eu enlouquecia. Desejava estar próxima dele a cada segundo.

Horas mais tarde, o avião pousou e tudo correu perfeitamente bem, fora a parte de que não nos falamos mais. Eu tentava dormir enquanto ele permanecia calmo, lendo um livro. Eu nem me preocupei em saber do que se tratava, estava com raiva dele por não ter dado o mínimo de atenção. Eu era culpada, eu sei. Tivemos uma linda noite de amor e depois disso eu fugi dele sem dar nenhuma explicação ou algo do tipo. Deixei-o sozinho sem mais nem menos, correndo de lá como se tivesse cometido o maior crime do mundo.

O problema era que eu queria sentir seus lábios sobre os meus novamente, queria escutar os sons que ele fazia enquanto entrava e saía do meu corpo de uma forma alucinante, ouvir o som dos nossos corpos se chocando um contra o outro e repetir a forma perfeita com que chegamos ao ápice, várias vezes. Suspirei baixo com as lembranças.

No carro, eu olhava a paisagem da tão conhecida cidade. Não conseguia raciocinar direito e tudo o que via se tornava um borrão. O seu cheiro forte impregnava o local e eu desejava tocá-lo, seguindo assim até o meu apartamento. Quando o motorista estacionou em frente ao prédio, fiz menção de descer não querendo ter de encará-lo, com medo de fazer alguma besteira. Levantei-me do banco, abrindo a porta rapidamente, não dando oportunidade de o motorista fazer o mesmo. Um arrepio tomou conta do meu corpo quando senti sua mão sobre a minha, fazendo-me virar e encarar aqueles belos olhos verdes para, enfim, escutar o que eu tanto temia desde que tudo aconteceu.

— Precisamos conversar, Nicole. — Sua voz rouca me passava seriedade. — Agora.

CAPÍTULO 13

Daniel

Aquela mulher me confundia de uma maneira que não tinha explicação. Uma hora estava interessada e na outra era totalmente indiferente a mim e a tudo o que aconteceu em relação a nós. Eu não estava maluco. Tinha certeza de que ela sentia o mesmo que eu. Então por que diabos ela estava agindo assim?

A viagem foi extremamente longa, não consegui dormir. Tentei ao máximo ler, na verdade fingi ler para tentar ordenar meus pensamentos, eu precisava falar com ela, mas ali não era o lugar certo, tinha de esperar chegarmos em casa. E assim eu fiz, quando paramos em frente ao seu apartamento. Bem no momento em que ela estava descendo, segurei-a pelo braço.

— Precisamos conversar, Nicole — falei o mais sério que pude, não dando brecha para ela dizer não. — Agora.

— Creio que este não é o momento certo, senhor. Viajamos a noite toda e eu me sinto exausta — falou tentando se esquivar e foi caminhando até a entrada do seu prédio.

— Nós vamos conversar hoje. — Minha voz soou firme. — Ou melhor, agora. — Ela parou na entrada, olhando pra mim como se eu tivesse falado a coisa mais absurda do mundo, porém não dei cabimento. Ela não fugiria de novo.

A noite que passamos juntos foi a melhor que já tive em toda a minha vida e as lembranças invadiam meus pensamentos a todo instante. Porém, as coisas não saíram como o planejado, quer dizer, nada foi planejado. Eu jamais tive intenção de atacá-la daquele jeito, mas não resisti. Não queria que a nossa primeira vez tivesse começado daquela maneira, porém não podia reclamar, foi tudo perfeito.

Ao vê-la acordando, senti que tudo seria diferente. Eu ia conversar com ela, expor meus sentimentos, falar tudo o que sentia, porém não tive tempo algum. Ela queria ir embora, eu não podia deixar. Voltamos à cama mais uma vez, sedentos um pelo outro. Eu estava viciado nela.

— Isso não vai se repetir, não precisa se preocupar. Tudo vai voltar ao normal como sempre foi...

Recordo-me de suas palavras depois de termos aplacado, ao menos um pouco, nossas vontades. Quem disse que eu queria que voltasse tudo ao normal? Se ela soubesse... Eu estava magoado, estava ferido, não esperava essa reação da parte dela. Tentava entender um pouco o seu lado, mas estava me tornando irracional. Tudo que ela fazia me atingia de uma forma que eu não conseguia explicar. Vê-la sair correndo de mim não era o que eu esperava. Ela estava confusa, eu sabia. Mas eu também estava, será que ela não conseguia entender?

Eu nunca havia amado uma mulher antes, portanto não sabia o que fazer, muito menos como me comportar. Estava me deixando levar pelas minhas emoções. Tentei ir atrás dela, sabia que àquela hora ela estaria no restaurante do hotel. Passamos a noite toda juntos e de manhã, assim como eu, ela estaria morrendo de fome. Mesmo com todas as minhas tentativas de aproximação, não consegui nada. Ela me ignorou completamente, deixando-me irritado. Quando Ghalib me ligou nos chamando para ir conhecer alguns pontos turísticos, eu sabia que não iria dar certo. Nablan não tirava os olhos de Nicole um só segundo, e meu controle já estava sumindo.

— *Como meu único filho homem, Nablan assumirá tudo.* — O olhar de Ghalib foi exclusivamente para ela. — *Mas, para isso, ele precisará de alguém, de uma companheira para estar ao seu lado, para ser uma boa esposa e uma boa mãe.*

Essa foi a gota d'água. Quebrei a taça de vinho sem nem perceber, machucando-me com o vidro, mas eu estava pouco me lixando. Como ele se atrevia? Nicole nunca seria digna de Nablan e nem de nenhum outro. Ela era minha. Exclusivamente minha.

Dei graças a Deus por não ter tido tempo de escutar sua resposta, ela veio me ajudar rapidamente enquanto minhas mãos sangravam. Meu coração se acalmou vendo a preocupação contida em seu rosto e o cuidado que ela teve em tratar do meu ferimento, mesmo sendo algo tão bobo. Porém, a felicidade durou muito pouco.

— *Eu faria isso por qualquer um.*

Suas palavras me destroçaram como uma navalha afiada em meu peito. O pingo de felicidade que sentira há pouco sumiu completamente. Eu estava arrasado. Como ela podia fazer isso comigo? Agradeci de forma rude e voltei para onde os dois estavam sentindo Nicole me seguindo. Talvez arrependida por suas palavras ou para ver Nablan. No avião eu sentia o seu desconforto ao meu lado. Porém minhas emoções não cederam, eu não ia dar o braço a torcer. Quando a aeronave levantou voo, não segurei em sua mão assim como na ida e fiz o máximo de esforço para não falar nada de que eu me arrependesse depois. De volta à realidade, encarava a bela mulher a minha frente com uma expressão séria.

No apartamento dela, o clima era estranho. Encarávamo-nos, porém nada era dito. Seu olhar era diferente e eu não sabia decifrá-lo. Cansado de tudo aquilo, fui o primeiro a falar.

— Por que você fugiu? — Fui direito ao ponto.

— Fugir? — Suas sobrancelhas arquearam em dúvida. — Mas eu não fugi.

— Está mentindo — rebati, e sua boca se abriu em surpresa. — Você sabe disso.

Seu olhar duro em minha direção se tornou mais calmo. Sem pressa ela foi até o sofá e se sentou, não mantendo mais o contato visual.

— Desculpe — sussurrou.

— Eu não quero desculpas, Nicole. — Meu tom de voz abaixou. — Eu quero respostas. Por que você fez isso?

— Você ainda pergunta? — Ela continuava sem me olhar. — Nós não devíamos ter feito isso. É errado.

— Por que é errado? — perguntei já ficando sem paciência. Eu queria respostas.

— Você é meu chefe. Meu chefe, porra. — Sua voz se alterou. Era a primeira vez que a via falando palavrão. — Eu sou uma simples estagiária em sua empresa. Você tem sua vida pronta e eu estou começando tudo. Não vou deixar isso estragar as coisas.

— Mas quem disse que vai estragar?

— Você acha mesmo que é prudente isso? Ou já está acostumado a ter casos com suas funcionárias? — perguntou e eu fiquei sem palavras. Como ela poderia pensar isso?

— Claro que não, Nicole — respondi. — Para você ficar sabendo, eu nunca fiquei com nenhuma das minhas funcionárias. Nunca.

— Então por que ficou comigo? — De cabeça abaixada, levantou o olhar. Seus olhos cheios de dúvida me fizeram questionar se ela realmente não sabia o motivo.

— Porque... — comecei a falar sem jeito. — Você é diferente.

— Diferente? — perguntou.

— Sim... Você não é como as outras. Você é especial, muito especial e... — Seria a hora de expor meus sentimentos agora? — Nenhuma outra se compara a você, Nicole. — Eu me abaixei ficando de frente para ela, que ainda estava no sofá, segurando suas mãos com delicadeza. Não queria assustá-la. Seus olhos pediam mais respostas. — Eu sei que nos encontramos em uma posição complicada, tenho consciência disso, mas não me importo, não ligo. Passo por cima de qualquer coisa para estar com você, Nicole. É só você dizer sim que eu jogo tudo para o alto. Eu faria tudo por você.

Sua boca levemente aberta mostrava que ela estava surpresa demais com as minhas palavras. Tudo o que eu acabara de falar era verdade. Eu faria tudo por ela, eu jogaria tudo para o alto, bastava ela querer. Nicole não sabia, mas tinha um controle sobre mim que eu não conseguia explicar. Eu amava aquela mulher, eu sabia, só esperaria a hora certa para falar. Eu não ia desistir dela. Nunca.

— Daniel, eu... — começou me olhando de uma forma terna. — Eu não sei o que falar. Não é certo.

— Eu não me importo se é certo ou errado, anjo — falei ainda segurando suas mãos. — Eu quero você e isso é o suficiente. Diga-me o que você sente... Se a resposta for sim, passaremos por cima de tudo e, se for não, bom... Eu não desistirei tão fácil — disse com um sorriso torto na boca vendo sua expressão.

Passaram-se assim algumas horas ou minutos, eu não fazia ideia. Ter de esperar uma resposta dela acabava comigo. Aquilo mudaria o curso das nossas vidas e eu não estava preparado para ouvir uma resposta negativa. Observava seu olhar confuso e esperava pacientemente que ela tomasse alguma atitude.

Com as mãos entrelaçadas nos entreolhamos. Ela me parecia preocupada, eu sabia que tinha motivos. Esperando acalmá-la pelo menos um pouco, juntei-me a ela no sofá; ficamos assim um do lado do outro, enquanto eu estava meio que abraçado junto ao seu corpo. Era um bom sinal aquilo, certo? Não tive nenhuma repreensão de sua parte pela aproximação, ao contrário, acho que ela gostou.

Ela aconchegou-se em meu peito receosa. Minhas mãos, antes juntas às dela, foram em direção ao seu cabelo fazendo cafuné, tentando deixá-la mais relaxada. O silêncio não era incômodo, a única coisa que se ouvia era sua fraca respiração. Ficamos mais um tempo assim. Como disse, não sabia se apenas se passaram alguns minutos ou algumas horas. Estar com ela era tão bom, eu perdia a noção do tempo, espaço, local, de tudo. Não sei ao certo como aconteceu ou quem tomou a iniciativa.

Nossos lábios se tocaram timidamente, apenas um encostar de bocas. Querendo mais, levantei seu rosto levemente em minha direção. Meu corpo se arrepiou diante das sensações que ela me proporcionava. Nossas línguas duelavam uma com a outra numa sincronia perfeita. Explorei cada canto de sua boca enquanto ela fazia o mesmo. O beijo, que começou lento e doce, rapidamente se transformou em intenso. Beijamo-nos com intensidade e paixão. Minhas mãos foram em direção ao seu cabelo, puxando-a mais para mim, e ela passava as mãos por minhas costas, ainda coberta pela blusa. Um pouco mais ousada, arranhou minhas costas com força me fazendo aprofundar ainda mais o beijo.

Em um ato impensado, levantei-a em meus braços e a levei em direção a seu quarto. Como já tinha vindo ali antes, sabia exatamente onde era. Coloquei-a na cama e voltamos a nos beijar com vontade. Ela mordia meu lábio inferior e eu, o seu superior.

As roupas não foram problema, tiramos rapidamente jogando-as em qualquer lugar. Parei para observar o corpo de Nicole. Sua pele branca e macia me levava à loucura, seus seios ainda cobertos me faziam salivar de desejo, sua pequena calcinha preta rendada contrastava com o tom de sua pele. Suas coxas grossas me imploravam atenção, porém eu queria aproveitar cada pedaço de seu belo corpo. Comecei a traçar beijos por seu pescoço, dando mordidas fracas, indo em direção ao seu colo. Tirando rapidamente o seu sutiã, deixou aquelas maravilhas à mostra.

Com a respiração ainda mais ofegante e sem pensar, levei as mãos até os seios, que pareciam feitos sob medida para minhas carícias. Sem deixar de olhá-la nos olhos, levei meus lábios ao seio direito, beijando e acariciando, agora com a língua. Suguei e mordi o bico com adoração, enlouquecendo-a aos poucos.

Eu queria que aquela noite fosse especial. Aquela noite seria apenas dela, eu me dedicaria exclusivamente ao seu prazer. Iria deixá-la completamente enlouquecida em meus braços, queria escutá-la gemendo meu nome enquanto afundava em sua carne apertada. Queria ouvi-la chegar ao ápice completamente em êxtase graças a mim.

Por cima dela, sentia o modo como o corpo de Nicole ficava sob o meu, parecendo que nos encaixávamos perfeitamente. Ainda com a respiração ofegante, senti o seu olhar sobre o meu. Desejo era o que nos movia no momento.

— Não se preocupe, hoje a noite será apenas nossa.

CAPÍTULO 14

Nicole

Não conseguia processar tudo o que ele estava me falando, era demais para minha cabeça. O Campbell estava apaixonado por mim? Meu Deus, isso não podia estar acontecendo, ou podia? Afinal, eu estava completamente apaixonada por ele. Mais uma vez, eu me via entre a razão e a emoção, sem saber o que fazer ou o que pensar. Sentei-me olhando para minhas mãos, quando o senti me abraçando, e depois fazendo cafuné na minha cabeça. Aquilo baixou as minhas últimas barreiras. Não sei quem começou, só sei que quando me dei conta estávamos aos beijos, sem roupas e em cima da minha cama. Era impossível olhar para o Campbell e não desejá-lo. Ele era lindo, e ter um corpo daquele deveria ser pecado. Eu não estava imune aos seus encantos, principalmente quando ele estava em cima de mim, beijando meu corpo inteiro e olhando em meus olhos.

— Não se preocupe, hoje a noite será apenas nossa — falou começando a traçar mais beijos, dessa vez beijando minha barriga, descendo em direção ao meu sexo.

Não conseguia fazer mais nada a não ser gemer, seu toque provocava loucuras em mim, ele foi descendo lentamente, beijando cada pedacinho do meu corpo. Sentir sua língua em meu corpo era uma sensação inexplicável. Meu corpo ardia em chamas por ele.

— Daniel... acho que não devemos. — Em um último segundo de sanidade, tentei protestar.

— Não estamos fazendo nada de errado... Apenas aproveite. — E eu me perdi nas sensações. Ele me puxou mais pra si e o nosso beijo foi se tornando cada vez mais quente, mais selvagem e carnal. Sua língua invadiu a minha boca, tomando de mim tudo o que eu podia oferecer, o desejo despertando cada músculo que eu não sabia que existia.

— Hmmmm — gemeu na minha orelha. — Eu preciso tanto de você. — Sua voz rouca e baixa era pra lá de sexy.

Assim como ele havia prometido, a noite seria só nossa e pra lá de especial. Ele estava me levando à loucura com todos aqueles beijos e chupões. Sua língua quente deslizava por toda minha pele e meu corpo se arrepiava a cada toque dele. Cada momento era diferente. Ele estava sendo um perfeito cavalheiro e dedicando-se totalmente ao meu prazer. Quando enfim chego ao meu limite, meus lábios sangram, tamanha a força com que os pressiono devido às sensações que ele havia acabado de me proporcionar.

Minha cabeça jogada para trás... aproveitando o momento em que chego ao céu... Minha respiração ofegante e meus batimentos cardíacos acelerados... Esperando me acalmar, volto a observar Daniel, bem no meio das minhas pernas, parado, observando-me com um olhar de desejo, fazendo-me ficar molhada mais uma vez. Vem em minha direção atacando meus lábios com pressa. Nossas línguas brincavam uma com a outra e nossas mãos passeavam pelos nossos corpos...

Sentindo que estava preparada mais uma vez, ele se colocou entre minhas pernas, puxando meu joelho e me apertando, sua ereção roçando meu sexo; envolvi-o com minhas pernas e braços, segurando-o com força contra mim, enquanto ele acariciava meus seios, chupava, mordiscava. Então segurou minha cabeça, enfiando-se totalmente dentro de mim, fazendo-me gritar de surpresa. Ele começou a movimentar-se de forma frenética, primitiva, passando toda sua necessidade de estarmos juntos. Fico me perguntando o que estamos fazendo, se isso é certo, mas meu corpo assume o controle da situação, afastando esses pensamentos de mim até que eu me entregue à sensação de tê-lo assim comigo.

— Hmmm... — gemi correspondendo cada vez mais às suas investidas, deixando o sexo mais intenso. Escutei sua respiração ofegante em meu ouvido, sabia que ele também estava tão entregue quanto eu, soltei um gemido alto, estava quase lá, e senti que ele estava tão perto quanto eu. Daniel aumentou o ritmo, até que chegamos ao orgasmo juntos, joguei a cabeça pra trás enquanto meu corpo pulsava. O prazer é mais do que podíamos suportar.

— Ah, Nicole — ele gritou, ainda se movimentando dentro do meu corpo, e depois se aquietando e caindo por cima de mim.

Não sabia como aquilo era possível, mas a cada vez o sexo era melhor, mais intenso, e despertava em mim sensações desconhecidas. O Campbell era simplesmente perfeito, eu ficava me perguntando por que tudo tinha de ser daquele jeito, e pensando nisso me rendi ao cansaço, adormecendo enquanto ele fazia carinho em minhas costas e murmurava em meu ouvido.

— Durma, minha Nicole.

Narrador

A mulher acordou com um sorriso acolhedor nos lábios. Para falar a verdade, ela estava exausta, tanto pelas horas passadas com Daniel como também pela viagem. Não havia descansado um só momento, mas não se importava. Virou de lado percebendo que se encontrava de conchinha com ele e sorriu mais uma vez. Admirou por um longo tempo o homem pelo qual estava perdidamente apaixonada e tentou sair de seu aperto sem acordá-lo. Bem-sucedida na tarefa, caminhou até o banheiro a fim de passar uma água no rosto e escovar os dentes. Logo após isso ia a passos lentos de volta ao quarto quando escutou a campainha tocar. Quem seria a essa hora?

Recolheu sua lingerie rapidamente, vestindo-a, já que se encontrava totalmente pelada, e colocou um robe por cima. Não daria tempo de vestir uma roupa apropriada sem deixar a pessoa do lado de fora esperando. Caminhando mais rápido, escutava uma respiração atrás da porta. Girou a chave e abriu a bendita porta, dando de cara com alguém conhecido.

-- O que está fazendo aqui? — Por mais que sua intenção não fosse usar esse tom de voz, ela não conseguiu. O que ele estaria fazendo em sua porta?

— Boa tarde pra você também — rebateu o homem, olhando a mulher a sua frente que se portava de uma maneira estranha. Ele a conhecia perfeitamente bem e sabia que havia algo errado. — Aconteceu alguma coisa?

— Nada. — Deu um sorriso não muito convincente. — Eu só estou ocupada agora.

— Não tem problema, eu não vou atrapalhar — respondeu dando um passo à frente, tentando entrar no apartamento, quando uma mão se coloca em seu caminho. Nicole põe a mão em seu peito em uma tentativa de não o deixar entrar.

— O que está acontecendo, Nicky? — perguntou preocupado. — Deixe-me entrar.

— Não, Oliver — respondeu imediatamente. — Não é uma boa hora. Por favor, depois eu te ligo e te explico. — A mão da mulher ainda se encontrava em seu peito quando os dois escutaram um barulho vindo de dentro do apartamento e ele tentou mais uma vez entrar. — Não. — Sua voz se tornou séria e ele percebeu que não ia adiantar. Deu um olhar desconfiado para a mulher e a passos duros deu meia-volta e foi embora.

Com o coração na mão, Nicole fechou a porta tentando respirar fundo. Ela estava encrencada, e muito. Que diabos de explicação ela daria a Oliver? Sabia que nenhuma mentira seria convincente em relação a ele.

Do outro lado do apartamento, Daniel acordou feliz depois de tudo que havia acontecido. Aquilo era um sim, correto? Ela não brincaria com os sentimentos dele daquela maneira. Sua confirmação real foi vê-la em sua cama, ver a forma como ela se entregou a ele sem cerimônia e a forma como os dois chegaram ao limite do prazer juntos. Sentindo a falta de um corpo quente junto ao seu, seus olhos percorreram o quarto. Nada de Nicole. Fugir, ela não poderia, afinal de contas o apartamento era dela. Já começava a se desesperar quando escutou a voz de sua amada, porém essa felicidade acabou rapidamente quando ele escutou outra voz, e não era feminina.

Não queria ser bisbilhoteiro nem nada do tipo, entretanto não resistiu. A curiosidade consumiu-o e ele levantou-se da cama tentando não fazer muito barulho. A passos programados foi devagar até a sala, porém bateu o braço em um móvel no caminho, praguejando em pensamentos. Vendo que a porta estava entreaberta, não conseguiu ver muita coisa, porém conseguia escutar. Sua mente lhe pregava inúmeras peças. Quem seria o homem com quem sua mulher estava conversando?

O que mais o intrigou foi a forma com que a mulher se comportou depois que o tal homem foi embora. Ele havia escutado o nome Oliver na conversa, com toda certeza era ele. O ciúme se apoderou de Daniel. Por que ele estaria no apartamento dela? Seriam amigos? Seriam íntimos? Será que eles namoravam? Ou tiveram um caso?

A cada pergunta em sua mente, a raiva dominava seu corpo. Alguns minutos depois, Nicole se virou, dando de cara com Daniel bem a sua frente, gelando em seguida. O que ele havia escutado?

Tentando não demonstrar nada, tentou agir de forma indiferente e foi caminhando até parar de frente para ele, chegando mais perto e dando-lhe um abraço apertado. Ela se sentia altamente culpada. De início ele não retribuiu, porém o calor dela o acalmou e ele correspondeu fervorosamente ao abraço.

Daniel decidiu não a pressionar. Aquela era sua vida e ele não tinha o direito de sair atirando pedras. Talvez Oliver fosse só um amigo próximo, assim esperava. Na hora em que Nicole estivesse preparada, contaria as coisas a ele, assim como ele também. Amava-a, não havia dúvidas disso, porém não iria jogar tudo para cima dela bem no início da relação. Sorriu com o pensamento. Aquele era apenas o início...

— Não faço a mínima ideia de que horas são... — começou ela alisando o braço dele com calma. — Mas estou morrendo de fome.

— Também estou — confessou o homem dando-lhe um sorriso acolhedor.

Em meio a beijos e abraços, eles prepararam uma refeição qualquer. Estavam mais preocupados em se pegar do que em realmente fazer algo para aplacar a fome. O almoço estava pronto uma hora depois e se encontravam sentados no chão assistindo a uma série de televisão. Não era algo costumeiro para o homem sentar-se no chão, rico do jeito que era e pela educação que recebera. Certo que seus pais o criaram de uma forma decente, porém, depois da morte deles, ele tinha de tomar as rédeas da situação. Ao contrário de qualquer outro homem do nível dele, Daniel não se importava. Estava com a mulher amada em meio a carinhos e isso bastava.

Quando viu já eram três horas da tarde; ele se deu conta de que havia muitas coisas para fazer. Despediu-se dela com um beijo amoroso e com a promessa de que eles se veriam em breve. Eles sorriram nesse momento, é claro que se veriam. Depois que Daniel foi embora, ela lavou a louça, enxugou e arrumou umas besteiras no apartamento, era melhor gastar as energias agora e depois descansar em paz. Com a mala já toda vazia e as roupas sujas separadas, sentou-se mais uma vez no sofá. Havia acontecido tanta coisa em tão pouco tempo, suspirou cansada.

Algumas horas atrás, estavam brigados, sem nem ao menos se falarem direito. Então, puft! Em um passe de mágica, ela estava em seu apartamento e em sua cama, desfrutando o prazer que era estar com Daniel. Suas bochechas coraram ao lembrar-se do que fizera há pouco. Mil coisas se passavam em sua cabeça no momento, ela não sabia o que fazer. Estava em um beco sem saída, sem rumo e nem direção. Tomou coragem e foi procurar seu celular sabendo que deveria fazer algo. Discou o conhecido número e não demorou nada para a pessoa atender.

— Oi, Oliver... — Sua voz acalma o homem do outro lado da linha.

— Oi, Nicky. Você pode me explicar por que eu fui expulso do seu apartamento hoje? — Sua voz fria deixava transparecer toda sua raiva.

— Sei que tenho que pedir desculpas pelo que aconteceu hoje... Desculpe-me. Eu tenho uma justificativa plausível para aquilo e prometo te explicar tudo. Sei que deve estar preocupado, mas precisamos conversar... e logo. — Houve uma breve pausa e ela tornou a falar. — Me encontre amanhã no lugar de sempre e assim poderemos conversar.

— É bom que tenha... Você anda muito estranha, tá acontecendo alguma coisa e você não quer dizer.

— Amanhã conversamos. Beijos e estou com saudades. — Desligou o celular em seguida sem saber se deveria ficar ainda mais preocupada ou aliviada.

CAPÍTULO 15

Narrador

Uma noite de sono era tudo de que Nicole precisava, agora estava descansada e se sentia um pouco, apenas um pouco, mais preparada para lidar com toda aquela situação. Ela acordou, tomou banho rapidamente, vestiu as roupas previamente separadas e correu para a faculdade. O clima lá não estava legal. Lindsay continuava a fazer intrigas e espalhar boatos em relação a ela, Julliet se via no meio de toda essa situação sem saber o que fazer e Brian não colaborava em nada ao ficar correndo atrás dela. Ainda bem que estava quase no fim do semestre e enfim iria se livrar de tudo aquilo.

A aula foi mais rápida do que ela esperava, mas para compensar o professor passou um trabalho gigantesco, como se já não bastasse o trabalho de conclusão do curso e os trabalhos dos demais professores. Definitivamente ela estava ferrada, até porque aquela era uma disciplina que ela não tinha muita facilidade para aprender, pois era muito baseada no dia a dia de uma empresa e agora é que ela estava começando a entender o funcionamento de uma, mas Gestão Empresarial definitivamente não era seu forte. Sabia quem podia ajudá-la, mas nunca teria coragem de pedir, nem em mil anos. Saiu apressada da faculdade, indo quase correndo em direção ao seu carro. Estava mais do que ansiosa para encontrar Daniel. Engraçado como em um final de semana ele deixou de ser o Sr. Campbell e passou a ser Daniel, *o seu Daniel*. Com esse pensamento, ela se pegou sorrindo feito uma idiota.

— Parece que alguém viu passarinho verde — falou uma voz conhecida, e ela nem precisou se virar para saber de quem se tratava.

— Oi, Brian — respondeu respirando fundo.

— Oi, Nicky... Você sumiu, não veio para a aula na sexta-feira, e nem ontem, eu estava preocupado — falou se aproximando e tentando em vão segurar sua mão.

— Eu estava em uma viagem a trabalho, Brian, não que isso seja da sua conta, não precisa se preocupar comigo — disse puxando sua mão e colocando nos bolsos do casaco.

— Eu senti sua falta. — A voz melancólica dele a irritava.

— Brian, não, eu já disse — falou e foi se encaminhando para o carro.

— Me escuta, a gente precisa conversar — falou puxando-a pelo braço, fazendo-a virar bruscamente.

— Não, Brian, não temos o que conversar — respondeu perdendo o mínimo de paciência que lhe restava.

— Nicky... — ele tentou protestar, mas foi interrompido por uma Nicole furiosa.

— NÃO ME VENHA COM ESSA DE 'VAMOS CONVERSAR' E 'SINTO SUA FALTA'. POR SUA CAUSA EU ESTOU SENDO APONTADA COMO VADIA NESTA FACULDADE, LOGO EU QUE NUNCA ME ENVOLVI COM NINGUÉM AQUI. ENTÃO VÊ SE ME ERRA, BRIAN — gritou sem se importar se as demais pessoas no estacionamento iriam escutar, mas aquilo já estava entalado há tempo demais na sua garganta. Entrou no carro e deu partida sem olhar em nenhum momento para trás.

Chegou às Indústrias Campbell uma hora antes do horário, tinha muitos relatórios da viagem para fazer e não queria atrasar o serviço, mas isso não passava de uma mera desculpa para chegar mais cedo e encontrar Daniel. Ao chegar em sua mesa, deparou com uma pilha enorme de papel e escutou uma risadinha sarcástica vinda do lado. Ao se virar, deu de cara com uma Kate rindo.

— Se você pensou que eu iria fazer o seu trabalho enquanto você viajava com o Sr. Campbell, estava muito enganada. Está tudo aí na sua mesa e acho bom você adiantar logo isso, até porque você ainda tem o relatório das despesas da viagem pra fazer, além do resumo do negócio fechado e o relatório completo sobre a Petroleira Armud. Boa sorte, lindinha, você vai precisar.

Nicole não conseguiu falar nada, apenas ficou olhando para a cara cínica de Kate lixando as unhas enquanto ela teria mil coisas para fazer.

— Tá esperando o que, lindinha? Esses papéis não vão sumir da sua mesa em um passe de mágica. Vamos lá, agilidade.

Ela respirou fundo e foi para sua mesa começar a olhar os papéis que lá estavam, realizando as devidas alterações necessárias, fazendo e refazendo cada cálculo. Não tinha a menor noção de que horas eram quando o telefone de sua mesa tocou.

— Indústrias Campbell, presidência, boa tarde — falou no automático.

— Nicole? — a voz grave soou do outro lado da linha.

— Pois não, Sr. Campbell — respondeu tentando manter ao máximo o profissionalismo.

— Você poderia vir até a minha sala, por favor?

— Claro, senhor. — Desligou o telefone e respirou fundo. Era agora, iria encontrá-lo depois da noite de amor deles. Um frio percorreu-lhe a espinha, mas ela ignorou, assumiu sua máscara profissional e se encaminhou para a sala do seu chefe. Ao entrar na sala, deparou com uma de suas imagens favoritas. Daniel estava sentado à sua mesa olhando uns documentos e, ao perceber sua presença, levantou seu rosto e deu um sorriso.

— O senhor me chamou, Sr. Campbell?

— Sim, Nicole, eu ainda não tinha te visto hoje, pensei até que você não estava na empresa.

— Desculpe, senhor, eu tive muito trabalho acumulado devido à viagem, então não tive tempo para nada.

— Trabalho acumulado devido à viagem? Como assim? Você estava viajando a trabalho, como é que acumulou? — perguntou intrigado.

— Nada que eu não possa resolver, senhor, apenas o relatório semanal dos acordos e contratos fechados da empresa. — Daniel a olhou desconfiado, mas ela ignorou.

— Mas isso é muita coisa, e deveria ter sido feito por Kate, já que ela estava aqui. Você deveria estar fazendo os relatórios da viagem — falou com uma voz cheia de raiva. — Você sabe da urgência dos relatórios da viagem, né? Você deve passar o mais rápido possível os relatórios sobre os gastos para o financeiro, além do resumo do negócio fechado com a empresa de Ghalib para o departamento jurídico, a fim de que eles elaborem o contrato, para que este seja assinado imediatamente.

— Eu sei de tudo isso, senhor, não se preocupe, amanhã o financeiro e o jurídico estarão com seus respectivos relatórios — afirmou passando confiança, mas nem ela mesma sabia como iria conseguir esse feito. Teria mil coisas para fazer.

— E como você vai conseguir isso se já são 17h e daqui a uma hora você vai para casa? — perguntou com desconfiança.

— Não se preocupe, senhor, nem que eu tenha que passar a noite em claro, esses relatórios estarão prontos amanhã — ela falou mais ríspida do que o normal.

— O quê? — Ele praticamente gritou. — Eu não quero que você passe a noite em claro por causa da empresa, Nicole, assim como não quero que você leve trabalho para casa. Você tem que estudar, eu sei bem como é terminar uma faculdade, imagino a loucura que sua vida deve estar.

— Eu não tenho escolha, Sr. Campbell, mas não precisa se preocupar comigo — respondeu tentando não parecer rude.

— Preciso me preocupar, sim. Vamos fazer o seguinte, nós vamos fazer hora extra hoje, e vou te ajudar com esses relatórios.

— Não precisa se preocupar, senhor, eu posso... — Ela ia terminar a frase quando foi interrompida.

— Para de ser teimosa, eu vou te ajudar e ponto final. — Pela voz grave do homem, percebeu que não iria adiantar.

Sem ter escolha, ela simplesmente agradeceu e saiu da sala para terminar o trabalho que tinha interrompido, reunindo os papéis e levando-os para o setor administrativo. Ao voltar para a presidência, encontrou a mesa de Kate vazia, seu computador desligado, sinal de que ela já devia ter ido embora.

— Graças a Deus — murmurou sozinha. Ao pegar seu celular em uma das gavetas, percebeu que tinha várias mensagens de Oliver.

OLIVER: Cadê você?

OLIVER: Você já está livre?

OLIVER: Responde, Nicky...

OLIVER: Eu preciso de uma carona, cadê você?

OLIVER: Droga, Nicky, responde.

Ao perceber o desespero dele em suas últimas mensagens, ela correu para responder rapidamente.

NICOLE: Oi, Oliver, não estava com meu celular. Vou fazer hora extra, não tenho como te dar carona, mas você pode pegar meu carro se quiser, eu volto de táxi.

OLIVER: Por que você vai fazer hora extra? Você acabou de chegar de viagem...

NICOLE: Trabalho acumulado, só isso, mas não devo demorar muito.

OLIVER: Você realmente vai poder me emprestar o carro, então? Porque eu tenho um compromisso do outro lado da cidade e se eu for de táxi não vou chegar a tempo.

NICOLE: Sem problemas, sobe aqui pra pegar a chave.

OLIVER: Okay.

Em menos de dez minutos, ele chegou a sua sala em trajes formais.

— Ei, Nicky — falou dando um abraço apertado nela.

— Oi, Oliver, aqui estão as chaves, ele está no subsolo, ao lado dos elevadores, não tem erro — falou entregando as chaves para ele.

— Tem certeza de que não tem problema? — perguntou preocupado.

— Claro que não. Agora vai que eu tenho muita coisa pra fazer e, quanto mais eu demoro a começar, mais demoro a terminar — falou dando outro abraço no homem e se despedindo. Quando o elevador fechou as portas e ela se virou para sua mesa, deu de cara com um par de olhos verdes penetrantes, exalando raiva, e se virando em direção a sua sala. Pegou suas anotações e foi correndo para a sala de Daniel, quanto antes eles terminassem isso, mais rápido Nicole iria para casa, e ela estava se sentindo exausta.

— Posso entrar, Sr. Campbell? — perguntou receosa.

— Fique à vontade — ele respondeu sem tirar os olhos dos papéis de sua mesa. — Sente-se, temos muito trabalho a fazer.

Ela sentou-se rapidamente do outro lado da mesa, pegando suas anotações e repassando para seu chefe.

— Sr. Campbell, aqui estão as anotações que fiz sobre o contrato fechado com o senhor Ghalib, já com as respectivas observações, cláusulas em relação às quais vocês entraram em acordo, assim como os valores acordados, mão de obra utilizada, a questão do transporte do petróleo e a porcentagem de cada empresa. — Enquanto falava, ia passando toda a documentação para Daniel. — Se o senhor não se importar, eu farei primeiro o relatório das despesas, já que não tenho nenhuma anotação, apenas notas fiscais.

— Como quiser, Nicole — respondeu num tom frio.

— Muito obrigada pela ajuda, senhor.

— Não tem de quê — ele respondeu sem nem se dar ao trabalho de olhar para ela, fixando os olhos nos papéis a sua frente.

E assim se passaram horas, um silêncio constrangedor na sala, enquanto eles faziam os relatórios da viagem, até que por volta das 21h terminaram, imprimiram tudo e deixaram sobre a mesa para entregar no outro dia.

— Vamos, Nicole? — perguntou Daniel.

— Vamos sim, Sr. Campbell — ela respondeu e se levantou rápido demais, sentindo o mundo girar, quase caindo no chão, se não fosse pelos braços de Daniel.

— Nicole, você está bem? — perguntou cheio de preocupação.

— Estou bem, sim, senhor, foi só uma tontura, nada de mais, eu já vou indo. — Extremamente constrangida, ela juntou suas coisas e foi em direção às portas.

— Espere, Nicole, como assim só uma tontura? Você comeu algo depois do almoço? — questionou.

— Não precisa se preocupar... — Não chegou a terminar a frase.

— Eu me preocupo, sim, e não me venha mais com essa de senhor Campbell pra lá, senhor Campbell pra cá, Nicole... Eu sou o seu Daniel, ou você esqueceu? Agora me responda, você comeu algo hoje? — perguntou bufando de raiva.

— Claro que comi... Eu comi quando cheguei na faculdade, depois só tomei um café, não lembrei de comer nada, estava muito ocupada — respondeu dando de ombros.

— Na faculdade? Você comeu há pelo menos oito horas. Você está maluca? Vem, vamos comer algo.

O homem juntou suas coisas e as de Nicole e foi em direção aos elevadores, sem em nenhum momento soltar de seu braço, com medo de que ela sentisse outra tontura. O tom de Daniel não deixava abertura para questionamentos, ela iria com ele e ponto, até porque a essa altura ela não tinha forças para lidar com um Daniel mandão. Eles passaram em um restaurante, compraram comida chinesa suficiente para um batalhão e foram comer na casa de Nicole, por decisão de Daniel, claro, que disse que não iria deixá-la sozinha enquanto se sentisse fraca.

Chegaram na casa dela, jogaram os casacos e pastas, tiraram os sapatos e foram comer no sofá, direto da caixinha, assistindo a um de seus seriados favoritos. O clima tenso passou e eles voltaram a se sentir à vontade um com o outro, assistindo à TV juntos. Daniel decidiu não estragar o clima questionando sobre o cara que ela estava abraçando em frente a sua sala, preferiu ficar agarradinho, em outra hora ele perguntaria. Após um tempo, percebeu a respiração de Nicole calma, e notou que ela estava dormindo. Ele se levantou e a levou para o quarto, trocando sua roupa de trabalho por uma camiseta e deitando-a embaixo das cobertas. Quando foi se despedir, ela segurou sua mão e murmurou um "Daniel...". Ele se sentiu a pessoa mais feliz do mundo por ela pensar nele até em seus sonhos, e não pensou duas vezes em ficar, deslizou por baixo das cobertas, abraçando sua Nicole, enquanto era vencido pelo sono.

Quando já era de manhã e o sol batia no rosto do homem, ele despertou sereno. Olhou a mulher em seus braços e depositou um beijo em sua testa enquanto escutava algo. A campainha. Quem seria àquela hora? Levantou-se e se dirigiu à porta, dando de cara com alguém que não esperava ver tão cedo.

— Oliver?

CAPÍTULO 16

O homem respirou fundo mais uma vez. O destino estava brincando com ele, aquilo só podia ser uma piada, e de muito mau gosto. Deus estava zoando com ele ou alguma coisa do tipo. Nunca foi muito religioso, porém agora clamava aos céus que lhe dessem paciência ou então aquilo terminaria muito mal. Os dois se entreolharam firmemente e, durante alguns segundos, nenhuma palavra foi dita.

— Pois não? — Daniel foi o primeiro a quebrar o silêncio.

O outro homem o encarava de forma fria.

— O que faz aqui? — A voz de Oliver era autoritária e ele não estava para brincadeiras. Quem seria aquele homem e por que diabos ele estaria na casa de Nicole em uma hora daquelas, ainda por cima com aqueles trajes?

— Sou Daniel — respondeu tentando manter a postura e não descer o nível. — E você, quem é? — Mesmo sabendo a resposta, ele perguntou. — E o que faço ou deixo de fazer não é de seu interesse.

— Mas é claro que é — Oliver atacou. — O que está fazendo na casa de Nicole? — A perguntou enfureceu o outro homem, que já estava chegando ao seu limite.

Os dois se encontravam tão entretidos na disputa quase silenciosa que só repararam que alguém havia acordado quando ouviram os passos. Nicole levantou-se da cama de forma preguiçosa, calçando os chinelos e indo procurar Daniel, andando lentamente e chegando à sala despreocupada quando encontrou uma determinada cena. Oliver e Daniel de frente um para o outro em sua porta e cada um deles com uma expressão diferente.

Os dois pararam de se encarar e viraram para ela, que estava completamente sem reação. Que merda estava acontecendo? Seu coração gelou enquanto mil coisas passaram por sua cabeça sobre o que os dois poderiam ter conversado.

— Você — falou entre dentes. — Vai embora agora.

— Não. — A voz de Daniel saiu firme. A mulher ainda estava parada olhando para eles.

— Se você não sair, eu mesmo faço por você — ameaçou Oliver.

— Parem os dois. — Nicole entrou no meio colocando as mãos entre eles para que não saíssem aos tapas.

— Manda ele embora agora, Nicky — Oliver ordenou, não percebendo o tom que usava.

— Quem é você pra mandar em algo aqui? — Daniel perguntou retoricamente. Estava farto daquilo tudo. Não gostava de brigar, mas Oliver implorava por isso. Ele ainda não sabia o que os dois tinham, porém estava pouco se importando. Queria acabar com aquela palhaçada de vez.

— Oliver, não — Nicole praticamente gritou quando ele deu um passo em direção a Daniel. Ela apertou sua mão contra o peito dele em uma tentativa de pará-lo.

— Você pode explicar o que está acontecendo aqui, Nicole? — pediu Daniel, tentando recobrar o mínimo de paciência que ainda lhe restava. Ele era um homem feito e nunca havia se metido em uma briga desse nível. Não seria agora, depois de velho, que iria arrumar confusão.

— Nicole? — cuspiu Oliver com deboche. — Que merda é essa?

— Se acalme, por favor — pediu. Não queria vê-lo se alterando, pois ele podia acabar falando algo que não devia, e aí, sim, ela estava perdida.

— O que ele está fazendo na sua casa? Essa hora? Ainda por cima só de cueca, Nicole? — As perguntas eram feitas com impaciência. — O que ele é seu?

Ela olhou para Daniel e ficou sem palavras. O que ele era dela, afinal?

— O que você é dela? — Até antes calado, Daniel soltou a bomba, deixando a mulher com medo. Antes que Oliver pudesse responder, ela soltou um grunhido chamando a atenção dos dois.

— Parem — implorava Nicole. — Parem os dois. Estão parecendo duas crianças.

Cansado de toda aquela cena, Daniel voltou ao quarto, deixando os dois na sala, e vestiu a roupa que estava na cadeira próxima ao guarda-roupa. Vestiu-as rapidamente, com o sangue fervendo de raiva. Ele estava possesso. Nicole não lhe dava nenhuma explicação e parecia estar ao lado do tal Oliver. Voltando à sala mais uma vez, encontrou os dois em uma troca de olhares silenciosa, enfurecendo-o ainda mais.

— Uma explicação, Nicole, é a única coisa que eu peço. — Sua voz saiu em um tom baixo e a mulher então direcionou seu olhar para ele. Vendo que ela não pronunciaria nenhuma palavra, ele pegou suas coisas e foi em direção à porta. Vendo o que Daniel estava prestes a fazer, ela correu em sua direção tentando impedi-lo de ir embora. Segurou em seu braço esquerdo fazendo-o se virar com um olhar frio para ela. Aquilo lhe cortou o coração. Por que aquilo tinha de acontecer?

— Desculpe — ela pediu em um sussurro.

O homem foi embora sem dizer uma só palavra. Entrou no carro batendo a porta e jogando sua pasta com brutalidade no banco. O que era aquilo que ele estava sentindo? Angústia? Medo? Raiva? Decepção? Era tanta coisa ao mesmo tempo que nem ele saberia dizer.

Por que ela não explicava quem era o tal homem? Por que não explicava o porquê de ele estar sempre atrás dela? Por que ela nunca o mencionou? Por que sempre o deixava de fora de sua vida? Sabia que estavam se conhecendo há pouco tempo, mas aquilo era demais. Ele tinha planos para apresentá-la a sua família, para que todos soubessem deles. Para que todos soubessem que ela era oficialmente dele. Com o coração partido, seguiu pelas ruas sem cabeça para nada. Só queria chegar em casa e tomar um bom banho.

Sua mente lhe pregava várias peças. Seria Oliver um namorado? Um amigo colorido? Um caso? A cada dúvida seu peito doía. Então ela o escolheu? O Oliver?

Do outro lado, Nicole continuava em seu apartamento, ainda parada no corredor olhando para o vazio, perguntando-se o que Daniel estaria pensando naquela hora. A quantas conclusões precipitadas, e principalmente erradas, ele estaria chegando? Segurou as lágrimas vendo o homem de sua vida indo embora sem que ela pudesse fazer nada para impedi-lo. Voltou ao apartamento em passos lentos e deu de cara com Oliver, com uma expressão não muito boa. Ela teria de dar tantas explicações... O que ela faria agora? Mentiria para Oliver sobre Daniel? Ou para Daniel sobre Oliver?

— Nicky... — ele começou se sentando no sofá, já um pouco mais calmo vendo a cara da mulher a sua frente. Ela parecia tão triste. Sentiu-se culpado por isso, afinal aquilo tudo era culpa dele.

— Não, Oliver — sussurrou.

— Desculpe-me, Nicole, de verdade. Eu não queria ter feito aquilo... Na verdade, queria, mas... — Enrolava-se todo para tentar acalmá-la.

— Eu sei... Eu sei — ela resmungava.

Sabia do temperamento dele, e do quanto ele estaria puto com ela naquele momento. Agradeceu por ele amá-la demais a ponto de ver o estado em que ela se encontrava e não estivesse atirando sete pedras no momento.

— Temos que conversar. — Seu olhar sereno demonstrava que a calmaria era só por fora. — Sério.

Ao chegar ao seu apartamento, Daniel correu para banheiro. Tudo o que precisava agora era de um banho gelado para ver se conseguiria se acalmar, apesar de saber que seria impossível. Nada do mundo acalmaria Daniel naquele momento, senão sua Nicole.

Vestido apenas com uma calça de moletom cinza e uma blusa branca, deitou-se na cama com pensamentos tortuosos sobre o que poderia estar acontecendo. Será que Oliver ainda estaria na casa dela? E, se sim, o que os dois estariam fazendo?

Os sentimentos por aquela mulher estavam levando-o à loucura. Não era algo banal, nem simples, era amor. Amor de verdade. E aquilo o estava machucando demais. Ele queria uma explicação. Será que isso era pedir demais?

Nicole encontrava-se no chão de seu apartamento completamente devastada. Primeiro pelo que tinha acontecido há pouco com ela e Daniel, segundo pelo que havia acabado de acontecer, sua conversa com Oliver. Ela sabia que aquilo tudo era culpa dela, mas o que poderia fazer? Não era assim que deveria acontecer? Sim, era. Só não planejava que as coisas saíssem de seu controle a tal ponto.

Foi forte o suficiente para não derramar nenhuma lágrima no momento, porém estava totalmente quebrada, essa era a verdade. Sabendo que de nada adiantaria ficar se lamentando, ela se levantou e foi se arrumar. A semana ainda estava no meio e, apesar de ter perdido a aula de manhã, não poderia perder o trabalho. Vestiu-se às pressas, não se dando ao trabalho de procurar algo realmente bonito. Não comeu nada, não sentia fome. Dirigia o carro em uma velocidade acima do permitido, precisava vê-lo o mais rápido possível. Que explicação ela daria?

Chegando antes do previsto e antes do seu horário normal, andou às pressas para chegar ao escritório dele. Frustrada, desabou em sua cadeira. Nada dele. Começou a adiantar seu trabalho, sabia que ficar esperando seria algo muito torturante.

Entretida demais, não havia notado nem que Kate e nem que Daniel haviam chegado. A mulher gelou. Deveria ir falar com ele? Afinal, estavam no local de trabalho, então...

Nenhuma palavra foi dita. Kate repassava tudo que era necessário para ela e cheia de si mandava Nicole fazer várias tarefas que não eram necessárias. A moça não estava ligando para isso, não naquele dia; a única coisa que a preocupava era ele, que não lhe dava a mínima atenção. Sua postura fria a afetava, e ela estava começando a se sentir um lixo com aquela situação.

Esperou todos irem embora para ter uma conversa séria com ele. A noite já estava presente quando isso aconteceu, e, parecendo perceber o que a mulher pretendia, ele esperou. Com o coração na mão, ela tomou coragem, depois de longos minutos. Tudo que recebeu dele, o dia todo, foi silêncio. Estar de frente a ele depois de tudo que se passou era assustador. Ela queria resolver aquela situação, mas não sabia como. O olhar frio do homem lhe causava dor.

— Daniel... — O som dos seus saltos se fazia presente enquanto o silêncio pairava. — Eu preciso falar com você. — Magoado demais para responder, ele a mandou sentar apenas com um olhar e foi isso que ela fez, sentou-se na cadeira totalmente sem jeito. — Bom... Eu quero me desculpar por hoje, de verdade. Não queria que nada daquilo tivesse acontecido. Perdoe-me.

O homem ficou em silêncio por um breve instante, escolhendo quais palavras usar.

— Perdoar pelo quê? Por você não me dar nenhuma explicação? Por você me esconder coisas? — A voz dele era mansa. — Eu sei que não tenho esse direito todo de te cobrar nada, Nicole, mas eu merecia uma explicação, ao menos. E como você acha que me senti quando você o escolheu? — A pergunta era feita em um tom baixo, porém raivoso. — Você tem algo com ele?

A pergunta a pegou desprevenida, apesar de saber que isso seria algo que ele iria perguntar.

— Não — respondeu com tanta convicção que até ela mesma acreditou na mentira. — Não temos nada. Somos amigos, bons amigos. Apenas isso, ele é muito próximo de mim e não esperava que eu estivesse saindo com alguém.

Silêncio outra vez. Ela rezava para que ele acreditasse em sua mentira.

— E você não acha que ele sente alguma coisa por você? — A pergunta foi feita em tom de deboche.

— Não — a mulher respondeu com sinceridade. Isso era verdade, ou uma parte dela.

— Então você não está com ele e nem nada do tipo? — perguntou outra vez, com um olhar mais calmo. Sabendo o que era necessário fazer, a mulher se levantou e foi em sua direção. Ele estava sentado em sua cadeira de couro macia e ela se aproximou, ajoelhando-se, trazendo toda a atenção dele.

— Não, Daniel, eu não estou com ele e nem nada do tipo. A única pessoa no mundo com quem eu quero ter algo é com você. — As palavras da mulher o surpreenderam. Aquilo era tudo que ele precisava ouvir. As bocas se atacaram ao mesmo tempo. Daniel pressionou os lábios contra os dela. As tão conhecidas sensações se apoderaram do corpo dos dois. O calor preencheu a sala, tamanha a intensidade. As línguas se encontraram, brincando simultaneamente uma com a outra. Um duelo onde ninguém saía perdendo. A mão dele foi ao encontro do cabelo dela puxando-o para mais perto de si e aprofundando o beijo cada vez mais. Ele precisava dela.

Quando, enfim, o ar faltou, eles se desgrudaram. Sorriram um para o outro com tanta emoção que não havia espaço para nada. Daniel não poderia estar mais feliz, assim como Nicole, apesar de a culpa assombrá-la por causa de tantas mentiras. Teve uma pequena recordação de sua conversa com Oliver.

O homem a abraça, tentando consolá-la. A mulher está desolada, abatida. A companhia dele a acalma e ela está dando graças por ele também não ter ido embora, com certeza não aguentaria aquela barra toda sozinha.

— Conversa comigo... O que está acontecendo? — o homem pergunta em tom calmo; estressar-se mais uma vez não iria adiantar nada. E aquele maldito Daniel não estava mais lá, então ele poderia se acalmar e se concentrar totalmente nela.

— Estamos juntos... Ou acho que estávamos — responde dando um sorriso sem graça na última parte.

— Que merda é essa, Nicky? — A calmaria de antes se esvai diante da notícia.

— Você ouviu o que falei — responde encarando-o.

— Eu não acredito nisso. Como você pode fazer isso? — pergunta enfurecido. — Como você pode ter coragem de ficar com ele?

A mulher apenas lhe devolve um olhar duvidoso. Seria correto lhe contar tudo? Não, com certeza não. Ele nunca iria lhe perdoar. E ela não aguentaria perder mais alguém. Ele era o único que lhe restara.

— Depois de tudo que a gente passou. Depois de tudo que a gente enfrentou juntos, você vira para mim e fala que está com ele. Com Daniel. Poderia ser qualquer outro homem no mundo, mas justo ele, Nicky. — As palavras foram proferidas de maneira descontrolada. Antes sentado, Oliver se levantou, caminhando de um lado para o outro sem saber o que fazer nem pensar. — Você não vai vê-lo, eu não quero.

A mulher antes calada, escutando tudo que ele tinha a lhe falar sem pronunciar nada, deixando-o se exaltar sabendo que tinha razão, pronuncia-se.

— Não — responde de forma dura. — Eu não vou me afastar dele, Oliver, você não tem o direito e nem a autoridade para me pedir isso e nem me impedir.

O olhar que ele lhe dá corta o coração da moça. Estava magoando outra pessoa que amava. Será que seria sempre assim? Toda vez que amasse alguém faria alguma burrada e assim o perderia? Ela não conseguiria sem Oliver, não depois de tudo que eles passaram e enfrentaram. Os dois, juntos.

Ele respirou fundo conhecendo bem a mulher que tinha, como bem conhecia; sabia que quando colocava algo na cabeça nada a fazia mudar de ideia. Mas era ele, poxa. Seu porto seguro.

— Nicky... — começa, tentando se acalmar mais uma vez. — Só pensa no que você está fazendo, meu anjo. Pensa no que isso pode causar a você. Não hoje, não agora, mas no futuro.

— Não se preocupe, Oliver. — O tom usado pela mulher é frio e ela está com uma feição diferente. — Eu sei bem o que faço e sei muito bem o que vai me causar. Por que acha que estou fazendo isso? Não é em vão, eu te garanto.

CAPÍTULO 17

Narrador

Os sentimentos de Oliver estavam confusos. Ele não sabia o que falar, muito menos o que fazer. Saiu da casa da mulher sem nenhuma estrutura. A confusão estava totalmente feita em sua cabeça. Como viera com o carro dela, teve de voltar de táxi. Pediu ao homem rechonchudo que fosse pelo caminho mais longo. Ele precisava pensar.

Já em casa, tomou um banho gelado tentando esfriar as ideias. Não iria trabalhar naquele dia, não conseguiria. Ligou para um amigo do trabalho avisando que estava muito doente e não se sentia em condições de ir. Muitas coisas estavam em risco. Como Nicole poderia ter feito uma coisa dessas?

É claro que o bem-estar dela estava em primeiro lugar para ele. Mas como ele poderia proteger a mulher se ela mesma não colaborava? O sentimento de proteção foi se tornando mágoa. Se ele não tivesse ido a seu apartamento, nunca iria saber. Ela não teve nem a coragem de lhe contar. Mas é claro que não, ele sabia. Conhecendo-o como ela conhecia, ele jamais aprovaria a relação dos dois. E que relação, hein...

A raiva o dominava aos poucos, ainda mais sendo homem e levando para o outro lado. Sua confiança havia sido quebrada e Nicole com certeza teria de dar seus pulos para tê-la de volta. Tentava relembrar algum momento da vida em que havia mentido para ela ou escondido algo. Nada lhe veio à cabeça porque nunca fizera nada do tipo. A seu ver, eles tinham uma relação verdadeira, sem mentiras ou trapaças. Ele nunca havia escondido nada dela, nunca. Relembrou-se de uma parte de sua conversa com a mulher há pouco.

— Você mentiu para mim — Oliver acusa a mulher a sua frente, que, após um longo tempo, havia se acalmado.

— Eu não menti. — O olhar acusador dele a quebrava. — Eu omiti, é diferente...

— Me fala em que é diferente, me fala — pede um pouco alterado. Rezava para que aquilo tudo fosse uma brincadeira ou um mal-entendido, apesar de saber que não era.

— E o que você queria que eu dissesse, Oliver? — pergunta descontrolando-se também. Se não bastasse a cena toda com Daniel, ainda teria de lidar com ele. — Oi, tudo bom? Estou saindo com meu chefe e...

— Espera aí — começa a falar. — Ainda por cima ele é seu chefe? Eu achava que você trabalhava no outro lado da empresa.

— Não vem ao caso agora — a mulher desconversa. — Pronto, agora você já sabe. — Joga-se no sofá com pesar. — Eu ia te contar, eu juro... Só estava esperando a hora certa.

— Eu não estou recriminando-a por sair com seu chefe, jamais faria isso. Sei que você não é dessas que saem com alguém por dinheiro... mas, Nicky, puta merda — a voz de Oliver sai em tom rouco. — Qualquer outra pessoa no mundo, qualquer uma... não ele. Sete milhões de pessoas no planeta Terra e você vai se envolver JUSTO COM ELE?!

A mulher se encolhe no sofá, não com medo, mas com um pouco de culpa. Um pouco não, toda a culpa.

— Você sabe que eu não vou acabar com isso, não sabe? — A voz dela é sincera.

— Sei — responde o homem com pesar. — O pior é que sei. — Seu olhar, antes raivoso, transforma-se em pena. — Só espero que você não se magoe no fim das contas. — O olhar que ela lhe devolve responde sua dúvida. — E não se faça de doida, você sabe muito bem do que estou falando. — Dito isso, o homem sai do seu apartamento sem nem olhar para trás.

Voltando à realidade, Oliver se encontrava fazendo um pequeno lanche, depois de horas refletindo. Chegou à conclusão de que nada poderia fazer. Apesar de ainda querer tentar fazê-la mudar de ideia, sabia que não teria sucesso nessa tarefa. Logo ele, um homem que sempre foi tão sério, tão cuidadoso, em uma situação como aquela. Suspirou desgostoso.

No outro dia, tudo correu de modo perfeito pela manhã. Fez seu trabalho perfeitamente bem, estava tão desesperado para esquecer os últimos acontecimentos que acabou adiantando algumas coisas. Antes do horário previsto, já estava tudo pronto e ele se levantava para ir embora.

— Ei, Oliver... — Um colega do trabalho passou em sua sala cheio de papéis, e o homem riu da situação dele.

— Deixa eu te ajudar — disse isso e pegou metade do bolo dos papéis que ele estava trazendo, colocando-os em sua mesa.

— Cara, faz um favor pra mim? — perguntou cansado a Oliver, que assentiu com a cabeça. — Você pode levar isso aqui? — falou enquanto entregava uma pasta pesada para ele. — Você tem que entregar na presidência, ok? — Diante dessas palavras, Oliver gelou. Vendo a cara do amigo, o outro homem falou: — Por favor, estou superenrolado aqui, fico te devendo uma.

Agindo como um homem maduro, ele respirou fundo e pegou suas coisas, enquanto vestia o paletó para ir. Pegou o elevador e apertou o botão para o último andar. Varreu a sala procurando uma morena de olhos claros, mas não achou. Onde será que ela estaria?

— Pois não? — Uma loira escultural parou a sua frente, jogando delicadamente o cabelo para trás, fazendo charme. Vestia uma saia preta e uma blusa branca com os dois primeiros botões abertos, dando a chance de o homem observar perfeitamente bem seu decote, além disso seus lábios pintados de vermelho chamavam a atenção de qualquer um. Porém ele não era um moleque, era um homem e sabia muito bem disfarçar.

— Venho em nome do escritório de advocacia entregar esses papéis. — Sua voz máscula encantou a mulher, que ficou logo interessada. Pegou a pasta dele fazendo suas mãos se baterem propositalmente, dando-lhe um sorriso acanhado.

— Obrigada, senhor... — Fez um biquinho tentando fazer charme mais uma vez. — O senhor não me disse seu nome.

— Senhor, não. — O homem devolve o sorriso. — Ainda sou novo. Pode me chamar de Oliver.

— Kate.

A mulher estendeu a mão em forma de cumprimento e riram mais uma vez. Definitivamente estava rolando um clima.

Nicole havia saído para resolver algumas coisas da empresa e estava voltando. Já se sentia cansada da correria do dia; pela manhã, havia ido para a aula e de tarde, para o trabalho. Chegou lá e teve de sair de novo, mas já retornava. Reconheceu certo perfume que estava impregnado no elevador, porém tinha certeza de que aquilo era só coisa da sua cabeça.

No primeiro passo que deu, estancou no lugar. O que diabos era aquilo? Oliver estava em pé junto a Kate e os dois pareciam velhos amigos, trocando sorrisos e falando besteira. Ela sabia que de Kate não poderia vir boa coisa. Aproximou-se dos dois com um olhar nada amigável.

— Oliver... — chamou a atenção dele, que se virou surpreso para ela. Estava tão entretido com a mulher a sua frente que não a havia notado. — O que está fazendo aqui? — A pergunta foi feita em tom baixo.

Kate lhe devolveu um olhar raivoso, enquanto ele não estava olhando.

— Então... — começou a falar. — Eu vim entregar uma pasta lá do trabalho.

— Pode me dar — pediu indo em direção a sua mesa e colocando suas coisas em cima dela.

— Eu já entreguei a Kate — respondeu coçando a garganta, esperando a reação da mulher.

— Kate? — perguntou retoricamente. — Já estão tão íntimos assim?

— Nós estávamos apenas conversando — respondeu a mulher, metendo-se na conversa. Ela percebeu que havia algo entre os dois e adorou ainda mais. Se antes estava interessada em Oliver, agora precisava tê-lo. Adoraria ver a cara da Nicole quando descobrisse que os dois estavam juntos. Ela a odiava. Chegou na empresa como quem não quer nada e saiu ganhando a atenção de todos. Todos a adoravam e isso a enfurecia. Por que ninguém lhe dava atenção? Logo ela que era mil vezes mais bonita que a sem-sal da Nicole.

— Bom... Eu já estava de saída mesmo. — Virou-se em direção a Kate. — Foi um prazer conhecê-la. — A mulher foi em sua direção e lhe deu um beijo de despedida na bochecha, entregando um cartão para ele, que percebeu logo o que era: seu telefone.

— O prazer foi meu — respondeu com um sorriso malicioso nos lábios.

Oliver foi embora com um sentimento novo. Iria ligar para ela mais tarde. Estava precisando de um corpo feminino junto ao seu. Apesar de não ser do tipo que saía com qualquer mulher, ele gostou dela e ela gostou dele. Que problema havia nisso? Seriam dois adultos normais saindo casualmente. Após a sua saída, só restaram as duas mulheres na sala, e elas trocavam olhares significativos.

— Você conhece ele de onde? — Kate perguntou enquanto digitava sem nem a olhar.

— Ele quem? — Nicole se fez de desentendida.

— Oliver, é claro. — A mulher revirou os olhos.

— Um amigo — respondeu como não quer nada.

— Só um amigo? — perguntou Kate mais uma vez.

— Apenas isso. — O tom de voz na resposta da mulher fez Kate duvidar se era isso mesmo.

— Ainda bem... — comentou alto. — Não queria ficar no seu caminho... Mas como você afirma que vocês não têm nada, então...

— Então?

— Ele pareceu bem interessado, sabe... — A voz da loira era petulante e Nicole se irritou com isso. Respirou fundo, contando mentalmente até dez. Não iria perder o nível por causa da loira.

— Hum. — Diante disso, o silêncio se fez presente outra vez.

Quando enfim acabou o expediente e todos já tinham ido embora, Nicole recolheu suas coisas e foi em direção ao elevador, não tendo sucesso, sentindo mãos quentes ao seu redor fazendo-a parar no lugar.

— Daniel... — sibilou baixinho.

— Oi, meu amor. — Ela sorriu com a resposta do homem. Era a primeira vez que ele a chamava assim.

— Pode aparecer alguém — resmungou sentindo beijos traçados no seu pescoço.

— Não chegará ninguém. Eu garanto. — Ele a virou com rapidez roubando um beijo molhado.

Os dois esqueceram por um momento onde estavam e mergulharam nas sensações. Nicole mordeu seu lábio inferior enquanto ele sugou o superior dela. As línguas brincavam em uma dança frenética e suas mãos não ficaram longe, percorrendo o corpo um do outro por cima da roupa. Quando, enfim, o ar lhes faltou, eles se soltaram com pequenos selinhos.

— Daniel, você não vai acreditar. — Uma voz feminina foi ouvida um pouco longe. — Não queriam me deixar entrar e... — A mulher estanca no lugar encontrando a cena dos dois juntos e sem fôlego. — O que está acontecendo aqui?

— Olá, boa noite. — A voz sarcástica de Daniel se fez presente. — O que você está fazendo aqui?

— Eu vim te visitar, oras, queria fazer uma surpresa. — A mulher alterna o olhar entre os dois.

— Nicole... — Puxa a mulher mais para perto, mas ela logo após se afasta rapidamente. — Essa é minha irmã mais nova, Heloise, e Heloise, essa é a minha namorada, Nicole.

As duas têm olhares chocados. Heloise por enfim ver seu adorado irmão com alguém e Nicole por ter sido nomeada namorada. Afinal, cadê seu pedido de namoro, então?

— Pois é, vocês já podem falar algo. — A voz dele se fez ouvir enquanto as duas mulheres continuavam em silêncio, até que do nada Heloise fez um pequeno show.

— Oh, meu Deus, oh, meu Deus, meu irmãozinho está apaixonado e namorando, eu não acredito. — A alegria da mulher era notável. Daniel apenas riu dela, sabia que seria essa sua reação.

— Calma — pediu enquanto a mulher continuava saltitante, nem parecia a mulher responsável que era.

— Como você me pede calma, Daniel? Você está namorando! — exclamou com gosto. Nicole continuava ainda imóvel, sem nenhuma reação. Daniel então a abraçou, tentando passar algum conforto.

— Olha vocês dois, são tão lindos juntos — falou indo em direção aos dois e segurando a mão da mulher. — Eu vou ser a melhor cunhada que você vai ter na sua vida, garanto. — Nicole sorriu em resposta, com o rosto ruborizado.

Oliver arrumava o escritório em sua casa com calma. Era um homem superorganizado e odiava bagunças. Mesmo tendo empregada, ele mesmo gostava de organizar seus papéis. Vasculhava tudo procurando um documento que precisava quando abriu a gaveta do meio e lá dentro percebeu que havia uma foto. Sorriu feliz ao constatar que se tratava de uma fotografia dele e de Nicole. Suspirou com desgosto lembrando-se dos últimos dias.

Pegou o celular nas mãos ainda com a foto na outra e ponderou a situação. Deveria ligar? Ele ainda estava tão magoado. Ainda por cima por conhecê-la como conhecia. De todas as pessoas do mundo, a última de quem ele imaginaria que poderia receber uma traição como essa seria dela.

Discou um número na tela no seu celular e esperou chamar, a pessoa do outro lado não demorou a atender.

— Alô? — A mulher desconhecia o número.

— Alô, Kate, é Oliver — a voz do homem se fez presente depois de um instante de silêncio.

— Oi, Oliver... — A voz dela amansou rapidamente. — Estava esperando sua ligação.

Uma hora depois, os dois tinham um encontro marcado. Kate do outro lado estava nas nuvens por conseguir fisgar alguém do nível de Oliver, que, além de ter dinheiro, era bonito e inteligente. E mais: ela passaria por cima da sonsa da sua companheira de trabalho. Depois de ter encerrado a ligação, ele ponderou sobre o que havia acabado de acontecer. Será que fez o certo em chamá-la para sair? Estava perdido em pensamentos mais uma vez quando um barulho alto lhe chamou a atenção. Seu celular. Atendeu e nem se deu ao trabalho de olhar quem era.

— Oliver? — A mulher era cautelosa.

— Oi, Nicole. — Ele logo reconheceu a voz e, mesmo estando magoado, não iria tratá-la de outra forma que não essa.

— Tudo bem? — perguntou incerta.

— Tudo e você? — Conhecendo-o bem, ela sabia que nada estava bem.

— Oliver... Por favor... — pediu em tom baixo. — Eu odeio ficar assim com você. Sei que tem milhares de motivos para estar magoado comigo, mas me desculpe.

— Você poderia ter contado. — A voz dele amansou ao ver sinceridade no tom da mulher.

— Eu estava temerosa, sabia que sua reação não seria boa — explicou paciente. Ela precisava conquistar sua confiança de volta.

— E por que não seria boa? — perguntou retoricamente. — Pense só um pouco e me diga por que não seria. Que merda você tá fazendo da sua vida, Nicky? — A calma que lhe restava se foi depois de ter a confirmação de que o que pensava estava correto. — Por que não para um pouco e pensa? Só um pouco. Isso não vale a pena. Não vale — repetia sem parar.

— Você não entende... — A voz dela não passava de um sussurro.

— Você sabe que no final quem vai sair machucada é você. Tem consciência disso, não tem? — Pelo silêncio da mulher, ela sabia que era verdade. — Me diz se isso vale a pena. Se isso realmente vale a sua vida.

— Eu já tomei uma decisão. — Seu tom de voz transmitia frieza.

— Espero que as consequências não demorem a vir e você tenha consciência de que tudo que você fez, tudo por que você batalhou, tudo isso não vale nada quando você joga fora sua vida desse jeito. Boa noite.

CAPÍTULO 18

Narrador

Nicole era uma mulher feita, tinha passado por muitas coisas na vida e venceu todas as batalhas que havia, entretanto estava para perder a guerra. A sua própria guerra, seu próprio dilema. O que ela poderia fazer? Jogar tudo para o alto, esquecer o passado e apenas vivenciar o momento ou continuar e honrar o que deveria ser feito? Ela fez uma promessa, ela teria de cumprir.

— Olha você dois, são tão lindos juntos — falou indo em direção ao casal e segurando a mão da mulher. — Eu vou ser a melhor cunhada que você vai ter na sua vida, garanto. — Nicole sorriu em resposta com o rosto ruborizado.

Havia esquecido totalmente de onde estava naquele momento. Achou Heloise um amor de pessoa e simpatizou de primeira com ela, principalmente por aprovar seu relacionamento com Daniel. Nicole tinha medo de que a mulher não gostasse dela e de alguma forma isso afetasse seu "relacionamento" com ele. O homem se encontrava em uma felicidade inexplicável. Nunca em sua vida toda havia ficado tão feliz daquela forma. Tinha passado por cima de seu orgulho e fez as pazes com a mulher que amava, agora os dois estavam bem e sua irmã amou de cara sua namorada. Sorriu imaginando a futura amizade das duas.

Heloise queria sair com o casal, mas Nicole recusou sem jeito, inventou que estava muito cansada e teria alguns trabalhos da faculdade para fazer, o que não era totalmente mentira. Ela obviamente queria conversar com o irmão e Nicole não queria atrapalhar, apesar de também ter de resolver algo o mais rápido possível. Eles combinaram de sair no fim de semana e as duas se despediram com um beijo na bochecha. O casal trocou um beijo tímido enquanto a baixinha encarava os dois sorrindo animadamente. Seu irmão merecia toda a felicidade do mundo e, pelo visto, estava conseguindo.

Quando Nicole finalmente chegou em casa, tomou um banho relaxante e já colocou uma roupa básica, não iria sair e estava com planos de ir para a cama cedo. Com o notebook ligado, terminou de fazer um relatório que teria para o dia seguinte, estudou um pouco mais e finalmente tomou coragem para fazer o que precisava: falar com Oliver.

Segurou as lágrimas olhando para a frente com o olhar perdido. Ela sabia que era verdade. Tudo era verdade. Mas nada que ele ou qualquer outra pessoa do mundo falasse iria fazê-la mudar de ideia. Ninguém conseguiria. Por mais que seu coração estivesse destroçado naquele momento, e lá na frente seria pior ainda, ela não desistiria. Ela tentava não se deixar levar, porém era impossível. Sempre foi forte, mas, como qualquer pessoa normal, ela tinha seu ponto fraco. E esse ponto não seria Oliver. Por mais que o amasse, isso não era suficiente. Não para aquilo, não para fazê-la desistir de tudo.

Passou a noite toda tendo pesadelos. Sonhava com lembranças atormentadoras do passado e acordou ofegante. Levantou-se mesmo sendo cedo e decidiu não voltar para a cama de novo. Não aguentava mais ter aqueles malditos pesadelos. Em sua mente, quando tudo entrasse nos eixos, aquilo iria acabar. Mal sabia a mulher que aquilo estava bem longe de acabar. Tomou um café quente para despertar de vez e tomou banho mais uma vez, arrumando-se em seguida para a faculdade. Sentia-se cansada emocionalmente, estava em uma guerra consigo mesma e ela não parecia ter fim. Sentada na cadeira da sala de aula, não conseguia se concentrar na matéria. Encontrava-se em outro mundo, bem longe dali. Chegou a hora do intervalo e Nicole nem ao menos se levantou, não sentia fome alguma e assim continuou. Quando, enfim, a aula acabou, levantou-se apressadamente e andou até o carro. Avistou Lindsay por perto e não estava com a mínima cabeça para aguentar suas piadinhas sarcásticas.

No estacionamento da empresa, continuava parada dentro do carro, respirando fundo, tomando coragem para enfrentar o resto do dia. Sua vida estava uma baita confusão e a cada segundo algo novo a acertava. Pegou o elevador e deu a maravilhosa sorte de encontrar a Kate. As duas subiram em um silêncio desconfortável. Quando, enfim, as portas se abriram, a loira passou na sua frente, fazendo a morena revirar os olhos. Daniel chegou dez minutos depois e, sem sua secretária perceber, roubou um beijo casto de Nicole.

— Bom dia, meu amor.

Apesar de ter tomado um susto, a mulher adorou a atitude.

— Bom dia — respondeu com um sorriso nos lábios. Sua presença a acalmava.

Voltando ao normal, as duas horas de trabalho seguintes passaram rapidamente. Nicole sabia que havia algo estranho. Kate estava extremamente calada e aquilo não significava boa coisa. Sabia que a mulher não gostava dela e, acima de tudo, não prestava. Notava os olhares cobiçosos para cima de Daniel e morria de raiva, apesar de o homem nunca ter dado bola para ela, o que deixava Nicole feliz.

— Algo mais, Kate? — perguntou tentando puxar assunto. Precisava saber o que a outra estava aprontando.

— Não, não — ela respondeu com uma falsa tranquilidade. — Então, Nicole... Se lembra do seu amigo? — O coração dela gelou na hora.

— O que tem ele? — perguntou tentando manter a calma.

— Você poderia me falar mais dele. — Kate agora olhava para ela, queria ver sua reação quando contasse a notícia.

— Por quê? — Vendo o interesse da mulher, a morena aparentava total tranquilidade. Como se Oliver fosse uma pessoa qualquer e ela não tivesse nada a ver com ele.

— Nós vamos sair — jogou a bomba. — Temos um encontro. E como eu te disse ontem... Ele parecia bem interessado. Acho que vamos nos dar superbem. — O sorriso cínico de Kate estava presente.

Nicole continuou com sua cara de paisagem e apenas acenou sem nenhuma expressão. Após longos minutos, a mulher falou.

— Boa sorte, então. — Sua voz era calma. — Ele é uma ótima pessoa.

Nada mais foi dito nas horas seguintes. Quando acabou o expediente e todos já estavam indo, não restando quase ninguém, pegou seu celular e seguiu em direção a uma sala qualquer, verificando atentamente se não havia ninguém por perto. Discou o número conhecido, chamando até cair a ligação. Bufou sem paciência e tentou mais uma vez. Quando enfim a pessoa atendeu, a mulher explodiu.

— Você vai sair com ela? Eu não acredito nisso. — A voz alterada se fazia presente. O homem bufou do outro lado.

— O que tem isso de mais? — perguntou despreocupado.

— O que tem de mais? — repetia em tom irônico. — Ela não presta. Não serve para você.

— Mas olha só... Olha quem tá falando isso. — O homem era sarcástico. — Você não pode falar de mim quando está saindo com outro, ainda por cima sendo Daniel. — O nome era dito entre dentes.

A mulher respirou fundo, tentando não se descontrolar. O homem era algum idiota que não percebia que Kate não valia nada? Sabia que ele não estava errado, de certo modo. Ela estava cobrando algo dele que também não cumpria. Estava sendo egoísta querendo que ele não se envolvesse com outra enquanto ela estava envolvida.

— Se está a fim de sair com alguém, por que não escolhe outra? Qualquer outra? — perguntava exaltada.

— Eu te pergunto o mesmo.

— Você sabe que isso é totalmente diferente, Oliver — rebateu com raiva.

— Não é diferente. Se você vai se envolver com ele, então eu posso me envolver com quem eu quiser — o homem resmungava do outro lado da linha.

— Você pode ao menos pensar no caso? — perguntava, mesmo sabendo a resposta.

— Eu não te fiz mudar de ideia, então você também não vai me fazer. — Sua voz era calma apesar da mágoa.

— Então deixa eu te pedir uma coisa... — falou a mulher, fechando os olhos e se preparando para o que diria a seguir.

Ela sabia que ele estava dando o troco. Era um tipo de vingança sem sentido que acabaria prejudicando-a. Apesar de não querer ver Oliver com Kate, havia outros motivos. Mesmo assim, fez o pedido ao homem.

— Você quer que eu minta? — A voz dele saiu arrastada.

— Oliver... — começou ela.

— Sério que você está me pedindo isso? — perguntou com raiva. — Se você quer se envolver nisso, tudo bem, agora não me meta nesse meio.

— Você sabe que isso pode me prejudicar...

— ISSO VAI TE PREJUDICAR DE QUALQUER FORMA, VOCÊ NÃO CONSEGUE ENXERGAR ISSO? — A mulher tampou os ouvidos tamanha a fúria com que ele falou. — Eu não vou fazer isso. — Nicole suspirou nervosa.

— Pense com calma e depois nós nos falamos, ok?! Tenho que ir, beijo. — Desligou logo em seguida ouvindo passos em sua direção.

Daniel continuava no escritório, e, depois de acabar o trabalho com os documentos, foi à procura de sua amada. Viu suas coisas em cima da mesa, mas nada dela. Procurou de sala em sala e nada da mulher, quando estava quase desistindo, ouviu sua voz. Não chegou a escutar realmente o que era dito, para a sorte de Nicole. Ela desligou o telefone mudando sua feição rapidamente, sentindo o maravilhoso cheiro do homem.

— Te procurei em todo lugar. — Ele se aproximou dela lhe dando um beijo na testa. Nicole fechou os olhos apreciando a sensação.

— Vim dar um telefonema — explicou dando um selinho rápido nele.

O homem sabia que não havia mais ninguém além de um segurança naquele andar, o qual estava do outro lado, portanto aquilo só significava uma coisa: ela não queria que ele escutasse sua conversa. Ignorou o sentimento de decepção e continuou normalmente. O que tanto a mulher lhe escondia? Será que ele não era confiável a ponto de ela lhe contar?

— Vamos sair? — perguntou Daniel depois de algum tempo. Os dois continuavam na sala apenas apreciando o momento juntos.

— Estou cansada — respondeu com um semblante exausto.

— Por que não vamos para minha casa? — ele convidou, esperando que ela aceitasse sem pestanejar.

— Pode ser — a mulher comentou rapidamente, já imaginando o que eles poderiam fazer, deixando Daniel contente.

Por mais que amasse Nicole, ele ainda era homem, e, como todo homem que se preze, precisava do conforto de sua mulher em seus braços. Além do mais, fazia um tempo que eles não ficavam juntos e ele estava morrendo de saudades do corpo dela.

Cada um foi no seu carro para não levantar suspeitas. No caminho, eles estavam perdidos em pensamentos diferentes. Aquela seria a primeira vez que ela iria ao apartamento dele e estava nervosa. Quinze minutos depois, Daniel parou em frente a um prédio extremamente luxuoso. Os dois entraram pela garagem e seguiram até estacionarem o carro. Já fora do veículo, ela foi em sua direção. Ele segurou a mão dela e assim caminharam até o elevador.

Ainda de mãos dadas, Nicole observou o local. Um apartamento magnífico, tudo em seu devido lugar, com móveis projetados e um amplo espaço. A mulher se encontrava de boca aberta, tamanha a beleza do apartamento. Apesar de ser uma residência de homem, tudo estava organizado e a decoração, apesar de linda, não demonstrava nenhum toque de mulher.

— Você gostou? — A voz do homem a tirou de seus devaneios.

— É perfeito — respondeu em um sussurro. O homem aproximou-se e a abraçou por trás enquanto ela ainda admirava o lugar. Beijou-lhe o ombro esquerdo coberto pela blusa.

— Está com fome? — perguntou, e ela acenou com a cabeça rapidamente. — Você gosta de comida japonesa? — A mulher acenou mais uma vez. — Ótimo, vou ligar agora mesmo e pedir para entregar.

Enquanto o homem estava ao telefone, ela foi em direção ao sofá e se sentou, sentindo a maciez do assento. Poderia dormir ali mesmo que não se importaria, era tão confortável... Daniel voltou-se para ela, sentando-se ao seu lado.

— Quer tomar um banho? — perguntou enquanto voltou a traçar beijos pelo ombro e pescoço.

— Não trouxe roupa — respondeu sem jeito.

— Pode usar uma minha — falou imaginando como a mulher ficaria com uma roupa dele.

— Adorei a ideia — comentou, dando um selinho no homem.

Os dois caminharam em direção ao quarto dele e Daniel foi em direção ao seu closet. O espaço era enorme, contendo milhares de peças variadas e de aparência cara. O que mais havia eram ternos, óbvio. O homem segurou nas mãos uma blusa branca, grande demais para ela, mas que serviria. Apontou para o banheiro e a mulher seguiu em passos lentos, não antes de o homem a segurar e lhe roubar um beijo caloroso. Os dois sorriram com a boca colada depois do ato. Já no banheiro, Nicole tomou um banho quente, lavando os cabelos, já que a água estava em uma temperatura ideal e ela se encontrava morta de calor. Uma toalha estava posicionada ao lado e ela pegou-a rapidamente, enrolando-se e indo em direção a sua bolsa. Por sorte, ela sempre deixava uma peça extra, afinal nunca se sabe o que pode acontecer. Pegou a calcinha e vestiu, decidiu não colocar o sutiã, já que sabia que não ficaria com ele por muito tempo. Sorriu com o pensamento. Depois de pentear os cabelos molhados, ajeitou a blusa do homem em seu corpo e se olhou no espelho. Voltou ao quarto encontrando um Daniel jogado na cama, já limpo. Ele havia tomado banho em outro quarto enquanto ela estava no dele.

— Você fica uma tentação assim, sabia? — A voz dele a pegou desprevenida e ela apenas deu um sorriso tímido em sua direção. — Espero te ver assim mais vezes. — Com essas palavras, a mulher caminhou devagar e de um jeito sexy para ele. Jogou-se na cama ao seu lado.

Sempre o viu de terno e gravata, ou com uma roupa social. Estranhou vê-lo com uma calça de moletom e sem blusa alguma. Nicole animou-se com a visão. Podia não ser o homem mais musculoso do mundo, mas ele tinha um corpo de tirar o fôlego. Desejou beijar cada parte do corpo dele, mas controlou-se e apenas lhe deu um selinho. Perdidos no momento, o homem aproveitou para beijá-la, quando a campainha tocou e ele bufou irritado. A mulher apenas sorriu diante da postura de Daniel.

Ele pegou a carteira e foi até a porta de entrada. Um rapaz magricelo e sem jeito olhou estupefato para o apartamento, nunca havia visto um lugar tão luxuoso como aquele. Daniel entregou o dinheiro ao entregador, dando-lhe uma boa gorjeta, agradecendo e fechando a porta em seguida, indo para a cozinha. Escutando o barulho da porta fechada, Nicole desfilou pelo apartamento até onde ele estava.

— Eu pedi salmão skin e shimeji, espero que goste de algum — falava enquanto abria as caixas com as comidas e o cheiro fazia-se presente no ambiente.

O casal comia entre brincadeiras e risadas. Nicole provava um pouco do dele e ele, do dela. Os dois conversavam sobre amenidades e assim passaram quase uma hora. Quando olharam no relógio, marcava nove da noite. Depois de estarem satisfeitos e com a cozinha arrumada, seguiram em direção ao quarto dele. O homem até quis mostrar todo o apartamento para a mulher, mas ela negou com um sorriso. Queria aproveitar o tempo com ele. Ela sabia que haveria muitas outras oportunidades para conhecer o local.

Daniel e Nicole foram para a cama abraçados, apreciando a sensação dos corpos juntos, apesar de não estarem fazendo nada. Os dois assistiram a um filme de comédia qualquer que passava na televisão. Por estar quente, Daniel ligou o ar-condicionado do quarto, apagou a luz e acendeu apenas o abajur. Assim não ficava muito claro, nem muito escuro.

Não sabiam muito bem quando deixaram de prestar atenção no filme, mas assim aconteceu. As bocas se juntaram em uma união perfeita. O lábio superior dela era sugado por ele, enquanto ela mordiscava o seu superior, e assim as línguas voltaram a se encontrar em harmonia. O beijo calmo se tornou mais urgente e, sem que ela percebesse, a blusa da mulher foi jogada ao chão. Nicole ficou apenas de calcinha. Daniel observava todo o corpo dela com olhos desejosos. Sentia falta do calor da mulher junto ao seu corpo e do jeito que os seus corpos se moldavam em um só.

Beijos eram traçados de sua clavícula em direção a um pouco mais embaixo. O homem adorava os seios de sua mulher, eram perfeitos; nem grandes, nem pequenos, na medida ideal para suas mãos e boca. Sem rodeios, caiu de boca no seio esquerdo enquanto apertava o direito, sugando-o como um bebê esfomeado. Com cuidado, mordia o bico e voltava a atacar mais uma vez. Gemidos abafados saíam da boca da mulher, que se contorcia embaixo do homem. Ele desceu mais, enchendo de beijos a barriga de Nicole, até chegar aonde queria.

O homem podia sentir a umidade no tecido e o calor do sexo da mulher. Ela, com mãos apressadas, ajudou Daniel a tirar o calça de moletom, levando junto sua cueca boxer preta, deixando-o completamente nu. Ele voltou para ela, lambeu-lhe a calcinha, sentindo com a ponta da língua a carne por baixo do tecido. Ao se sentir tocada, pediu num sussurro.

— Tira... — Por ora o homem ignorou o pedido da mulher. Beijou o interior de suas coxas, que ela afastava ainda mais, passando a língua pela lateral da calcinha. Correndo os dedos pela lateral e levando a outra mão para a cintura dela, começou a baixar a calcinha, lentamente, até deixá-la nua.

Duas horas depois, os dois caíram na cama completamente exaustos, cansados, os corpos totalmente suados e a respiração irregular.

— Isso foi... — a mulher começou a falar.

— Perfeito — o homem completou olhando para ela de uma forma apaixonada.

Em um momento de silêncio, os dois ficaram se encarando. Um olhando para o outro deixando as sensações dominarem. Daniel foi o primeiro a sorrir, a mulher o acompanhou com uma cara feliz. Naquele momento, deitados, cansados, depois de terem se amado de uma forma alucinada, eles perceberam que aquilo não era um sentimento bobo para nenhum dos dois. Tiveram a confirmação de que era amor. Que era amor de verdade.

Tomaram um banho gelado, juntos. Ele dava banho nela com carinho e sem segundas intenções. Percorria o corpo da mulher apreciando cada parte. Assim como ela fez com ele. Saíram do banheiro sorridentes, em sua própria bolha. Estavam felizes. Aquele momento foi mágico para os dois, a confirmação que precisavam.

A fome chamou mais uma vez e ele foi buscar algo para comer. Com um pote de sorvete na mão, voltou para o quarto encontrando Nicole já com outra roupa sua. Observou sua mulher totalmente limpa, sem maquiagem alguma, com os cabelos molhados, achando-a mesmo assim a mais linda de todas. Ele nunca foi fã dessas mulheres superficiais, que andam impecáveis vinte e quatro horas por dia. Gostava de algo verdadeiro, gostava de Nicole.

Com os lençóis trocados e mais uma vez na cama, voltaram a assistir à televisão. Assim como na hora do jantar, os dois apreciaram o sorvete, um dando na boca do outro em meio a sorrisos e beijos. Tudo estava em seu perfeito estado até a mulher se levantar e ir em direção ao banheiro já que, naquela brincadeira, acabou se sujando. Não ouviu o celular tocar, porém Daniel escutou. Então entrou naquele velho dilema, atender ou não?

Como o bendito celular não parava de tocar, ele foi em direção à bolsa da mulher e viu duas ligações perdidas de Oliver. Bufou com raiva. O que ele estaria fazendo ligando para ela àquela hora? Ignorou a sensação e ia colocar o telefone de volta quando viu que ele acabara de enviar uma mensagem para ela. A curiosidade o abateu. Deveria ler?

Ignorando os instintos que diziam para não ler e que aquilo era antiético, pressionou na tela fazendo a mensagem se abrir. Sabia que estava invadindo a privacidade da mulher e com toda certeza ela ficaria puta da vida com ele.

> Pensei muito no que a gente conversou e a resposta continua sendo não. Não vou mudar de ideia, assim como você também não mudou a sua. E por que diabos você não atende o telefone? Está com o maldito Daniel?
> — Oliver.

— Daniel você acredita... — a mulher parou no meio da frase quando viu que ele estava com o seu celular nas mãos. — O que você está fazendo com o meu celular? — questionou intrigada.

— Que ideia que o Oliver não vai mudar? O que você está me escondendo, Nicole? — perguntou o homem furioso.

— Daniel, eu perguntei primeiro, o que você está fazendo com o meu celular? Por que você está mexendo nele? — falou entre dentes, indignada com a situação.

— O que eu estou fazendo com o seu celular? Sério mesmo que você tá me perguntando isso quando eu estou vendo mil ligações desse tal Oliver e uma mensagem pra lá de suspeita? O que ele é seu, Nicole?

— Daniel, responda a minha maldita pergunta, o que você está fazendo com o meu celular? Quem te autorizou a mexer nele?

— Eu mexi porque eu quis, está respondido? — O tom do homem era frio. — Agora, por que porra esse maldito do Oliver está ligando e mandando mensagens pra você, Nicole? E sobre o que ele não mudou de ideia, e você também não?

— Eu não vou falar sobre isso com você, não vou mesmo, você não tem o direito de se meter na minha vida — a mulher falou se vestindo de qualquer jeito e recolhendo suas coisas com pressa.

— Aonde você pensa que vai? — questionou Daniel intrigado pelas atitudes da mulher.

— Eu vou embora, não estou a fim de olhar na sua cara.

— VOCÊ VAI FICAR AQUI E ME EXPLICAR DIREITINHO ESSA HISTÓRIA — continuou a gritar, chamando a atenção de seu segurança, que correu para ver o que estava acontecendo..

— Senhor, é melhor deixá-la ir, quando se acalmarem, vocês conversam — falou o seu segurança mais antigo e de confiança. Nunca havia visto o patrão daquele jeito.

Aproveitando um segundo de distração de Daniel com o segurança, Nicole correu em direção ao elevador, dando sorte de ele ter chegado em segundos. Entrou e se viu apertando o botão de fechar as portas insistentemente para que Daniel não conseguisse alcançá-la. Quando as portas se fecharam, a mulher se encostou à parede e começou a chorar. No que ela tinha acabado de se meter...

Dentro do apartamento, Daniel caiu em si e viu a merda que tinha feito, não podia ter falado com ela daquele jeito, ele só a fez ficar com mais raiva e fugir dele. Quando ouviu a porta do elevador fechar, desesperou-se e correu para o elevador de serviço, pegando apenas a chave do carro e o celular; teria de falar com ela logo e pedir desculpas por seu comportamento, ele não era assim, tinha sido tomado por um ciúme doentio, que nem sabia que existia.

O elevador parecia demorar uma eternidade para chegar até a garagem. Enquanto estava nele, ficou ligando para Nicole, que não o atendia, o que era óbvio. Ao chegar na garagem, viu apenas a sombra do carro da mulher saindo em alta velocidade. Correu, pegou o seu e repetiu o gesto dela, saindo desesperado pelas ruas do Upper East Side, até encontrar o carro dela. Ligou para o seu celular, buzinou, deu sinal de luz e isso só fez a mulher acelerar ainda mais.

O homem suava frio imaginando a besteira que acabara de fazer. Tudo bem que ele merecia uma explicação, porém havia pesado demais. Sabia que deveria ter se acalmado e tentado ter uma conversa séria com ela, mas a raiva se apoderou do seu corpo. Eles já haviam brigado pelo tal Oliver e mesmo assim ele decidiu deixar isso para lá, quando Nicole garantiu que eles não tinham nada, que eram apenas bons amigos. Acreditou nela, afinal. Por que Nicole mentiria? Estava tudo perfeito. Eles haviam jantado em meio a brincadeiras e carinhos, assistiram à televisão como um casal normal e logo após fizeram um sexo espetacular. Caindo exaustos, tomaram um banho reconfortante. Iria pedir Nicole em namoro naquela noite. Estavam juntos, mas ele queria oficializar, não era homem de ir apenas ficando. Percebeu a reação da mulher quando a apresentou como namorada para a irmã. As duas haviam ficado chocadas, apesar da felicidade. Sabia que era um pouco cedo, porém não deu a mínima, ele a amava e ela o amava. Correto? Tudo parecia bom demais. Estava claro que tinha de acontecer algo para estragar tudo.

Vendo que estava prestes a chegar ao cruzamento da rua 59 com a 5ª avenida, e ao observar o sinal ficar amarelo e em seguida vermelho, o homem diminuiu um pouco a velocidade, gesto que não foi repetido por Nicole. Ela passou no cruzamento enquanto outro carro vinha, também em alta velocidade, causando um acidente, levando os dois carros a se chocar e a capotar várias vezes...

CAPÍTULO 19

Oliver não esperava uma ligação de Nicole, ainda por cima sendo por tal motivo. Como ela soube que ele tinha um encontro com Kate? Com toda certeza, a loira havia contado. Pelo que sabia, a morena não ia muito com a cara da colega de trabalho. Então por que diabos a mulher comentara com Nicole que os dois haviam marcado de sair?

Na verdade, nem ele mesmo sabia o porquê de estar fazendo isso. Era óbvio que a loira era supergostosa, porém era só isso, gostosa. A mulher não fazia o tipo dele em nenhum dos aspectos. Percebia-se que ela não tinha muita cultura e seu gosto era peculiar. Os interesses dos dois pareciam ser totalmente diferentes, entretanto, deixou-se levar. A raiva que ele estava sentindo era suficiente para que ficasse com a primeira que aparecesse. Por que não Kate? Ela parecia tão interessada nele.

Nicole não havia mudado de ideia por ele, por que ele teria de mudar de ideia por ela? Não faria. Em seu íntimo, sabia que isso era uma forma de descontar o que ela fazia. Ele estava sendo imaturo? Estava, mas e daí? Às vezes as pessoas perdem a cabeça quando certas feridas são cutucadas. E, em relação aos dois, ela significava muito. Significava mais que todos. E abrir certas feridas com certeza não valia a pena. Ele não se sentia magoado por ela estar com alguém, mas por causa dos motivos pelos quais ela resolveu se envolver e o que isso iria lhe causar. Sabia que, por mais que a intenção dela, sob seu próprio ponto de vista, fosse nobre, não era. Ela estava errada e ainda quebraria a cara. O homem tinha dúvidas em relação aos sentimentos dela por Daniel, mais um motivo para ter medo. Temia em relação aos dois. Se ela se apaixonasse por ele, seria sua ruína.

Em meio a esses pensamentos, ele se esquecera totalmente de onde estava. Havia chegado mais cedo do trabalho e resolveu adiantar algumas coisas. Sempre gostou de ter tudo adiantado, assim não teria nenhuma preocupação. Terminou uma documentação importante e logo depois foi preparar algo para jantar. Assim como Nicole, ele morava sozinho. A relação deles já não era a mesma. Agora já eram adultos e cada um tomou um rumo diferente; era claro que ainda se viam com frequência, mas não compensava.

Por sorte, dormiu a noite toda perfeitamente bem e sem sonhos. Acordou mais disposto a enfrentar o dia. De manhã e à tarde, teria de trabalhar, à noite seria o tal encontro. Suspirou arrependendo-se de ter tomado aquela decisão, mas, já que havia feito, não iria desistir. Estranhou Nicole não ter ligado e nem ter respondido à mensagem que ele mandara. Será que ela havia ficado com raiva?

Passou a manhã inteira com isso na cabeça, mas decidiu não ir atrás dela. Ele tinha feito sua parte. Havia ligado e mandado mensagem, se ela não respondeu e nem retornou, aí eram outros quinhentos. Na hora do almoço, comeu rapidamente e voltou ao trabalho. A tarde havia passado lentamente, e quando enfim seu expediente acabou andou apressadamente até o carro. Ainda teria de passar no apartamento e se arrumar, para depois ir ao de Kate. Não sabia se era longe ou não, já que a mulher ainda não havia dito onde morava. Por isso resolveu se precaver e foi logo para o banheiro. Tomou um banho demorado, queria caprichar. Vestiu uma roupa social, calça preta e uma blusa branca alinhada, vestiu uma jaqueta de couro, pois a noite estava fria. Ligou para a mulher e ela passou o endereço rapidamente.

Dirigia pela cidade tranquilo. Não estava nem um pouco nervoso, muito menos animado para o tal encontro. Vinte minutos depois, o homem parou em frente a um prédio de classe média alta e a loira apareceu. A mulher estava espetacular. Sabia muito bem como deixar alguém de boca aberta. Vestida em uma saia de cintura alta e uma blusa, ganhava charme com a bolsa sofisticada e os acessórios mais ousados. Uma coisa ele não poderia dizer, que a mulher não tinha bom gosto para roupa.

Foi recepcionado com um beijo molhado na bochecha e apenas deu um sorriso. Ela estava mil maravilhas por dentro. O caminho para o restaurante foi agradável, os dois conversaram sobre besteiras, chegaram rapidamente. O lugar era chique, coisa que Kate adorava. Oliver não era milionário, mas tinha uma boa condição financeira. Ainda mais por trabalhar em uma empresa como as Indústrias Campbell.

Depois de passarem pela entrada, Oliver, com seu modo cavalheiro, puxou a cadeira para a mulher, fazendo assim com que ela ficasse mais eufórica ainda. Nenhum outro homem havia feito isso por ela. Tinha planos de levá-lo para a cama naquele dia mesmo. Kate era daquelas que não se importavam com certos modos, achava que dando sexo para o homem iria de algum modo prendê-lo. Pôde reparar que ele não era como os outros homens, e ela tinha certeza de que, se ficasse com ele, o homem não a descartaria facilmente. Ela era ótima na cama e o faria enlouquecer.

Entre conversas e risos, os dois se entendiam naturalmente. Estar ao lado da mulher até que não era tão ruim, pensava Oliver. Mal sabia onde estava se metendo. Sabia que ela não era, de certo modo, a mulher certa, mas ninguém era perfeito, então se deixou levar.

— Eu não acredito que você fez isso. — A voz grossa do homem se fez presente depois de rir de uma história de sua infância, a qual Kate contava.

— Oh, sim, foi sim — acompanhava rindo igualmente.

Sem perceber, as mãos expostas na mesa foram se aproximando. A mulher fingia estar alheia à situação, mas sabia perfeitamente o que fazia. Bancou a sonsa a maior parte do tempo. Uma hora havia se passado e eles aguardavam a sobremesa.

— Para a senhorita, brownie com calda de frutas vermelhas. — O garçom colocava o prato perfeito para a mulher. — E torta de limão francesa para o senhor. — Agradeceram ao mesmo tempo e o homem se afastou, indo servir outras mesas.

Sabendo que estava com o jogo ganho, deu sua última cartada, esperando a reação de Oliver e querendo mais informações. Os dois haviam se comunicado no decorrer do dia por mensagens e ela tinha certeza de que ele passara o dia todo no trabalho ou estava mentindo para ela, o que a mulher achava um pouco difícil.

— Você conhece a Nicky há muito tempo? — perguntou como se fosse amiga íntima da mulher, como se tivesse liberdade para usar tal apelido. Na verdade ela nunca usou, sempre tratou Nicole de forma rude, porém sabia que, para colher mais informações sobre a morena, precisava ao menos fingir que tinham alguma ligação.

Kate nunca foi com a cara da mulher, não ia com a cara de ninguém, para ser sincera. Era uma mulher mal-amada, que só se importava com status/dinheiro. Ela só queria subir na vida. Sempre foi interessada no seu chefe, mas ele nunca dava bola.

A mulher sempre o cantou sutilmente, entretanto o homem mal a olhava. Ela aceitava até certo ponto. Quando Nicole começou a trabalhar na empresa, não tinha nada contra ela realmente, só era antipática demais para criar amizade com alguém que, a seu ver, não iria lhe trazer nenhuma vantagem. Então as coisas começaram a mudar. Nicole e Daniel passaram a agir de forma estranha entre si e na hora ela percebeu que havia algo. Era esperta e sabia pegar as coisas no ato. Não havia acontecido nada de mais até ela ficar doente, tendo de se ausentar certo tempo da empresa, e não podendo fazer a viagem a Dubai. Sua raiva pela morena cresceu ainda mais.

Oliver se engasgou com a comida e disfarçou rapidamente. Kate ficou mais intrigada ainda. Qual seria a relação dos dois?

— Sim — respondeu monótono e sem deixar transparecer nada.

— Achei que você iria visitá-la depois do acidente que aconteceu. — A mulher jogou verde, esperando colher maduro.

— Acidente? Que acidente? O que aconteceu? — O interesse dele era palpável e a mulher sorria por dentro. Sabia que havia algo errado em relação aos dois e adoraria estragar na primeira chance que tivesse.

— Você não sabe? — perguntou com uma cara sofrida.

— Não — a voz do homem engrossou. — O que aconteceu? — Seu rosto transparecia preocupação.

— Ela sofreu um acidente — respondeu tentando ao máximo não fazer nenhuma atitude que revelasse que na verdade ela estava adorando aquela situação. — E dos graves — completou com um rosto triste e até parecia que sua dor era verdadeira.

Oliver se levantou na hora, dando um susto na mulher, que não esperava tal atitude dele.

— Desculpe, Kate, precisamos ir agora — o homem se desculpou com sinceridade, jogando um dinheiro na mesa, segurando-a pela mão. Esperava o manobrista com impaciência, olhando em direção ao estacionamento. Quando isso aconteceu, ele deu gorjeta ao homem sem nem ao menos ver. Dirigia em alta velocidade pelas ruas, esperando chegar logo ao apartamento da mulher. Kate se encontrava com uma cara meio emburrada pelo acontecimento. Se soubesse que ele reagiria assim, nem teria contado. Tinha tudo planejado para a noite, até lingerie nova havia comprado e ele fez tal desfeita. O caminho antes agradável se tornou desconfortável, e ele dirigia em total silêncio.

— Desculpe mais uma vez — Oliver dizia pela milésima vez. Sabia que isso não era coisa que se fizesse no primeiro encontro, mas ele pouco se importava. Precisava ver a mulher, saber em que estado ela se encontrava e o principal: se estava bem. Perguntou se a loira sabia de algo, mas ela negou, respondendo apenas onde era o hospital em que a morena estava. Fechou a porta do carro com brutalidade vendo o homem cantar pneu e voltar a dirigir em alta velocidade em direção ao local. Kate praguejou mentalmente, culpando-se em parte pelo que havia acabado de acontecer. Seu plano de passar a noite inteira transando havia ido por água abaixo. Tirou os sapatos, entrando no apartamento bufando de raiva. Toda a culpa era de Nicole. Primeiro, Daniel, e depois Oliver, ela não toleraria isso, não toleraria mesmo. Iria dar um jeito de se vingar, ah, se ia.

ALGUMAS HORAS ANTES...

Daniel encontrava-se completamente estático e sem reação. Observava o acidente que havia acontecido com a mulher da sua vida acompanhando o carro dela capotar várias e várias vezes. Seu transe durou apenas alguns segundos, que pareciam horas, a seu ver. O homem largou o carro, correndo em direção aonde ela estava. O carro de Nicole se encontrava de cabeça para baixo; chamou-a inúmeras vezes e ela não respondia, a mulher sangrava desacordada. Desesperado, ligou para a emergência do atendimento médico no qual ele tinha plano. Não mexeu nela nem nada do tipo. Algumas pessoas se aproximaram para ver o que estava acontecendo, porém ele não deixou que ninguém chegasse muito perto. A última coisa que precisava era ver os olhares curiosos do povo em relação a ela. Olhou rapidamente para o lado, notando que, dos dois carros acidentados, a situação dela era bem pior. Mesmo depois de ter capotado, o homem ainda conseguiu se levantar e só estava mancando um pouco e com alguns arranhões por causa dos vidros quebrados.

A ambulância não demorou muito e logo os paramédicos exerciam suas funções. Tiraram-na do carro com cuidado, colocando-a na maca, e logo depois seguiram para um dos melhores hospitais do país. Daniel voltou para seu carro, seguindo-os logo atrás.

Ao chegarem ao local, continuaram com os procedimentos. Logo três médicos vinham em direção à mulher. Um deles logo reconheceu Daniel, de quem era amigo.

— Não se preocupe, faremos o possível para salvá-la. — A voz do médico era alta, tentando chamar a atenção de Daniel, que não tirava os olhos da mulher desacordada.

Vendo que o caso era grave, seguiram para outro lado. O homem até tentou entrar, porém foi impedido.

— Senhor, por favor, não pode entrar aí — uma enfermeira disse, tentando conter o homem.

Vendo que não conseguiria passar e recobrando um pouco da consciência, foi para a sala de espera. Era a única coisa que podia fazer: esperar. O homem estava arrasado, até que uma hora não aguentou. Havia se passado uma hora desde que Nicole tinha sido trazida e não tivera nenhuma notícia dela. Ele desabou completamente, não contendo as lágrimas de culpa. Nunca foi muito religioso, porém rogava a Deus que nada de grave houvesse ocorrido a ela. Estava sem chão, respirava com dificuldade, lembrando-se da briga que havia tido com a mulher. O acidente com toda certeza fora culpa dele. E se algo acontecesse com Nicole? Ele nunca iria se perdoar, nunca.

— Senhor Campbell? — A mesma enfermeira que havia falado com ele chamava sua atenção. A mulher sentiu um aperto no peito vendo o rosto sofrido do homem e as lágrimas escorrendo desesperadamente por seu rosto. Claro que estava acostumada a ver essas coisas, mas ele se encontrava de um jeito que não tinha como não reparar. — Me acompanhe, por favor. — O homem a seguiu sem pestanejar esperando poder ver Nicole logo.

Diferente do que ele esperava, a mulher baixinha de aparência amigável fez algumas perguntas de praxe, que eram obrigatórias.

— Nicole Sullivan... — respondia ainda com dificuldades. Quando a mulher o dispensou, ele voltou para a sala de espera que, por algum milagre, encontrava-se vazia. O hospital era absurdamente caro, portanto jamais teria superlotação e, além do mais, era de madrugada. Olhava no celular e constatava que logo amanheceria. Depois de ter se acalmado mais um pouco, pensou em ligar para alguém a fim de informar sobre a situação da mulher, porém percebeu que não sabia para quem ligar. A única pessoa com a qual sabia que ela tinha contato era Oliver e nunca, em hipótese alguma, ligaria para ele. Principalmente porque, mais uma vez, o motivo da briga fora ele. Aquele maldito! Daniel sentia vontade de falar poucas e boas para ele.

Esperava, jogado em uma das confortáveis poltronas, alguma notícia quando enfim seu amigo médico entrou e ele logo se levantou, indo na direção dele.

— Onde ela está? Como ela está? O que ela tem? — Desesperado por alguma informação, perguntava sem parar.

— Calma, meu amigo. — O homem colocou a mão em seu ombro tentando passar conforto. — Ela está na UTI, portanto você não poderá vê-la. — Vendo que o amigo iria abrir a boca para falar, continuou: — Não agora, depois você poderá.

— E quando será esse depois? — A pergunta foi feita em tom de impaciência.

— Logo, Daniel... logo. Ela está sendo muito bem tratada e já coloquei meus melhores profissionais para cuidar do caso dela. Bom, a mulher sofreu um grave acidente, porém está bem, um pouco machucada e... — Vendo que o médico não iria prosseguir, ele lhe deu um olhar pedinte. — Tivemos que fazer uma pequena cirurgia. Um vidro entrou no corpo dela, mas já está tudo estabilizado, ela levou vários pontos e não poderá receber visitas agora. Deixe-a descansar que, quando for à noite, eu permito visitas.

Os dois homens ainda passaram quase uma hora conversando sobre a situação da mulher. Eles se conheceram na adolescência e continuaram assim a amizade. Claro que não era a mesma coisa, mas nunca deixaram de se falar. Por esse motivo mesmo, Daniel havia trazido Nicole para esse hospital. Sabia que ele era de confiança e faria o possível para salvar sua Nicole. O médico sabia como Daniel era reservado e por isso não perguntou nada.

Daniel voltou para sua desconfortável cadeira, com a cabeça baixa e esfregando as mãos nela.

— Daniel? — Heloise olhava para ele com a cara amassada de quem tinha acordado há pouco tempo, com os olhos cheios de lágrimas.

— Heloise — falou, levantando-se e indo ao encontro de sua irmã. Tudo de que precisava agora era ser abraçado e de sua capacidade de olhar o lado bom em todas as coisas.

E assim ficaram, abraçados pelo que pareceram horas, num silêncio mútuo, até que Daniel decidiu quebrar o silêncio e explicar todo o acontecido, desde a briga no seu apartamento até o acidente.

— Daniel, você sabe que o que aconteceu não foi sua culpa, né? Ela passou o sinal vermelho, ela assumiu o risco — falou tentando amenizar a angústia do irmão.

— Ela saiu transtornada por minha culpa, porque eu tive uma crise de ciúmes e saí de mim, ela fugiu porque ficou com medo. Eu nunca vou me perdoar se algo acontecer a ela — continuava a falar enquanto as lágrimas rolavam silenciosas por seu rosto.

O dia já havia amanhecido há muito tempo, porém o homem não saiu de maneira nenhuma de lá. As horas seguintes foram extremamente desconfortáveis, sentado na poltrona, fingindo observar algo que passava na televisão. Heloise precisou se ausentar do hospital para revolver um problema de trabalho, mas prometeu voltar assim que possível. Chegou a hora do almoço e ele não sentia um pingo de fome. Sabendo que precisava dar uma explicação, ligou para sua secretária e informou-a sobre o ocorrido, avisando que qualquer problema falasse com o cunhado dele. A mulher parecia surpresa e mandou melhoras para Nicole, o que foi uma total surpresa, mas ele estava ocupado demais para pensar sobre Kate. Pediu que remarcasse os compromissos dele e, se tivesse algo urgente, que enviasse para seu e-mail. A tarde passou se arrastando e ele ainda não havia comido nada. Observando o estado do homem, a enfermeira levou-lhe um sanduíche natural e uma lata de refrigerante. O homem agradeceu sem jeito e aceitou, sabia que mesmo sem fome não poderia ficar sem comer.

Às cinco horas da tarde, decidiu ir para casa apenas tomar um banho, mas voltaria. E foi isso que fez, dirigiu rapidamente chegando a seu apartamento antes do previsto e foi tomar uma ducha quente. Vestiu uma roupa confortável, porém ainda à sua altura, e voltou para o hospital. Continuou no mesmo lugar de sempre, a poltrona da direita em frente à TV. Nove horas da noite o médico apareceu. Havia ido falar com ele mais uma vez à tarde, prometendo vir à noite para acompanhá-lo e ver o estado da mulher novamente.

Um pouco mais animado sabendo que enfim iria ver sua Nicole, teve de esperar seu amigo assinar alguns papéis e logo voltar. Pelo que soube, ela continuava dormindo. Havia passado por algo um pouco grave, mas já estava fora de perigo, isso que era importante. Um pedaço de vidro havia entrado em sua barriga, por sorte nenhum órgão importante foi atingido. O corte foi grande e ela teve de levar sete pontos. O homem estava perdido em pensamentos quando escutou uma voz conhecida. Oliver.

— O que você está fazendo aqui? — Daniel foi em sua direção furioso. O que aquele maldito estava fazendo ali? E como ele soube do acidente?

— Mas é claro... — A voz do homem era sarcástica. — Você tinha que estar envolvido, não é?

— Meça sua palavras quando for falar de mim. — O olhar que ele lhe devolveu foi brutal.

— POR SUA CULPA ELA ESTÁ AQUI — Oliver o acusou, apesar de não saber se era verdade ou não.

O homem havia dirigido loucamente, esperando chegar ao hospital indicado o mais rápido possível para encontrar a mulher, e a primeira coisa que viu foi Daniel. A raiva o dominou.

— Eu não... eu... — Vendo o quanto ele se atrapalhava com as palavras, teve sua confirmação. Aquilo era culpa dele. E que Daniel rezasse para que Nicole estivesse bem, pois senão as coisas iriam ficar muito feias.

— Você não tem vergonha na cara, não? Vá embora. Vá embora agora. — Oliver sibilava tentando não fazer nenhuma besteira.

— Como você ousa? — O motivo da briga veio em sua cabeça. — Mas é muita cara de pau mesmo.

— Não me interessa o que você acha ou deixa de achar. — Os dois estavam um de frente para o outro enquanto tudo ocorria. — Não quero você perto dela. Vá embora antes que eu perca a cabeça e faça algo que não devia.

— Você não tem que achar nada, seu idiota. Não vê que é você o errado da história? — cuspia Daniel ferozmente. O homem não fazia ideia do que o outro estava falando, mas revidou.

— Estou te avisando. — Oliver se aproximou mais ainda, ficando a centímetros do homem. — Faça o que estou mandando. Esqueça que ela existe e nunca mais se aproxime. — O tom de ameaça era forte.

Sem pensar, Daniel levantou seu braço furioso em direção ao homem, desferindo-lhe um soco bem dado na face. Levando um milésimo de tempo para perceber o que havia acontecido, Oliver devolveu o soco, fazendo o sangue jorrar, assim como jorrava nele mesmo. A briga dos dois foi apartada por dois seguranças, que os seguraram com firmeza vendo a intenção deles.

— Eu vou quebrar sua cara, seu imbecil — Oliver gritava a plenos pulmões.

— ELA É MINHA, MINHA — Daniel rebatia furioso, louco para se soltar e desferir outro soco na cara do homem. Seu maxilar doía e sua boca sangrava, mas ele não se importava. Se estava mal, Oliver também estava. — Você acha isso certo? Estar correndo atrás de uma mulher que já tem namorado — praguejava já alterado, e o homem o olhava confuso. Que merda ele estava falando?

— Como é? — perguntou sem entender.

— Não se faça de sonso — Daniel rebateu. — Você acha que ela vai te querer como? Um amante? — Os dois homens ainda estavam contidos pelos seguranças.

— Que merda é essa que você tá falando? — perguntou Oliver mais uma vez.

— NÃO SE FAÇA DE SONSO. Você sabe muito bem do que estou falando. — Eles estavam furiosos. — Indo na casa dela milhares de vezes, mandando mensagens, ligando de madrugada. Ela tem namorado, ela me ama — Daniel gritava.

Oliver levou mais um tempo para processar o que ele havia acabado de dizer. O homem se enfureceu ainda mais.

— Eu não sou amante dela, seu idiota. — Ele conseguiu se soltar do segurança e avançou para Daniel, desferindo outro soco na cara do homem. — Sou o irmão dela!

CAPÍTULO 20

Narrador

Os pensamentos da mulher estavam longe, bem longe. Ela ainda estava desacordada e demoraria um pouco para acordar. A meia hora se passou de forma lenta e torturante para eles. Libertando-se de seu inconsciente, ela recobrou um pouco das lembranças. O sexo maravilhoso que havia tido com o Campbell, a briga e o acidente. Tudo aconteceu tão rapidamente que ela nem teve tempo de desviar, levando ela e o outro carro a capotar.

Depois de não sei quanto tempo, a mulher acordou se sentindo péssima, como se um trator tivesse passado sobre ela; seu corpo inteiro doía, sua boca estava seca e a cabeça pesava uma tonelada.

Coçou a garganta, sentindo uma ardência incômoda, e se preparou para abrir os olhos, piscando rapidamente por não estar acostumada com a claridade. Nicole observou o local onde estava. Um quarto grande, muito bem estruturado para um hospital e uma cena que ela jamais poderia imaginar. Daniel e Oliver, cada um de um lado. Os dois homens estavam parados bem a sua frente com os rostos machucados e com uns olhares estranhos para ela.

— Você está se sentindo bem? — Oliver foi o primeiro a falar.

— Quer que eu chame a enfermeira? — Daniel preocupado se aproximou dela com intenção de segurar em sua mão.

— Não, deixe que eu chamo a enfermeira.

— Quem você pensa que é? Eu que vou cuidar dela e vou chamar uma enfermeira — falaram juntos, causando-lhe dor de cabeça, e sua paciência se esgotou. A mulher levou dois segundos para recobrar os sentidos e olhar para os dois, abismada.

— Calados, os dois — se impôs, determinada.

— Mas, Nicky...

— Nicky, eu..

— O que foi isso? — perguntou ela tentando entender aquela situação.

O coração da mulher começou a se acelerar só de pensar nas possibilidades do que poderia ter ocorrido, já que estavam só os dois, enquanto ela estava desacordada.

— Você sofreu um acidente de carro... — Daniel respondeu com calma, observando a mulher, que o interrompeu.

— Não foi isso que eu perguntei. — Sua voz era firme. — Por que os dois estão machucados? — Os homens se entreolharam culpados e abaixaram a cabeça, esperando a reação da mulher. — Ainda não responderam a minha pergunta. O que está acontecendo aqui? Por que eu estou no hospital? Por que vocês estão machucados? — voltou a perguntar. Quando eles abriram a boca pra falar, ela se antecipou. — E nem pensem em falar juntos, senão eu juro que expulso vocês deste quarto. — Eles só olharam assustados. — Daniel, fale você, a última coisa que eu me lembro é de sair da sua casa.

— Meu amor, que bom que você está bem, eu tive tanto medo; quando vi você desacordada, morri mil vezes, senti uma dor que nunca pensei que fosse sentir, eu me se sinto péssimo porque... — A angústia estava contida na voz dele.

— Daniel, por favor, responda as minhas perguntas — falou tentando soar o mais calma possível, quando na verdade as palavras dele a faziam gelar até a espinha.

— Desculpe, nós discutimos ontem à noite, eu me exaltei, falei coisas que não deveria ter falado, você ficou assustada e com raiva de mim, pegou o carro e saiu andando feito louca pelas ruas de Nova York, você passou no cruzamento com sinal vermelho, veio outro carro e bateu na lateral do seu carro e vocês capotaram várias vezes. — Ele parou, respirou fundo e continuou a falar. — Eu estava no carro logo atrás de você, estava tentando fazer com que você parasse e me ouvisse, eu ligava pro seu celular, buzinava, cortava luz e isso só fazia você correr mais, até que, quando chegamos próximo ao cruzamento e vi o sinal ficando amarelo e em seguida vermelho, eu parei, não pude fazer nada, só saí correndo e gritando. Quando cheguei até o seu carro, deparei com o meu pior pesadelo, que era você desacordada, cheia de sangue, e, pior ainda, o culpado era eu, eu fiz você dirigir feito uma louca, me perdoa Nicole, eu não sei o que fazer sem você, estou em pânico sem saber se você me odeia e se vai me deixar — terminou sem conseguir conter as lágrimas.

A mulher continuou sem expressão alguma no rosto, apenas lágrimas caíam livremente por suas bochechas. Respirou fundo, limpou as lágrimas e continuou com o interrogatório.

— O que eu tive? Por que essa dor insuportável na cabeça e no abdômen? — perguntou sentindo uma dor incômoda.

— Você precisou fazer uma cirurgia no abdômen para retirar uns estilhaços de vidro que entraram nele, mas não foi perfurado nada e você está bem, a dor de cabeça deve ser devido à pancada, mas não acusou nada na sua tomografia, mas se você quiser eu chamo o médico e ele lhe explica tudo e pode prescrever algo pra dor — Daniel continuou a falar, mas era perceptível o quando ele estava abalado com a situação.

— Obrigada por me responder — falou sendo o mais sincera possível. — Agora você, como soube que eu estava aqui? — perguntou olhando diretamente para Oliver, que se encontrava no mesmo lugar apenas observando.

— Er... bom... — ele começou a gaguejar e a mulher perdeu a paciência mais uma vez.

— Desembucha, Oliver — ordena implacável.

— Eu saí pra jantar com Kate ontem e ela me contou sobre o seu acidente; corri pra cá assim que soube — ele falou dando de ombros mesmo sabendo o quanto aquilo significava.

— Você saiu com Kate? O que eu mais te pedi, Oliver? — Suas palavras saíram em um tom baixo e raivoso, enquanto imaginava como ele podia ter feito aquilo com ela.

— Nicky... — começou calmo. — Você continuou dormindo com esse aí. — Apontou na direção do outro homem. — Enquanto eu pedi que não fizesse isso — terminou em um tom acusatório.

— Esse aí não, cara — Daniel se alterou. — Eu sou o namorado dela — respondeu impaciente, sendo possível ainda ver o ódio em seus olhos.

— Cala a boca, seu imbecil, que ninguém falou com você — Oliver retrucou.

— Você que não foi convidado a estar aqui, você só está causando transtornos a Nicole — Daniel rebateu.

— E quem é um intruso aqui é você.

A mulher não conseguia processar mais nada, com sua cabeça explodindo, enquanto os dois continuavam gritando no quarto, parecendo dois cachorros marcando território, deixando-a mais irritada ainda.

— CALEM A BOCA, MINHA CABEÇA ESTÁ EXPLODINDO E VOCÊS NÃO PARAM DE GRITAR! — explodiu, botando pra fora toda sua raiva e eles apenas a olharam. — OS DOIS, ISSO MESMO, OS DOIS FORA DO MEU QUARTO. EU NÃO QUERO VER NENHUM DOS DOIS AQUI — gritou, fechando os olhos, botando as mãos na cabeça. — Não quero ouvir a voz de nenhum dos dois, eu estou cansada e quero sossego.

Eles continuaram calados, sem reação, olhando para a mulher. Até que uma voz fina e calma preencheu o ambiente.

— Vocês ouviram o que a Nicole pediu, os dois pra fora, eu vou ficar com ela. — Ela voltou a abrir olhos deparando com Heloise olhando para os dois com uma cara séria. — Vocês estão surdos? — falou apontando para a porta e os dois saíram de cabeça baixa, sem falar mais nada.

Silêncio.

Silêncio.

Silêncio.

Heloise entrou definitivamente no quarto, apenas observando. Sentou-se em uma poltrona como se nada tivesse acontecido. Dez minutos depois, Nicole olhou para o lado, vendo a mulher mexer em seu celular, mas não falou nada. Deu-lhe o tempo necessário, e Nicole ficou mais do que agradecida por isso. Fechou os olhos e se permitiu relaxar, acabando por tirar um cochilo. Acordou algum tempo depois assustada, voltando a olhar para o lado, e a baixinha estava no mesmo lugar, fazendo a mesma coisa.

— Obrigada, Heloise. E desculpa, devo ser uma péssima companhia, né? — fala com sinceridade. As duas não eram nem íntimas nem nada, e a mulher estava fazendo aquilo por ela.

— Imagina, Nicole, você está se recuperando de um acidente, você tem todo o direito de estar assim, e desculpa pelo meu irmão, ele está doido por estar longe de você, me manda mensagem a cada cinco minutos pra saber como você está e se você acordou — falou e Nicole assentiu com a cabeça. — Tomei a liberdade de chamar seu médico, você se agitou muito e isso pode não ter feito bem, ele aplicou uma medicação no soro e disse que você iria dormir mais um pouco, não quis te acordar, achei desnecessário.

— Mais uma vez, obrigada, não sei o que eu faria se você não tivesse aparecido. Eu dormi muito tempo? — perguntou preocupada.

— Deve ter dormido umas duas horas, mas foi bem pouco considerando que você tomou um analgésico bem forte e que causa sono — explicou calma.

— Deus, você não deve estar entendendo nada, correto? Deve estar me achando uma vadia, com dois homens — falou, cobrindo o rosto com as mãos. Não queria passar aquela imagem para a mulher, ainda por cima havia gostado muito dela e já imaginava uma futura amizade. Após essa situação, tinha certeza de que a mulher deveria estar pensando horrores dela.

— Confesso que achei bem estranho quando cheguei aqui ontem à noite e encontrei o meu irmão e o seu lutando um UFC na sala de espera... — começou a falar, mas foi interrompida.

— Como é? — perguntou exaltada. Sentiu o corpo se retrair e suas inseguranças voltarem mais uma vez. Nem Oliver nem Daniel entrariam em uma briga por nada. Com toda certeza algo havia sido revelado e ela temeu pelo que tinha sido.

— Isso que você ouviu, mas deixe-me começar do começo, pra você entender melhor. Antes de ontem, eu recebi um telefonema de Daniel de madrugada... — Ao perceber a cara de espanto, ela explicou. — Você passou o dia de ontem dormindo, Nicole, por isso não lembra de nada, mas, continuando, ele ligou desesperado porque você tinha sofrido um acidente, ele estava sem chão, Nicole, aí eu vim ficar com ele, passei o dia aqui, só que no fim da tarde precisei ir até o meu trabalho e demorei lá mais do que imaginava, só voltei tarde da noite. Quando cheguei deparei com o bate-boca dos dois, eles trocavam insultos e socos, até que o Oliver gritou para o Daniel que era seu irmão e deu mais um soco nele.

Ao terminar de escutar, Nicole estava atônita. Respirou fundo sentindo um enorme peso na consciência, apesar de estar um pouco aliviada. Ele ainda não sabia. Ela deu graças a Deus. Tudo bem que contar a Daniel que o homem era seu irmão estava fora de cogitação, mas, como agora não havia escolha, não podia fazer nada. Sua mente trabalhou rapidamente pensando em que desculpa inventar. Eles estavam brigados, mas ela sabia que isso era algo temporário. E, quando tudo voltasse ao normal, ele iria querer saber o porquê de ela ter mentido; afinal, Nicole havia dito que eles eram apenas amigos.

Sua mente trabalhou rapidamente imaginando várias opções. A mulher ainda dormiu mais um pouco, umas duas horas, quando foi acordada por Heloise.

— Eu vou ter que ir agora — explicou carinhosa. — Já é de madrugada e tenho que acordar cedo para trabalhar.

— Tudo bem — respondeu de forma amigável. — Obrigada mais uma vez e desculpa qualquer coisa.

As duas mulheres ainda passaram um bom tempo se despedindo e a baixinha foi embora, com a promessa de voltar mais tarde para visitá-la mais uma vez. Nicole voltou a se acomodar na cama com intenção de dormir novamente quando escutou passos. Daniel estava abrindo a porta com uma cara de dar pena, colocando apenas a cabeça para dentro.

— Posso entrar? — perguntou apreensivo pela resposta da mulher.

— Pode — respondeu sem ânimo.

A dor de cabeça havia diminuído e ela se encontrava apenas sonolenta, apesar de estar atenta a tudo. Ela o pegou observando-a, mas não correspondeu, continuou a olhar para o lado, ignorando-o.

— Desculpe-me — resmungou baixo. — De verdade. Eu não queria ter dito aquelas coisas e nem ter agido como eu agi. Não tinha o direito de mexer no celular e ainda por cima jogar tudo em cima de você.

— Então por que o fez? — perguntou sem entender.

— Eu não fiz de propósito, juro. Você havia ido ao banheiro e seu celular não parava de tocar, já era madrugada e para alguém estar com tanta insistência assim em falar com você... pensei que era algo sério. Então eu vi quem era... Oliver. E logo após ele te manda uma mensagem suspeita — respirou com dificuldade tentando não se enrolar com as palavras. — O que você queria que eu pensasse? Que vocês tinham um caso ou sei lá... Eu fiquei louco de raiva, não conseguia pensar direito e acabei fazendo besteira, me desculpe.

— Eu também te devo desculpas. — Seu tom era baixo, e sua voz estava calma, após longos minutos de silêncio. A mulher sabia que não tinha um motivo real para estar com raiva dele. Sabia que, se estivesse em seu lugar, faria a mesma coisa. Porém, na hora não pensou, desesperando-se em seguida, preocupada, sem saber o que havia na mensagem e o que ele podia ter descoberto.

— Não deve... Eu só estou morto de preocupado. Você está realmente bem? — perguntou e ela assentiu. Estava apenas dolorida, mas isso era normal já que havia acabado de sofrer um acidente. Os dois continuaram calados por longos minutos até que ele voltou a quebrar o silêncio. — Oliver continua lá fora... Acho que ele quer falar com você a sós.

A mulher pediu que Daniel o chamasse, e foi isso que ele fez. Saiu do quarto com uma cara desconfiada vendo o homem sentado de mau jeito, com uma aparência acabada. Os dois ainda estavam machucados. Na hora da briga, Heloise havia acabado de chegar, presenciando a cena. Cuidou dos dois, sem ao menos conhecer o outro homem. Sabia que sua irmã tinha um bom coração e ajudaria quem fosse. Ela não perguntou nada e ele agradeceu pela compreensão. Por incrível que pareça, Daniel não duvidou em nenhum momento das palavras de Oliver. Tinha dúvidas pelo fato de os dois serem tão próximos; isso gerava certa desconfiança e ciúmes, até realmente descobrir o motivo por trás daquilo. Irmãos... Ele nunca poderia imaginar. Apesar de que os dois se pareciam um pouco.

— Você pode entrar. — Aproximou-se e se sentou na cadeira ao lado. O homem se levantou, acenando como se agradecesse. Ele não parecia à vontade com a presença do outro. O que seria aquilo, afinal, perguntava-se Daniel. Não sabia da história de vida da mulher, porém parecia que os dois eram realmente bem próximos. Seria ciúmes da irmã? Por ela estar namorando?

Ao entrar no quarto, Oliver deparou com uma nova cena. Nicole agora acordada esperava por ele afoita.

— Você me assustou, sabia? — falou fazendo graça.

— Não acredito que estava em um encontro com ela — exclamou sem rodeios, enquanto ele revirava os olhos.

— Qual o problema, afinal? — perguntou mesmo sabendo a resposta.

— Ela não presta. — A mulher foi direta.

— Se Kate não presta, então Daniel é o que, afinal?—

Pronto, agora estavam quites.

Os dois sempre foram unidos, sempre. Brigavam uma vez ou outra, fazendo as pazes logo em seguida. Havia muitos problemas, mas eles conseguiam contê-los, porém aquilo ultrapassava todos os limites. Ele nunca achou que ela fosse capaz, apesar de sempre demonstrar. Porém demonstrar era uma coisa, colocar em prática era outra totalmente diferente. E aquela situação estava acabando com a paz dos dois. Nos últimos tempos só faziam brigar e o motivo era sempre o mesmo. Oliver jamais aceitaria, ele não perdoava, mas não faria nada que pudesse prejudicá-la. Sabia que quando ela entrasse por aquele caminho... jamais teria volta. E a última coisa que ele queria era ver sua única irmã se perder.

— Você sabe meus motivos — respondeu com pesar. Não gostava de brigar. Não podia nem colocar parte da culpa do acidente nele, afinal foi ela que se descuidou. Deixou o maldito celular bem à mostra, dando oportunidade de o homem descobrir, trazendo à tona a lembrança do real motivo de ela estar com raiva do outro bem a sua frente. — Se não quer me ajudar, não me atrapalhe.

— Do que você está falando? — perguntou sem entender.

— POR QUE DIABOS VOCÊ FALOU QUE ERA MEU IRMÃO? — gritou sem pensar. Dando-se conta de que Daniel ainda estava perto e poderia ouvir, abaixou sem tom de voz. — Você não tinha o direito de fazer isso.

— Ele achava que eu era seu amante — falou entre dentes, tamanha sua raiva. Se pudesse, daria outros milhares de socos no homem.

— Deixava que eu resolvia — rebateu indignada.

— Ah, Nicole, me poupe, você resolvia nada, você está cada vez se enrolando mais, eu só quis te ajudar...

— De boas intenções o inferno está cheio — ela falou cortando-o.

— Quer saber, Nicole? Foda-se, estou de saco cheio de toda essa merda, se você quer afundar, afunde sozinha. — Oliver parou um segundo e respirou fundo, como se tentasse recuperar a calma. — Amanhã venho vê-la, espero que fique bem — falou, saindo em seguida, batendo a porta sem dar chance de Nicole responder.

Bônus 1

Oliver

Saí do hospital atordoado. Brigar com Nicole me deixava mal, desde criança, ainda mais no estado em que ela estava, numa cama de hospital, entretanto não podia aceitar tudo o que ela fazia. Principalmente quando isso era errado, ela não podia agir assim, e esse maldito Daniel não podia ficar com ela.

O caminho para a minha casa foi mais rápido do que eu esperava, cheguei e só me dei ao trabalho de tirar meu paletó, me servi de uma dose generosa de uísque — só um bom dezoito anos pra me acalmar naquele momento — sentei-me e fiquei divagando sobre tudo o que estava acontecendo. Esse trabalho da Nicole, o namoro repentino com o chefe, suas mentiras para mim, agora aquele maldito acidente. Algo não estava se encaixando e aquilo me irritava muito, via-me não sabendo mais quase nada da vida da minha irmã, logo eu que era sua única família.

Lembrava-me como se fosse ontem do dia em que ela nasceu, da correria dos meus pais porque ela resolveu querer nascer de madrugada, da minha emoção, chorando e sorrindo ao mesmo tempo, deles me levando para a casa da tia Mary e do tio Pether, na época eu tinha apenas três anos, mas me lembrava de tudo.

FLASHBACK ON

Acordei na casa da tia Mary e do Tio Pether achando tudo muito calmo. Desci as escadas agarrado com o meu cobertorzinho e esfregando meus olhos. Encontrei tia Mary na cozinha.

— Bom dia, meu amor, você quer tomar o seu café da manhã agora? — tia Mary perguntou de forma carinhosa.

— Quelo sim, tia — respondi ainda sonolento.

Ela colocou meu cereal e meu leite em uma tigela e ficou me observando comer. — Oliver, eu tenho uma novidade — falou e continuou a me observar. — Sua irmãzinha nasceu.

Na hora em que ela me disse, eu não entendi direito, mas então ela me explicou direitinho e disse que ia me arrumar pra conhecer minha irmãzinha e eu saí todo alegre para o hospital. Quando cheguei e entrei no quarto, minha mãe dormia e meu pai estava com um embrulho rosa nos braços, bem pequenininho.

— O que é isso, papai? — perguntei curioso.

— Isso é sua irmãzinha, Oliver, seu nome é Nicole — meu pai falou calmamente.

Então ele me sentou em um sofá e colocou aquele pequeno embrulho em meus braços, com cuidado para que eu não derrubasse, e quando eu a senti nos braços e aqueles olhos encontraram com os meus, eu sabia que a minha missão na vida era proteger aquele bebê.

FLASHBACK OFF

Não era uma missão fácil, já que Nicole nunca colaborava comigo, como neste momento, em que ela insiste em ir contra o que peço. Quando os nossos pais morreram, jurei para mim mesmo que ia fazer de tudo para vê-la bem, para fazê-la feliz, eu só tinha nove anos quando tudo aconteceu e não foi fácil lidar com toda a situação, principalmente com a minha irmãzinha de apenas seis anos assustada com tantas pessoas estranhas ao nosso redor e sem saber dos nossos pais.

FLASHBACK ON

Nosso apartamento estava uma loucura, várias pessoas vieram prestar solidariedade e a cada passo que eu dava alguém me parava pra me dar um abraço e dizer que tudo ia ficar bem, eu sabia que nada ia ficar bem, mas eu tinha que ser forte. Procurei a casa inteira e nada de achar Nicole. Olhei na cozinha, na sala, no quintal, no jardim, em nossos quartos e nada, quando já estava desistindo e indo pedir ajuda para achá-la, observei a porta do quarto dos nossos pais entreaberta, entrei e não a vi. Quando ia saindo do quarto, escutei um choro baixinho vindo do armário deles, abri a porta e encontrei uma Nicole de apenas seis anos deitada nas roupas do papai e da mamãe, encolhida, chorando, sem saber o que estava acontecendo.

— Você está aí, estava te procurando — falei e me abaixei pra pegá-la.

— Oliver, eu quero o papai e a mamãe — ela falou chorando e isso me cortou o coração.

— Eu sei — passei consolo. — Eu também quero eles — falei, pois compreendia a dor que ela estava sentindo.

— E esse povo todo? O que eles estão fazendo aqui? E por que eles disseram pra mim que ia ficar tudo bem? — continuava a chorar.

— Vem cá. — Sentei-me e a coloquei em meu colo. — O que eu vou te dizer agora não é fácil, mas você precisa ser forte e saber que eu vou estar aqui com você, pra sempre, tá? — falei e ela assentiu. — Papai e mamãe sofreram um acidente de carro, eles não estão mais aqui com a gente porque eles eram tão bons, mas tão bons, que papai do céu quis eles ao Seu lado.

— Mas eu quero eles comigo, manda papai do céu devolver eles, manda — retrucou.

— Eu não posso, Nicky, agora somos só nós dois, eles vão nos proteger lá de cima — continuei minha explicação.

— Mas eu não quero... — ela falou e me agarrou chorando compulsivamente.

— Eu também não quero isso, mas não há nada que a gente possa fazer a não ser aceitar e ficar juntos. — Terminei de falar e ficamos ali, juntos, abraçados no armário dos nossos pais, chorando e consolando um ao outro.

FLASHBACK OFF

Uma merda, uma merda, uma merda, isso tudo é uma merda!

Viro minha dose de uísque e me sirvo de outra. Lembrar o nosso passado não era nada fácil. Tia Mary e Tio Pether sempre fizeram o melhor por nós, eles foram maravilhosos e nos criaram bem demais, sempre nos tratavam como tratavam Grace e Andrew — seus filhos —, nunca houve diferença, mas eles não eram nossos pais e nós sabíamos disso.

Quando fui aceito na faculdade, pensei que tudo ia mudar, que nós íamos pra NY juntos e iríamos começar do zero, só nós dois, mas Nicky não quis ir comigo, lembro que na época eu fiquei furioso, brigamos feio, mas hoje vejo que ela tinha razão, eu não ia dar conta de uma faculdade de Direito e da minha irmã de 15 anos, em uma cidade estranha e sem a ajuda de ninguém. Vim sozinho, comecei a faculdade e logo arrumei um estágio, não era grande coisa, mas já conseguia me manter. Passaram-se três anos, eu sempre ia vê-la quando tinha uma folga ou ela vinha me fazer uma surpresa, até que um dia eu estava chegando ao dormitório da faculdade tarde da noite e a encontrei sentada na escada.

FLASHBACK ON

— Nicky, o que você tá fazendo aqui a essa hora? — perguntei já irritado. Era tarde e ela não podia ficar sozinha na rua.

— Oi, Oliver, também senti sua falta — ela respondeu irônica.

— Desculpe, dia difícil — falei puxando-a para um abraço longo, que foi retribuído. — Também senti muito a sua falta. — Ficamos em nosso abraço por um bom tempo até que resolvi perguntar. — Mas... sério... Está tarde, o que você está fazendo aqui, ainda por cima sozinha?

— Você preferia que eu estivesse lá em cima no seu quarto com aquele seu amigo, como é mesmo o nome dele? Ah, lembrei, Riley? — perguntou irônica mais uma vez.

— Claro que não, já disse que não quero você perto dele, ele não vale nada.

— Então, deixa de coisa, que eu vim até aqui pra te entregar isto — ela falou e apontou um papel pra mim.

— Sério? Um papel? Você não precisava vir até aqui pra me entregar um papel, podia ter me mandado por e-mail — falei e ela me olhou aborrecida.

Abri e vi o nome da New York University. Fui descendo os olhos pelo documento e meu coração parou por uns instantes quando li que ela havia sido aceita pela New York University para o curso de Administração de Empresas no semestre que se iniciaria em fevereiro de 2008.

Minha irmãzinha, que até pouco tempo atrás era um pequeno embrulho rosa em meus braços e que foi minha melhor amiga desde sempre, tinha sido aceita em uma das melhores universidades do país, a mesma universidade em que eu estudava, iríamos finalmente morar na mesma cidade, juntos novamente.

— Nicky... — comecei a falar, mas me faltaram palavras, tamanha a emoção.

— Eu sei. — Ela não falou mais nada também, só me abraçou com fervor.

— Papai e mamãe estariam orgulhosos de você. — Foi a única coisa que me veio à cabeça, as mesmas palavras que ela me disse anos atrás quando fui aceito para a faculdade de Direito.

FLASHBACK OFF

Apesar de sermos muito próximos e morarmos na mesma cidade, nunca mais moramos juntos. Ela se tornou independente cedo demais para meu gosto e eu me formei, comecei a trabalhar em um grande escritório, aluguei um bom apartamento e com o dinheiro que recebia dos nossos pais devido a uma previdência privada que ambos pagavam ela alugou um pequeno apartamento no mesmo bairro que eu. Certo, confesso que isso foi exigência minha, mas também ficava próximo à faculdade. Ela sempre se virou bem, nós nos víamos quase diariamente até ela começar a trabalhar nas Indústrias Campbell, o que a deixou totalmente sem tempo. Conciliar estudos e trabalho não é fácil, eu sei bem o que é isso, mas o que me deixou mais intrigado foi uma viagem do nada, logo que ela começou a trabalhar lá, e, pra piorar, ela me evitando quando chegou, até que descobri o real motivo: eles estavam juntos, ela e o Campbell, e isso eu não podia aceitar.

A partir daí nossa relação mudou completamente, quase sempre nossos encontros, que eram cada vez mais raros, terminavam em discussão. Tudo isso depois que aquele infeliz entrou na sua vida. Eu não podia aceitar aquele namoro, porque eu sabia que não era só isso, tinha algo a mais e eu ia descobrir o que era, ou eu não me chamava Oliver Sullivan.

CAPÍTULO 21

Narrador

Daniel voltou a entrar no quarto mais uma vez e a mulher já se encontrava dormindo. Ele passou o resto da madrugada observando-a, ainda com o sentimento de culpa pelo ocorrido. Não pregou o olho nenhuma vez e também não comeu nada, acomodou-se no sofá requintado que havia no quarto e por lá ficou, bem à frente a ela.

Oito da manhã foi a hora em que a morena despertou, um pouco assustada ao ver que a situação era realmente verdadeira, antes achava que era apenas um sonho. Ele a esperava com uma bandeja reforçada de café da manhã, e ela comeu em silêncio. Na hora do almoço, insistiu para o homem beliscar algo, afinal ele estava há tempos sem colocar nada na boca.

O médico apareceu e tratou educadamente de Nicole, cuidando de seu ferimento e passando um remédio para as dores. Os dois se mantinham em silêncio, apesar de a mulher saber que uma hora ou outra Daniel iria querer uma explicação plausível para o fato de ela ter mentido.

Nicole ainda passou um dia no hospital, para ter certeza de que estava tudo bem, e à noite teve a sua tão sonhada alta. Como prometido, Heloise e Oliver vieram visitá-la. A baixinha ainda passou umas duas horas com Nicky, apenas conversando e fofocando, coisas típicas das mulheres. Com o homem já era outra história, o clima havia mudado e ela sabia que era sua culpa.

Porém, em sua mente, depois que tudo acabasse e que ela conseguisse o que queria, tudo voltaria ao normal.

Houve uma longa discussão sobre onde a mulher iria ficar. Como esperado, Daniel e Oliver tiveram outra pequena briga em relação a isso. Por fim, ficou decidido que ela iria ficar com Daniel. A volta para casa foi silenciosa, havia apenas uma música suave tocando no rádio. Ao chegar ao apartamento, o homem a tratou da forma mais carinhosa possível; acompanhou a mulher até o seu quarto, quando ela notou sua intenção.

— Não — resmungou baixo.

— Por que não? — perguntou sem entender.

— Este quarto é seu... Não quero atrapalhar mais do que isso. Me leve para um de hóspede, já está de bom tamanho — falou olhando para ele, tentando fazê-lo mudar de ideia.

— Não — soou firme. — Você é minha mulher e vai ficar no meu quarto, comigo.

O coração da mulher se aqueceu diante das palavras do homem. *Minha mulher.* Ela estava tão apaixonada por ele que não havia como voltar atrás. Sua decisão seria dolorosa, mas não podia desistir. Dando por vencida a batalha, Daniel continuou sua caminhada com ela até chegar a seu quarto.

As lembranças do último momento em que estivera ali encheram os pensamentos da mulher. Perfeito demais, até certo momento. O sexo maravilhoso e, logo após, a briga. Porém, ela tratou de expulsar os tais pensamentos e deitou-se na cama macia, sentindo o maravilhoso cheiro de seu amado. Toda hora ele estava ali, perguntando se ela queria algo, e ela apenas negava. Como quem não quer nada, o homem se aproximou da cama, sentando-se em cima dela, junto à mulher. Vendo o que ele pretendia, ela aconchegou-se em seu peito e suspirou. Os dois passaram duas horas assistindo a um filme qualquer entre carícias, apenas isso.

Daniel pediu licença e saiu do quarto, indo preparar algo para eles comerem. Na cozinha, observou os diversos tipos de comida e optou por algo mais saudável, sanduíches naturais e suco de laranja, já que era o preferido dela. Voltando, deitou-se mais uma vez e os dois conversaram e riram. Quando enfim deu dez horas, eles já estavam cansados. Apesar de não fazerem nada, ficar no hospital foi algo bem exaustivo, principalmente para Nicole. O homem foi o primeiro a pegar no sono e a mulher... Bem, ela esperou Daniel repousar completamente, observando-o, assim como ele fazia com ela em outras ocasiões.

Mesmo estando ferida, ela se levantou em passos silenciosos, nunca deixando de olhar para ele. Se o homem acordasse, não saberia o que fazer. Seguiu em direção ao seu escritório, fechando a porta de uma forma silenciosa. Olhou para o local e saiu vasculhando tudo. Cada canto do escritório do homem foi revirado, em busca das informações que ela queria. Quando enfim encontrou, tirou xerox de tudo. Ela precisava estar bem atenta. A mulher precisava deixar tudo do mesmo jeito, para o homem não desconfiar. Deu uma última olhada no escritório, verificando se algo estava errado. Voltou à sala e encontrou sua bolsa, que havia sido deixada lá propositalmente. Como a tal bolsa era grande, colocou os papéis bem escondidos e foi em direção ao quarto mais uma vez, encontrando Daniel do mesmo jeito que o havia deixado, dormindo. Aconchegou-se ao seu lado mais uma vez, sentindo a culpa pesar.

Ao fechar os olhos, a mulher sentiu dor. Porém, não uma dor física. Passou a noite tendo pesadelos, entretanto não acordou realmente nenhuma vez. Sua determinação a estava enlouquecendo aos poucos. Ela já não sabia o que era certo ou errado, ou o que deveria e não deveria ser feito.

De manhã logo cedo, Daniel levantou-se, dando um beijo na testa de Nicole e foi ligar para a enfermeira, pedindo a ela que viesse imediatamente. Fazia dois dias que ele não ia para a empresa e com certeza precisavam dele lá. Seu amigo médico recomendou uma enfermeira de primeira para ajudá-lo. Notou o carinho dele pela mulher, e, sabendo que ele era um homem muito ocupado, deduziu que não poderia ficar vinte e quatro horas com ela. Não demorou muito e a mulher recomendada já estava em sua porta.

— Bom dia, senhor Daniel — disse enquanto entrava no apartamento.

— Bom dia, Charlotte — respondeu educado.

O homem passou meia hora mostrando todo o apartamento e indicando quais medicamentos ela deveria tomar, assim como o horário. A mulher sorria meiga vendo a preocupação dele com a tal Nicole. Daniel deu graças a Deus pelo fato de a mulher não ser oferecida e nem mostrar intenção. Ela ainda tinha uma aparência jovem, era loira e de olhos claros. Era bonita, porém não despertava nenhum tipo de interesse no homem, a única pela qual ele se interessava sempre era Nicole.

Ele seguiu em direção ao escritório, sempre com os pensamentos voltados para a mulher. Dirigiu com seriedade até avistar o enorme prédio, estacionou em sua vaga e pegou o elevador, apertando o botão do andar da presidência.

— Senhor Campbell — a voz de Kate se fez ouvir. — Não sabia que o senhor viria hoje.

— Vim o mais rápido que pude — explicou educado, seguindo em direção ao seu escritório. — Traga todos os papéis e os documentos que devem ser assinados, por favor.

As horas passaram de forma lenta para o homem, que continuava com os pensamentos em sua Nicole. Será que ela já havia acordado? Tinha quase certeza de que não. Ela estava tomando alguns remédios que causavam muito sono e a deixavam constantemente sonolenta. O seu acidente não havia sido tão grave, porém acidente é acidente. Levar determinada quantidade de pontos era bastante doloroso, ainda por cima na barriga.

Na hora do almoço, Daniel decidiu não voltar para casa. Seria muita contramão para ele, e o homem sabia que, se voltasse e visse sua amada, não iria querer retornar. Pediu à sua secretária que encomendasse algo e comeu por lá mesmo. Preferiu adiantar as coisas, assim poderia voltar mais cedo. Quando, enfim, a sonhada hora chegou, ele partiu em seu carro, louco para vê-la mais uma vez.

A mulher acordou sentindo um pequeno incômodo, abrindo os olhos em seguida. Observou o quarto de Daniel e levantou-se preguiçosamente, indo em direção ao banheiro. Escovou os dentes e passou uma água no rosto. Sentiu a falta do homem e foi procurá-lo. O relógio marcava onze horas e ela se assustou com o tempo que passou dormindo. Assim que colocou os pés na sala, escutou uma voz feminina desconhecida.

— Olá, senhora Sullivan — a mulher falava com calma. — Sou Charlotte, sua enfermeira, estou à sua disposição.

— Olá. — A mulher foi pega desprevenida, não esperava alguém.

— Deseja algo? — perguntou educada.

— Não, não — Nicole respondeu, tentando arrumar uma solução rapidamente. Tratou a tal jovem bem, porém não queria sua presença. Por que diabos Daniel tinha de contratar alguém? — Bom... Eu vou ficar deitada, qualquer coisa eu chamo.

— Certo, estarei aqui aguardando, caso precise de algo.

Mas, ao contrário do que foi dito, a mulher não seguiu em direção ao quarto. Como na noite passada, ela voltou ao escritório em passos lentos e fechou a porta, garantindo que a outra não estivesse por perto. Como em sua última vez não teve muito tempo, agora iria se dedicar. Revirou cada canto do escritório, procurou coisa por coisa, mas já havia estado ali e já havia pegado o que era de seu interesse. Entretanto, a mulher sabia que não poderia só haver aquilo, teria de existir algo mais. Como suspeitava, havia. Nicole sorriu, enquanto apertava um objeto minúsculo que havia em uma grande estante da sala. Um quadro se moveu e por trás dele havia um cofre, como ela suspeitava. Andou até ele e passou a mão, com o coração acelerado.

Digitou uma senha, porém estava incorreta. Tentou pela segunda vez e obteve o mesmo resultado. A mulher suspirou derrotada. Ela precisava descobrir aquela senha, precisava descobrir o que estava atrás do maldito cofre. Bom... ninguém guardaria nada em um local como aquele se não fosse algo importante, não é mesmo? Então, o que estivesse lá dentro seria importante. E se era importante para ele, era de extrema importância para ela.

Depois de mais um dia exaustivo de trabalho, Oliver chegou em casa. Tomou um banho demorado e preparou algo para comer. Mais uma vez se sentiu sozinho em seu grande apartamento. E, como um pensamento leva a outro, ele lembrou-se da loira.

Engoliu rapidamente a comida e tomou um gole do suco para descer melhor. Pegou o celular no bolso e discou o número. Não demorou muito e a pessoa atendeu.

— Alô? — a voz conhecida falou.

— Oi, Kate... — o homem começou envergonhando. — Tudo bom?

— Tudo — respondeu um pouco grossa e ele sabia que ela tinha motivos.

— Te liguei para me desculpar pela última noite. Estava indo tudo tão bem e eu estraguei tudo — começou a se explicar e ela continuou calada. — Então, me desculpe.

— Sem problemas — a mulher tornou a falar. No fundo ela ainda estava frustrada pelo que ele havia feito, porém isso era o de menos. Pelo menos ele ainda estava interessado. — Como está a Nicky? — perguntou, como se realmente estivesse preocupada. Pelo modo que havia sido deixada, com toda certeza o motivo foi Nicole. Então ela precisava colher mais informações.

— Oh, sim... — respondeu surpreso. — Ela está bem, sim.

— Já teve alta? — Jogou verde mais uma vez.

— Sim. — O homem não queria entrar em detalhes. A última coisa que queria agora era se lembrar da irmã, por mais que a amasse e que estivesse preocupado, apesar de a mulher já estar bem.

— E quem está cuidando dela? — perguntou tentando conter o tom de curiosidade.

— Daniel... — respondeu trincando os dentes, e, desse modo, nem havia notado o que acabara de falar.

Do outro lado da linha, a mulher abriu a boca surpresa. Ela já estava desconfiada que estivesse havendo algo entre os dois, porém nada que fosse tão sério. Nada que levasse Daniel a tomar conta dela.

— Oh, claro — comentou, tentando não parecer chocada.

Como na outra vez, os dois passaram algum tempo se falando, e acabaram marcando outro encontro, que seria no fim de semana. A mulher ainda tentou arrancar algumas informações do homem, mas parecia que ele não estava nem um pouco contente em falar sobre o assunto. Para não irritá-lo, ela cortou o diálogo sobre isso.

Oliver era um cara inteligente, entretanto, por estar tão desorientando com os últimos acontecimentos, não percebia a real intenção da mulher e nem qual era o tipo dela. Se estivesse em sã consciência, jamais se permitiria envolver com alguém como ela.

Daniel dirigiu em alta velocidade, louco para chegar a seu apartamento. Devido a sua ansiedade, parecia que o tempo não passava nunca e que havia demorado horas para chegar. No elevador, ele suava frio, estava nervoso.

Respirou fundo abrindo a porta de sua casa, encontrando Charlotte na sala, assistindo a algum programa qualquer. Agradeceu à moça e pagou uma quantia generosa a ela. Fez umas perguntas básicas e a loira de olhos claros afirmou que Nicole não havia feito nenhum esforço e que tomara todos os remédios, passando o dia inteiro na cama.

Quando enfim a moça foi embora, ele andou em direção a seu quarto, já tirando o paletó. Parou na porta, encontrando uma cena espetacular. As janelas estavam abertas deixando o ar entrar, fazendo os cabelos de cor castanho-chocolate voarem; a mulher usava o pequeno tecido de seda preta com algumas rendas, sem manga, que ia até os pés, contrastando com a pele branca dela. Uma maravilhosa camisola que ele havia mandando comprar para ela.

Assim que os dois começaram a se envolver, Daniel já havia se precipitado. Sabia que a teria totalmente para si e, por isso, havia mandado uma famosa estilista confeccionar peças variadas para a mulher. As roupas que foram compradas haviam sido guardadas no mesmo local em que ficavam as roupas dele. Como se fosse um guarda-roupa de casal.

Aproximou-se da mulher, que estava na cama, e sentou-se também. O olhar trocado foi caloroso e, sem ao menos esperar, as bocas foram ao encontro uma da outra. O beijo era sutil, e ao mesmo tempo havia uma pitada de saudade. As línguas brincavam em forma de duelo, mas sem perdedores. A mão dele foi ao encontro do cabelo da mulher, aprofundando-se nele. As bocas continuaram até faltar fôlego e, no fim, foram trocados vários selinhos.

— Namora comigo? — perguntou o homem ainda com a boca colada junto à dela.

— O quê?! — perguntou surpresa pelo pedido repentino.

— Namora comigo? — Daniel voltou a perguntar. O olhar confuso da mulher o fez sorrir. — Fiquei pensando que sempre falo que você é minha namorada. — As mãos do homem acariciaram o rosto da mulher. — Entretanto, reparei que nunca te pedi oficialmente. Sei que não sou o homem mais perfeito do mundo, que sou ciumento, que perco o controle quando se refere a você, mas isso tem motivos... E eu poderia passar a noite toda os citando. — O olhar dele se perdeu no dela. — Eu prometo que vou segurar suas mãos, vou ser seu chão quando você precisar, eu vou estar lá... Nicole... Você namora comigo?

CAPÍTULO 22

Mãos suadas, batimentos cardíacos acelerados e, por um milésimo de segundo, o coração da mulher parou. Ela havia sonhado com esse pedido há tempos, e jamais imaginaria que quando esse tal dia chegasse seria daquela forma. Era um erro. Mas não por causa do pedido, afinal, era isso que ela esperava. E sim pelos motivos que a levaram a isso. No final, aconteceu o que mais temia... Ela se apaixonou. E esse era o pior erro que a mulher podia cometer.

Sua boca se abriu lentamente enquanto ela processava aquela situação. Nicole deu um sorriso torto e acenou com a cabeça um sim, recebendo um enorme sorriso do homem. As bocas voltaram a se encontrar, ainda mais sedentas. Daniel estava tão feliz pela aceitação da mulher que não sentia como seu corpo estava tenso. O beijo era ardente e parecia não acabar nunca.

Quando o ar faltou-lhes, eles se separaram, mas continuaram com as bocas coladas. A alegria dele era palpável.

— Se eu pudesse... gritava para todo mundo ouvir que você é minha. — O olhar dele a matava aos poucos. Lágrimas queriam sair, porém a mulher se segurou.

Nicole encontrava-se feliz e ao mesmo tempo triste. Ela conseguira o que desejava. Entretanto, a última coisa que queria causar era a tristeza no homem, apesar de saber que ela o faria. Ela seria responsável pela destruição do homem que amava.

A noite parecia não ter fim. Para ele, mil maravilhas, não havia nada melhor do que estar com Nicole. A mulher compartilhava da mesma sensação, porém havia uma batalha dentro dela.

Ao mesmo tempo queria se entregar totalmente àquele amor, mas, por outro lado, sabia que jamais poderia fazer isso. Aqueles pensamentos controversos estavam acabando com ela. Os dois deitaram agarradinhos, vendo a melhor posição para não machucá-la.

Assim como a mulher fizera na noite passada e na tarde daquele dia, caminhou a passos lentos. As luzes estavam apagadas, apenas a luz da lua chegava. Conhecia o caminho e necessitava de um pouco de paz. Queria estar na escuridão, assim como seu coração. Sentou-se no sofá de couro e se encolheu toda, ficando bem pequena. Verificou se a porta estava bem fechada, e permitiu-se fazer o que desejava há tempos.

A mulher chorou descompassadamente. As lágrimas caíam sem parar, molhando sua roupa. O coração estava pesado e nada que ela pudesse fazer iria melhorar. Os soluços saíam da sua boca e ela nem percebia. Quando o som do choro ficou alto demais, Nicole tapou a boca com as mãos, impedindo os barulhos de saírem. A cena era devastadora, o modo como a mulher chorava era de partir o coração.

Meia hora depois, a mulher ainda se encontrava encolhida, com o rosto completamente inchado e com lágrimas ainda caindo aos poucos. Fungou, tentando se recuperar, e limpou o rosto, tirando o vestígio de choro. Apesar da tentativa, era impossível não saber que a mulher havia chorado horrores.

Antes de voltar para o quarto, passou em um de hóspedes e lavou o rosto, amenizando a situação. Chorar daquela maneira não diminuiu sua dor. Parada na porta, observou Daniel dormindo e foi para a cama. Deitou-se bem longe dele, querendo o mínimo de contato possível. Ela precisava de um tempo para colocar as ideias nos lugares, focar no seu objetivo e não deixar seus sentimentos atrapalharem.

Oliver se arrumou sem pressa, sem um pingo de ânimo. Nos últimos dias, sua vida estava bastante complicada e ele se encontrava em uma situação difícil. Pegou a carteira e logo depois o elevador, descendo rapidamente, encontrando seu carro no mesmo lugar. Ligou o rádio em uma estação qualquer e dirigiu até o apartamento da mulher. Como da última vez, ela se encontrava esperando por ele. Como um perfeito cavalheiro, desceu e foi em direção a ela, abrindo a porta, permitindo-lhe entrar. Deu-lhe um beijo no rosto e um sorriso...

— Boa noite — ela cumprimentou feliz e ele retribuiu.

A ida até o restaurante foi calma e logo chegaram. O homem decidiu levá-la a outro local, já que a última vez foi totalmente desastrosa e ele saiu às pressas de lá. Foram muito bem recebidos e acomodados.

— O que vai querer? — ele perguntou à mulher, que não parava de observá-lo.

— Surpreenda-me. — A voz era sedutora e ela se encontrava com um ar risonho.

O maitre se aproxima, esperando o casal fazer o pedido.

— Vitela ao Porto e compota de frutas secas — pediu olhando o cardápio. — E... rosbife com molho tártaro. — Quando acabou de falar, a mulher lhe ofereceu um sorriso de lado, bebericando um pouco do vinho.

O clima era agradável e eles conversaram animadamente. Kate sempre jogando charme e Oliver se recolhendo, fingindo não perceber a real intenção da mulher. Os dois flertavam sutilmente e apreciavam a comida, que estava deliciosa. Depois do prato principal, veio a sobremesa.

— Essa torta de limão francesa está uma delícia — comentou a loira gemendo baixinho para provocar o homem.

— Está mesmo — rebateu olhando a forma como ela fazia gestos para provocá-lo.

O homem pagou a conta e eles se encontravam no carro mais uma vez. A mulher colocou um música agitada e os dois conversavam banalidades. O caminho parecia longo demais e finalmente o carro estacionou em frente ao apartamento dela.

— Não quer entrar? — perguntou como quem não quer nada. — Ainda é cedo... Podíamos ver um filme. O que você acha?

— É claro — ele concordou com segundas intenções. O plano da mulher estava dando certo, pelo menos uma parte dele. O jantar havia sido perfeito e agora ela o levava para seu apartamento. Os dois haviam tomado vinho, o que os deixara mais alegres ainda.

Quando a porta foi aberta, Kate deu um olhar sugestivo para Oliver, permitindo a entrada do homem. Ela acendeu as luzes e logo foi tirando o salto alto e soltando os cabelos, que caíam como cascatas sobre o ombro; tudo isso estava sendo supervisionado pelo homem, que não perdia um movimento da mulher.

Propositalmente, ela escolheu um filme de terror e os dois se sentaram sobre o macio sofá, um ao lado do outro. Como quem não quer nada, a mulher se aproximou ainda mais. A essa altura, o filme já estava na metade e ela fingia estar com um pouco de medo, sendo confortada pelo homem a cada cena. Ele sabia que não havia ido à casa dela só para assistir a um filme. Sem delongas, ele atacou a boca da mulher, que fingiu estar surpresa, mas retribuiu com fervor.

A mão macia buscou o rosto dela, passando as pontas dos dedos nos lábios para, assim, buscar seu cabelo, acariciá-lo junto à nuca. Ele entregava-se ao desejo que crescia a cada toque, puxando-a ainda mais ao seu encontro, fazendo suas bocas se unirem em um beijo sôfrego e ardente, como se um fogo tivesse sido aceso naquela sala, iluminando e aquecendo os corpos.

Oliver colocou a mão na coxa de Kate, que imediatamente estremeceu, mas não a tirou; com isso o homem começou a alisar e apalpar aquelas coxas. Os dois eram adultos e sabiam o que iria acontecer. Com cuidado, o homem levantou a mulher com intenção de levá-la ao quarto, e foi prontamente guiado por ela.

O homem respirou fundo, tomando coragem para seguir em frente. Olhou para cima, avistando o luxuoso apartamento a sua frente. Bateu a porta do carro com força e adentrou o local. Faria uma visita a sua irmã.

Ainda era cedo, porém não cedo o suficiente para encontrar Daniel. Ligou para o trabalho, avisando que chegaria um pouco atrasado e, enfim, tocou a campainha, esperando pacientemente alguém vir atendê-lo. Nicole havia jogado seu charme e conseguiu fazer com que seu amado dispensasse a enfermeira, alegando que estava bem e que não precisava desses cuidados todos. A contragosto e rendido pela mulher, o homem aceitou.

Ela colocou um vestido florido soltinho, simples e arrumado, que não a apertava nem causava dor. Abriu a porta com um sorriso no rosto, dando um abraço demorado e cheio de significados no irmão. Não importava o que acontecesse, acima de tudo os dois se amavam.

— Senti saudades.

A mulher se surpreendeu com as palavras do irmão. Há muito tempo não compartilhavam de um momento assim.

— Também senti. — Foi sincera, emocionando-se com a situação. — Entre, entre.

O homem pediu passagem e finalmente entrou no apartamento, observando todos os detalhes e sentindo um pouco de raiva preencher seu coração. A mulher compartilhava o mesmo sentimento e o entendia perfeitamente.

— Está com fome? — perguntou tentando chamar a atenção dele.

— Não. — A voz havia mudado de tom. — Só vim para visitá-la mesmo.

Os dois se abraçaram mais uma vez e sentaram-se no sofá. Ele perguntava sobre ela, seu estado e várias coisas do tipo. A mulher respondia às perguntas com gosto, sentia-se acolhida pelo homem. Ele se tornara sua única família depois da morte de seus pais, também em um acidente de carro. Por isso Oliver estava tão preocupado, apesar de saber que ela estava bem. Os dois haviam ficado muito apegados. Para ele só restava ela, e, para ela, só restava ele.

— Eu não vou mais me meter — ele se pronunciou e o olhar questionador da mulher o fez prosseguir. — Na sua vida. Não vou mais me meter. — Segurou as mãos da irmã passando conforto. — Você sabe o que faz, eu sei que sabe. Só não quero te ver machucada. Você compreende isso? — Ela acenou com um sorriso triste. — Eu não quero mais brigar, não aguento mais. Cansei dessas nossas discussões que não vão dar em nada. Já disse e volto a repetir: eu não vou te fazer mudar de ideia e você também não vai conseguir mudar meus pensamentos sobre o que acho certo. — Apesar de tudo, Oliver era um bom homem e só queria o melhor para sua irmã, apesar de ter uma visão totalmente diferente da dela.

Um barulho interrompeu o momento dos dois, resultando em um suspiro baixo vindo da mulher. Ela se levantou desconfiada indo em direção à porta. Não esperava ninguém e sabia que não poderia ser Daniel. A campainha tocou mais uma vez e quando a porta foi aberta a mulher sorriu surpresa para a pessoa.

Heloise estava parada com uma enorme cesta nas mãos, o que a deixava ainda mais engraçada por ser pequena. As duas se abraçaram com um pouco de dificuldade e a mulher espevitada entrou sem cerimônia.

— Espero que você não se incomode, vim te visitar e trazer... — Parou no meio do caminho observando o homem sentado no sofá. Os dois se entreolharam e Nicole deu uma risadinha baixa percebendo o que estava acontecendo. Ela reconhecia aquele gesto, era o mesmo que ela teve quando encontrou Daniel pela primeira vez. Pelo visto, seu irmão estava na mesma, não desgrudando o olhar da mulher.

— Hum-hum — Nicole pigarreou. — Vamos comer, então? — O clima foi quebrado e a pequena corou, pois foi pega no flagra.

— Vamos, sim. — A pequena concordou ainda com as bochechas rosadas.

— Você fica, Oliver? — perguntou Nicole, sabendo que o homem jamais recusaria.

— É claro — respondeu, não deixando de olhar a mulher. Os dois não estavam sendo nada discretos, porém não percebiam.

Querendo deixar os dois à vontade, com a intenção de que eles se aproximassem, a mulher falou que ia ajeitar algo no quarto e já voltaria. Foi em direção ao local e ficou uns quinze minutos de bobeira. Ao voltar à sala, não encontrou nenhum dos dois, porém escutou vozes risonhas próximas, na cozinha. Encontrou tudo perfeitamente arrumado e uma enorme quantidade de variadas comidas sobre a mesa, as quais Heloise havia trazido.

— Parece estar tudo uma delícia — comentou tirando os dois de sua bolha.

— Oliver me ajudou a arrumar. — A animação era palpável na voz da pequena.

— Tenho certeza que sim. — Nicole sorriu.

Os três sentaram-se à mesa e cada um atacou uma comida diferente, enchendo o prato. Conversaram sobre diversos assuntos, apesar de que a mulher apenas acenava ou dava uma resposta rápida. Heloise e Oliver estavam tão concentrados que excluíam a mulher sem ao menos perceber. Uma hora depois, o homem desculpou-se com as duas e disse que precisava ir, para tristeza da baixinha, que logo ficou com um semblante triste. Vendo a cara da — agora — cunhada, Nicole foi rápida.

— Oliver... — chamou-lhe a atenção. — Você pode dar uma carona a Heloise? — perguntou despreocupada, recebendo um olhar confuso da mulher a sua frente.

— Você não está de carro? — ele perguntou, mesmo morrendo de vontade de passar mais um tempo a sós com ela.

— Não — Nicole se pronunciou mais uma vez. — Ela deixou o carro na revisão antes de vir para cá. — Sem ele perceber, a mulher piscou para a outra, que logo entendeu o que estava acontecendo.

— Você se importa? — Heloise virou para o homem, batendo os cílios devagar, encantando-o ainda mais.

— É claro que não — respondeu rapidamente. Jamais se importaria.

Nicole levou os dois até a porta e recebeu um abraço apertado.

— Obrigada — Heloise sussurrou baixo em seu ouvido para o homem não escutar.

Oliver se aproximou e deu outro abraço na irmã, despedindo-se.

— Se cuida, ouviu?! — resmungou, querendo que ela lhe desse ouvidos.

— Certo. — Sorriu, observou os dois caminhando sorridentes e logo fechou a porta.

Daniel voltou para casa, louco para encontrar sua amada e enchê-la de carinhos. Ao chegar à porta, sentiu um cheiro diferente. Um cheiro muito agradável, que o levou para a cozinha, onde encontrou Nicole concentrada em preparar algum tipo de comida. Aproximou-se dela, depositando-lhe um beijo nas costas, abraçando-a por trás. Nicole levou um susto, mas deu uma risada meiga sabendo quem era.

— Você não deveria estar descansando? — perguntou sussurrando em seu ouvido de uma maneira sexy.

— Dever... eu deveria — começou. — Mas o que custa preparar algo para jantarmos?

— Não sabia que gostava de cozinhar — comentou minutos depois, observando-a terminar de aprontar as coisas.

— Você nunca perguntou — rebateu indo em direção a ele, que se encontrava a poucos metros, roubando-lhe um beijo delicado.

O homem tomou um banho relaxante, vestiu uma roupa confortável e voltou para a cozinha, que já estava toda arrumada. Foi em direção à sala de jantar e encontrou a mesa de jantar totalmente arrumada e com uma cara travessa de vidro no meio, com uma cheirosa macarronada.

— Gosta? — perguntou a ele com segundas intenções. Ela com certeza não se referia à comida.

— Gosto muito. — Foi até ela e deu-lhe um beijo estalado na testa.

O jantar correu perfeitamente bem entre conversas e beijos. Daniel elogiou a comida dela diversas vezes e até repetiu, pedindo-lhe que cozinhasse mais vezes, arrancando sorrisos da mulher. Em um clima descontraído, eles limparam o que sujaram e voltaram para o quarto.

— Bom... Você está com banho tomado e limpo... agora é minha vez — a mulher falou indo para o banheiro, deixando um Daniel com cara de safado no quarto. Ela entrou no banheiro e despiu-se, entrando no box e lavando-se sem pressa. Depois de limpa, pegou a toalha que estava ao lado e se enrolou. Os cabelos molhados estavam sobre as costas e ela caminhou até o homem, que quase caiu da cama ao ter a visão de sua amada apenas de toalha e ainda um pouco molhada.

Ele iria fazer uma surpresa a ela. Após a mulher ter entrando no banho, o homem foi até a caixa que havia deixado escondida e a pegou, esperando pacientemente ela voltar.

— O que é isso? — perguntou observando algo nas mãos do homem.

— É um presente — resmungou baixo ainda de boca aberta com a visão.

Ela se aproximou e se deitou na cama, ainda de toalha.

— Não precisava — comentou, apesar de estar curiosa para saber o que era.

Daniel entregou a caixa à mulher, que a segurou mordendo o lábio inferior. O objeto tinha uma aparência chique e ela desfez o laço com todo o cuidado. Seus olhos brilharam quando deparou com o acessório.

— É uma pulseira com vários significados — ele explicou com calma, observando a mulher um pouco confusa. Deu uma risada baixa e com o olhar ela pediu uma explicação.

— Eu amei — respondeu depois de alguns minutos calada. — De verdade... Eu amei. Ainda não entendi os significados, mas é perfeita — declarou, recebendo outra risada de seu amado.

— O primeiro é uma garrafa de bebida. Você não lembra o porquê? — perguntou e ela negou com a cabeça, realmente não entendia. — Na segunda vez que te vi... você estava completamente bêbada. — Deu risada pela terceira vez e as bochechas da mulher coraram rapidamente. Ela havia lembrado. — O segundo é um sapato. Acho que você sabe o motivo. — Foi a vez da mulher de rir. — Você vomitou no meu sapato de couro italiano favorito... Mas essa eu vou deixar passar — falou brincando. — O terceiro é um barril de petróleo, que significa nosso vínculo com a empresa e, se não fosse por ele, nunca teríamos nos conhecido... O quarto... é uma chave.

— Eu não entendi essa chave — comentou mexendo suavemente com a pulseira e olhando para ele com uma cara confusa.

— Essa chave significa a chave do meu apartamento... e do meu coração — respondeu com sinceridade, tirando o acessório das mãos da mulher e conectando suas mãos. — Sabe, Nicole... Eu não planejava que você viesse morar comigo dessa forma. — Ela abaixou a cabeça, que foi levantada sutilmente por ele. — Você entendeu errado, meu amor. Quando eu falei isso, quero dizer que não queria dessa forma. Não com você sofrendo um acidente e se machucando por minha causa. Eu queria te fazer o pedido, queria poder ter tido a chance de fazer o convite... Não que eu esteja reclamando, é claro. É maravilhoso poder dormir e acordar com você todo dia... É o que eu quero para o resto da vida .— A boca da mulher se abriu levemente e a alegria tomou conta dela. — Agora você tem a chave do meu apartamento. — Entregou uma cópia feita especialmente para ela. — E do meu coração.

A mulher abraçou o homem com uma força desnecessária, precisava sentir o calor dele junto a si. Beijou a boca dele com sutileza. Não havia pressa ou selvageria, era apenas um casal se beijando apaixonadamente, tentando demonstrar a forma como necessitavam um do outro.

— Então... ainda falta o último. — Depois de recuperar o fôlego, os dois trocaram olhares e voltaram a atenção para o último detalhe. — Meu coração... você o tem, Nicole, ele é todo seu. Eu nunca imaginei gostar de alguém como eu gosto de você. Você me trouxe a paz, você me trouxe a luz. Antes eu era um homem que só priorizava o trabalho e então você apareceu. Você colocou minha vida de cabeça para baixo e eu agradeço muito por isso. Não tem ideia do quanto me faz feliz e do quanto eu sou grato por ter te encontrado. Hoje eu sou um homem realizado por ter a mulher que eu amo ao meu lado... E nenhuma outra palavra poderia se aplicar ao meu sentimento por você, a não ser amor. Eu te amo, Nicole.

A sinceridade contida nas palavras do homem a acertaram em cheio. Aquele era o melhor momento que a mulher já tivera em toda sua vida. E ouvir aquilo tudo vindo da boca dele era espetacular. Lágrimas saíram de seus olhos em um misto de alegria e tristeza. Ele limpou o rosto da mulher, que chorava silenciosamente, e encostou mais uma vez seus lábios nos dela.

— Eu te amo, Daniel — foi a coisa mais sincera que ela pôde dizer. E era totalmente verdade. Não precisava de mais nenhuma palavra. Ele a compreendia. Ela não precisava falar milhares de coisas para ele saber o que ela sentia. O homem via a forma como a mulher o tratava, os gestos que ela tinha com ele. E aquelas três palavrinhas foram o suficiente para ele.

CAPÍTULO 23

UM MÊS DEPOIS...

Daniel havia imaginado o fim de semana perfeito para os dois. Queria aliviar toda aquela tensão gerada pelo complicado relacionamento, até porque não era nada fácil namorar uma funcionária da própria empresa.

Depois de dez dias, Nicole retomou suas funções. Sendo supervisionada, é claro, pelo seu, agora, namorado. O homem sabia como a mulher era teimosa e adorava fazer esforço, mesmo sem poder. A volta para o trabalho foi tranquila, apesar de ele saber que teria de aguentar muitas coisas, porém estava disposto a tudo pela mulher. O namoro não foi oficialmente anunciado, entretanto todos sabiam. Em relação a ele, não houve olhares nem comentários, óbvio. Ele era o dono, o chefe. Ninguém ousaria falar com ele ou soltar piadinhas. Já com ela, era outra a situação. Era apenas uma funcionária que, ao ver deles, estava tendo um caso com o chefe. Sabia que não seria fácil para ela, mas eles passariam por cima daquilo tudo juntos.

Ele tinha tudo na cabeça, havia pensado em algo. Cada passo estava minimamente planejado, o lugar era simplesmente perfeito. Um chalé em uma fazenda, nos arredores de New Jersey, perto o suficiente caso houvesse algum contratempo, e longe o suficiente para fugir de tudo e de todos. Agora só faltava convencer Nicole a ir com ele e isso ia conseguir, ah, se ia.

Na sexta-feira chegou extremamente cedo à empresa, Kate ainda não tinha chegado, mas Nicole já estava em sua mesa, digitando algo no computador, e não percebeu a aproximação do homem.

— Bom dia, princesa! — Ele cumprimentou a mulher, que deu um pulo da cadeira.

— Daniel, que susto, o que você está fazendo na empresa a essa hora? Deu formiga na cama? — indagou, colocando a mão no peito. Estava adiantando o trabalho e não havia percebido a presença dele.

— Eu precisava falar com você — explicou-se. — Tinha de ser hoje, e eu não queria a interrupção de ninguém.

Ela devolveu um olhar esquisito e levantou uma sobrancelha.

— Como assim, você não queria ser interrompido? Daniel, aqui é o nosso local de trabalho... — O homem sabia que ela ia pensar besteira, por isso tratou logo de interrompê-la.

— Nicole, não é nada disso, preciso conversar com você, mas não é nada demais. Por favor, venha até a minha sala — pediu.

Ela acompanhou-o meio desconfiada, entrou e sentou-se na cadeira a sua frente.

— Certo, pode falar.

— Eu pensei em fazermos uma viagem, o que você acha?

— Viajar? Como assim? E a empresa? — perguntou aos tropeços.

— Eu já pensei em tudo, não se preocupe, nós sairemos daqui na sexta após o expediente e retornaremos na segunda-feira para trabalhar normalmente. — Informava o plano com um sorriso no rosto.

— Já que é assim, eu topo. Quando vamos?

— Essa é a questão, eu já marquei tudo, vamos hoje depois do expediente e retornamos na segunda.

Ela o olhou incrédula.

— COMO ASSIM? VOCÊ ESTÁ LOUCO? NÃO SE MARCA UMA VIAGEM ASSIM...

Sabendo que ela ia surtar, já estava com o discurso ensaiado, ele não ia desistir assim tão fácil.

— Amor, eu só queria passar dois dias sozinho com você, esquecer todo mundo, esquecer que sou seu chefe, esquecer toda a pressão que é ser o CEO de uma empresa como esta, e ficar em nossa bolha, sem me preocupar com nada além de tirar a sua roupa e te foder loucamente.

As bochechas da mulher coraram violentamente e ele sorriu vendo o estado dela.

— Amor, eu não posso viajar assim, é muito repentino — Nicole tentou argumentar, mas sabia que seria em vão, até porque quando Daniel Campbell colocava uma coisa na cabeça ninguém tirava.

— Não tem nada de repentino, nada te prende aqui, só eu e o seu irmão. Mas ele vai viajar a trabalho neste final de semana. Suas amigas não vão morrer por não falar com você por dois dias. Chega, isso já está decidido, partimos às 18h e não precisa levar nada, eu já providenciei tudo.

Nicole não tinha mais argumentos, e mesmo que tivesse ele iria rebater todos.

— Ok, eu topo. Mas eu posso pelo menos saber para onde vamos?

Ele riu de seu sarcasmo.

— Não, será uma surpresa.

Nicole ficou contrariada, mas assentiu, até porque já tinha aceitado viajar, e sabia lá no fundo que valeria a pena a curiosidade. Seria uma maravilha passar uns dias sozinha com o homem amado.

— Está bem, te espero no fim do expediente, agora preciso ir que Kate já deve ter chegado e pode estranhar a minha ausência, fora que eu tenho um monte de coisas pra fazer, meu chefe é bem exigente, sabe? — falava indo em sua direção, sentando-se em seu colo e dando-lhe um beijo no pescoço de forma provocativa. Depois se levantou, se recompôs e correu para a sua mesa.

E assim a tarde passou, ele estava cheio de documentos para analisar e assinar, reuniões para fazer e um monte de gente chata para lidar, mas a viagem não saía da cabeça do homem.

Com tanta coisa para fazer, o tempo passou voando, a lua já dava sinais de que ia aparecer quando ele saiu da sala e deu de cara com Nicole entretida no celular. O expediente já havia acabado há algum tempo e o homem não reparou.

— Está pronta? — perguntou.

— Claro, amor, estava só te esperando. — Os dois sorriram um para o outro e trocaram um beijo rápido.

Saíram da sede das Indústrias Campbell e John — o motorista — já os aguardava no carro.

— Boa noite, Sr. Campbell, boa noite, Srta. Sullivan! — cumprimentou gentilmente.

— Boa noite, John — falaram em uníssono.

Entraram no carro e seguiram em direção ao destino. Apesar de o trânsito estar intenso, chegaram em poucas horas, para surpresa da mulher, que achava que seria bem distante.

— Chegamos — Daniel falou e ela o olhou assustada.

— Já? — perguntou.

— Sim — respondeu. — Longe de toda a badalação de New York, mas perto o suficiente caso seja preciso voltar antes do esperado.

— Qualquer lugar com você é perfeito — disse com um ar de apaixonada. E ele estava nos céus com sua mulher.

— Vem, vamos entrar. — Segurou a mão direita dela, extremamente ansioso para ver a reação da mulher em relação ao chalé. O fim de semana seria perfeito, assim como a relação dos dois estava agora, nada poderia atrapalhar. Ou poderia?

CAPÍTULO 24

De mãos dadas, o casal andou até ao chalé. Ao entrar, a mulher ficou estupefata. Era grande demais, perfeito demais. De queixo caído, ela averiguou todo o local, amando cada pedacinho. Seria mais que ótimo passar o fim de semana ali.

— Gostou? — Daniel perguntou observando a mulher.

— Se gostei? Eu amei.

Os dois sorriram um para o outro e trocaram um beijo apaixonado. O homem mostrou os cômodos da parte de baixo e partiu em direção à de cima. Deixou o melhor para o final: o quarto deles. A intenção era aproveitar ao máximo, já que eles mal tinham tempo de ficar a sós, graças ao trabalho. Assim que voltou, Nicole tentou recuperar o tempo perdido, mesmo Daniel afirmando que não era necessário. Vendo a determinação da jovem, ele se encantou ainda mais. Se fosse outra no lugar dela, teria outra atitude. Deixaria de lado, como ele falou para fazer, e se dedicaria apenas ao essencial. Porém, ela era diferente de todas, o que deixava o homem cada vez mais apaixonado.

Meia hora depois, as poucas roupas estavam devidamente guardadas e o casal se encontrava deitado na cama, apreciando o momento. Não eram necessárias palavras. Quando enfim resolveram se levantar, foram em direção à sala, com intenção de assistir a um filme, coisa que era bem comum para eles, os dois adoravam fazer isso. A pipoca estava feita, o refrigerante na mão, e uma comédia passava na tela da TV. Eles riam e comiam, aproveitando o tempo juntos.

Os lábios do homem percorriam cada traço do corpo da mulher, ele beijava centímetro por centímetro, amando o gosto de sua amada. Nicole suspirava pesadamente debaixo de Daniel. Os dois já sem roupa, mas sem pressa alguma. Não havia motivos para isso.

Invertendo a posição, ela ficou por cima, fazendo o mesmo que ele fazia há pouco. A língua deixava um rastro na pele, e ele já estava para lá de excitado. Também, quem não ficaria com uma mulher como aquela?

Os dois passaram a madrugada toda fazendo amor, sem parar. Quando enfim o cansaço os abateu, caíram na cama exaustos, um ao lado do outro. Respiravam com dificuldade e se entreolharam, rindo da situação. Pareciam dois pervertidos, viciados em sexo. Sem forças para levantar, aconchegaram-se, dormindo abraçadinhos.

O sol batia no rosto de Nicole, que acordou atordoada, nem se lembrando de onde estava. Passara a madrugada toda com o homem, o que a deixou extremamente cansada e desorientada. Seu corpo doía, mas ela não tinha do que reclamar, estava para lá de satisfeita. Lembrou-se de que estava no chalé e tentou sair do abraço do homem, que ainda dormia tranquilo. Procurou a bolsa ainda pelada e buscou o celular, vendo a hora. Ela não acreditou, verificando mais uma vez o aparelho e constatando que já passava da uma da tarde.

Foi até o banheiro e escovou os dentes, deu um jeito no cabelo e, ainda pelada, foi se olhar no espelho. A cicatriz ainda estava ali. Não sabia se era por causa do acidente, mas sentia que ganhara algum peso. Fazia pouco tempo que ela havia tirado os pontos, portanto não estava totalmente curada, não doía mais. Talvez fosse esse o motivo, ela estava inchada porque ainda não havia cicatrizado. Porém o que a incomodava era o que o homem pensava. Será que ele estava odiando aquela marca em sua barriga?

Afastou o pensamento, bufando em seguida. Por que ela pensava aquelas coisas? Pouco importava o que Daniel pensava... Um minuto depois, bufou novamente. Aquilo era uma mentira. É claro que ela se importava com o que ele achava ou deixava de achar, amava-o. Odiava admitir aquilo, mas amava. O que podia fazer?

A viagem foi repentina e ela não havia tido tempo de se "preparar". Aquilo não estava em seus planos. Sentou-se no chão frio, tentando pensar com coerência. Iria aproveitar o momento, afinal sabia que nunca mais haveria um como aquele, e depois, bem depois, pensaria nas consequências. Ah... as consequências... Ela não queria pensar nisso. Ainda tinha tempo de desistir?

Não acreditando no que estava pensando, recriminou-se rapidamente. Jamais poderia desistir. Odiava-se por estar em uma situação como aquela, porém, depois que você faz uma escolha, não há como voltar atrás. E ela havia feito a sua, iria até o final.

— Acorda, dorminhoco. — Beijou o rosto do homem, que resmungou e virou para o outro lado. — Vamos, Daniel, acorde.

— Não — respondia virando para baixo, tentando dormir mais uma vez. Vendo que não conseguiria tão facilmente, afastou o lençol que o cobria e passou as mãos pelo abdômen de Daniel, que só fazia uma cara de sono. Abaixou um pouco mais, indo ao encontro do membro dele. — Isso é sacanagem, sabia?! — afirmou ainda de olhos fechados.

— Sabia — disse entre risos. — Agora, acorde. Já passa de uma da tarde.

— Sério? — perguntou abismado. — Nunca dormi tanto.

— Bom...— Olhava-o com o cara de safada. — Acho que foi por causa do trabalho que você teve essa madrugada.

— Quero trabalhar assim o resto da vida. — Brincava, apesar de ser totalmente verdade.

— Vamos tomar banho? — a mulher perguntou, para surpresa do homem, que se levantou rapidamente ouvindo a risada da mulher, que já ia em direção ao banheiro.

Como haviam suado demais, optaram por tomar banho de ducha. Lá dentro, o homem banhava a mulher sem segundas intenções. Ela apreciava cada toque do homem, e, depois de estar totalmente limpa, fez o mesmo com ele. Passou sabão em todo seu corpo, deixando-o limpinho.

Arrumaram-se com roupas normais, não iriam sair, pelo menos não agora. Na cozinha, prepararam algo para comer, estavam famintos. O cheiro de comida invadia o ar, uma lasanha de frango estava no forno e o casal conversava sobre amenidades. A mulher tomava um remédio enquanto esperava o almoço/lanche da tarde sair.

— Está doente? — perguntou Daniel preocupado. Não viu nenhum sinal na mulher para ela estar tomando o comprimido.

— Não, seu bobo — respondeu. — Anticoncepcional.

Por um minuto o homem ficou paralisado, não havia lembrado disso, afinal transavam com camisinha... Na maioria das vezes. Não que ele estivesse preocupado se ela tinha alguma doença ou não, confiava na mulher. Porém era um homem adulto e todas as vezes se precavia, mas como sempre Nicole era uma exceção.

— Certo — respondeu a contragosto.

— Por quê? — perguntou vendo a reação dele. — Você quer um filho? — riu de lado, enquanto observava a reação dele, que ficou pensativo por alguns instantes. Rapidamente seu sorriso se desfez e a tristeza a abateu. Jamais teria um filho com ele, jamais teria uma vida normal com seu amado.

— Na verdade, quero. — As palavras do homem a acertaram em cheio. — Não digo agora... Mas daqui a algum tempo. — Ela sorriu de lado e foi em direção à lasanha, tirando-a do forno enquanto o cheiro maravilhoso ficava no ar.

— Parece estar uma delícia — comentou desviando o assunto, o que logo foi percebido por ele. Daniel não ficou muito feliz, porém deixou para lá. Outra hora conversaria sobre isso. Ainda teriam muito tempo, pensava.

Com a mesa arrumada, colocaram a lasanha bem no meio e cada um colocou sua quantidade no prato. Estava uma delícia.

— Sou um excelente cozinheiro, está vendo?! — Zombava dela, que revirava os olhos.

— Grande coisa — retrucou. — Também sou.

Eles adoravam se alfinetar, apesar de sempre ser brincadeira. O homem deu um selinho casto na namorada e assim voltaram a comer. Parecia uma competição de quem comia mais. Uma coisa estúpida, mas estavam se divertindo. Até Nicole ficar extremamente pálida e colocar a mão na boca rapidamente.

— Você está bem? — ele perguntou vendo o estado da mulher, porém não obteve resposta.

No momento seguinte, ela saiu correndo para o banheiro mais próximo, enquanto ele se levantou, indo atrás da mulher. Segurava o cabelo dela, enquanto Nicole vomitava tudo o que havia acabado de comer.

— Sai daqui — pediu. — Você não tem que ver isso.

— Deixe de coisa, meu amor, estarei com você em todas as horas, tanto nas boas quanto nas ruins — falou enquanto acariciava as costas dela, que voltou a vomitar mais uma vez. Cinco minutos depois, ela se levantou e ele lhe deu espaço. Pegou uma escova que ainda estava fechada e colocou pasta nela. Começou a escovar os dentes.

— Não precisa ver isso — falou novamente.

— Eu vou sempre estar com você. — Abraçou-a por trás, dando um beijo em seu ombro coberto pela blusa.

— Obrigada — respondeu virando o corpo e encostando os lábios nos dele.

O homem observava a mulher tirar um cochilo, ela parecia tão cansada ultimamente, e tinha algumas dores de cabeça. Sabia que sua mulher era durona e odiava ir a hospitais, mas ele estava preocupado com sua saúde. Aquilo não era normal.

Afagava o cabelo dela, sentindo o cheiro de sua amada. Encontrava-se sentado no sofá e ela estava com a cabeça em seu colo. Não poderia estar mais feliz. Sua empresa crescia cada dia mais, assim como seus lucros. A mulher da sua vida o amava e estava com ele em todos os momentos. Tinha sua família ao seu lado, e sua irmã do meio estava grávida. Sentia-se eufórico com a ideia de ser tio.

Pegou o celular do bolso, com cuidado para não acordá-la e discou o número. Não demorou quase nada para ser atendido.

— Lembrou que tem irmã, mas veja só — disse a voz sarcástica do outro lado da linha.

— Boa tarde também, Catherine — riu. — Como vai?

— Estaria bem melhor se meu irmão desnaturado viesse me visitar mais vezes — resmungou.

— Exatamente por isso que estou ligando — explicou. — Queria marcar um jantar com todo mundo. Eu, você, Davis, Heloise e Nicole.

— Até que enfim eu vou conhecer a tão famosa Nicole — suspirou.

— Deixe de coisa, vai, sim — ele rebateu.

— Por que Heloise tinha que conhecer ela primeiro? Eu sou sua irmã também — falava com tom de ciúmes.

— Catherine... — reclamou brincando. — Quando você vai parar com essa implicância? Eu amo as duas. Pare com isso. Heloise a conheceu primeiro devido às circunstâncias, não porque eu a amo mais e queria que ela fosse a primeira.

— Rum... — bufou. — *Okay*, dessa você escapou.

Os irmãos ainda conversaram durante dez minutos e Daniel desligou o celular com um sorriso no rosto. Continuou assistindo à televisão por umas duas horas, ainda acariciando o cabelo da mulher, e vez ou outra dando-lhe selinhos carinhosos.

— Linda — chamou. — Acorde.

— Hmm — resmungou de olhos fechados.

— Já são cinco da tarde.

Ainda sonolenta, ela encarou o homem e fez um biquinho, que, para ele, era muito charmoso.

— Vamos sair? — perguntou e ele concordou com a cabeça. Havia dito que eles sairiam à noite. — Como devo me arrumar?

— Do jeito que quiser — falou, recebendo um olhar feio. — Você fica linda de qualquer jeito.

— Sim, amor... — As palavras saíram tão naturalmente que nem ela percebeu. — Mas eu ainda preciso saber para onde a gente vai.

— Teatro — respondeu a contragosto, ela sabia dobrá-lo tão facilmente...

O casal andava de mãos dadas após a peça de teatro. O carro havia ficado com eles e assim teriam livre acesso para sair para onde quisessem. A noite estava fria e já eram nove horas. Eles curtiam o momento.

Nicole avistou uma praça e logo o casal caminhava para lá. Havia poucas pessoas no local e eles se sentaram no banco.

— Eu te faço feliz? — o homem perguntou de repente.

— Que pergunta sem sentido é essa Daniel? — ela argumentou. — É claro que você me faz feliz.

O homem sofrera grandes perdas, como a morte dos pais. E isso era algo que ele jamais poderia mudar. Depois disso ele se fechou. Restaram apenas suas irmãs. É claro que ainda tinha alguns amigos e tal, ainda namorou algumas vezes, mas nada muito sério. Ninguém nunca despertou sua paixão como Nicole. Ela foi a primeira mulher que ele realmente amou e jamais a deixaria escapar. Faria o possível e o impossível para fazê-la feliz.

— Eu te amo — declarou olhando em seus olhos.

A mulher se aproximou, dando um leve selinho em seus lábios, antes de aprofundar o beijo. As bocas se encontraram calmamente. Ela sugou o lábio inferior do homem, enquanto ele deu uma pequena mordida no superior dela. As línguas voltaram a se encontrar e a brincar uma com a outra. Foi um beijo cheio de significado e de amor.

Em um ato surpresa, ela o afastou rapidamente, indo em direção ao outro lado, onde não havia ninguém, e vomitou mais uma vez. Daniel estava ao seu lado novamente e acariciava suas costas, assim como fizera à tarde.

— Isso não é normal, Nicole — comentou preocupado. — É a segunda vez que você vomita só hoje.

— É o seu perfume — explicou. — É forte demais, está me deixando enjoada.

— Mas eu sempre usei esse perfume e você sempre adorou. Acho que devemos procurar um médico, isso não é normal.

— Não — respondeu de imediato. — Eu estou bem. Só me leve de volta.

— Vou deixar esta vez passar, mas só desta vez. Se você ficar enjoada novamente, eu a levarei a um hospital. Está ouvindo? — perguntou e ela acenou sem forças para discordar.

— Estou cansada — comentou. — Podemos ir para o chalé?

— Sim... Vou comprar uma água para tirar esse gosto da sua boca e já volto. Fique aqui sentadinha.

Ele se afastou da mulher e saiu procurando o lugar mais próximo que vendesse água. Enquanto isso, ela fez o que ele pediu, continuou sentada no banco da praça, esperando-o voltar.

Mil possibilidades passaram pela cabeça da mulher. Será que ela estava doente? E se estivesse, o que teria? Seria algo grave? Tantas perguntas a assustavam. Assim que voltasse, iria procurar um médico, mas sem Daniel por perto. Ela queria saber o que tinha e só assim falaria com ele. Talvez só fosse um mal-estar, ou ela tinha comido algo que fez mal. Poderia ser isso.

O homem não demorou muito e trouxe consigo uma garrafinha. A mulher bochechou um pouco e cuspiu a água fora, tentando amenizar o gosto ruim. A volta para o chalé foi tranquila e eles conversaram sobre a peça de teatro a que haviam assistido. Assim que colocou os pés na casa, ela tirou os sapatos de salto, que a estavam matando. Desfez o penteado, soltando o cabelo e deixando cair em suas costas. Foi logo em direção ao banheiro e escovou os dentes duas vezes, voltou para o quarto e encontrou seu namorado sentado na cama, só de calça.

Observou a cena a sua frente. O cabelo bagunçado do homem, o rosto perfeito dele. Maçãs do rosto salientes, uma mandíbula forte, nariz reto, os lábios arredondados, olhos verdes. Pele branca como mármore. Grande e musculoso, mas sem exageros. Uma verdadeira perdição.

Ela se aproximou lentamente de Daniel, que já estava com os olhos vidrados nela. Nesse meio-tempo, a mulher se livrou de suas roupas, ficando apenas com um conjunto de lingerie preta rendada. Quando parou de frente para o homem, ele distribuiu beijos por sua barriga e passou a mão levemente pela cicatriz da mulher.

— Dói? — perguntou com medo de tê-la machucado.

— Não — respondeu incomodada.

— O que foi?

— Não está me achando horrível com essa cicatriz? — perguntou insegura.

— É claro que não — falou. — Eu te amo de todo jeito.

As bocas se encontraram e ela caiu com ele na cama. Por cima, a mulher dominava a situação. Beijava sofregamente o homem, com as mãos no cabelo dele, deixando-o ainda mais bagunçado. Rebolava por cima do membro, que já se encontrava ereto. Com o ar faltando, ele beijou e mordeu o pescoço da mulher, deixando um rastro pela pele. Descendo um pouco mais, retirou o sutiã dela, que logo foi jogado de lado, observando o par de seios a sua frente. Salivando por tê-los em sua boca, passou a língua de baixo para cima, escutando o forte suspiro de Nicole. Mordeu o bico esquerdo, enquanto massageava o direito. Sugava, mordia e beijava os montes. Levou sua mão direita para a calcinha dela, afastando-a de lado e podendo constatar o quanto ela estava excitada.

— Ah, Daniel — gemeu pedindo por mais. Aquela seria uma longa noite...

Após caírem exaustos na cama, os dois suspiraram pesadamente. Haviam transado feito loucos e só agora haviam aplacado o desejo. Já era de madrugada e eles se encararam.

— Eu te amo. — para surpresa dele, foi ela quem falou.

— Eu também te amo.

Aquilo era um jogo, e ela sabia que não poderia se envolver. Mas o que poderia fazer? Já estava envolvida. Só podia aproveitar os poucos momentos que ela sabe que ainda restavam. Ele a odiaria, ela sabia. Era isso que ela queria... Até antes de se apaixonar.

Sabendo que o ciclo estava se fechando, ela aproveitara ao máximo.

— Posso te fazer uma pergunta?

— É claro, Daniel — ela respondeu.

— Por que mentiu para mim? — Não havia acusação na voz dele, apenas confusão. O coração da mulher gelou rapidamente e por alguns segundos ela ficou sem fala.

— Sobre o quê? — Ela não estava gostando do rumo que aquela conversa tomava.

— Sobre seu irmão — disse, encarando-a, esperando uma resposta.

A mulher tentou não bufar com isso. Pelo menos ele não descobrira a verdade. Ele só queria saber sobre Oliver.

— Então... — começou a se explicar. — Oliver já está conhecido, e trabalhando em uma empresa grande, a sua... Eu não queria ser apenas a irmãzinha que conseguiu arrumar um emprego decente graças ao irmão. Você entende?

— Mais ou menos — respondeu com sinceridade.

— Eu queria conseguir isso tudo pelos meus méritos, não pelos do meu irmão. O povo comenta, Daniel... Você não acha que eles iam falar coisas maldosas, se soubessem que ele era meu irmão?! É claro que iam. E eu não queria isso. E no fim das contas eu não menti, eu falei que ele era meu amigo, e isso não é uma mentira.

— Entendi agora, meu amor — falou dando um beijo em seus lábios. — Não precisa se preocupar. Não quero que pense besteiras, eu não estava te acusando, só estava curioso.

Depois disso, o casal ficou de conchinha. Como já era tarde e estavam extremamente cansados, dormiram rapidamente.

Daniel acabou de sair do banho e encarou a cena a sua frente confuso.

— Por que você está fazendo isso? — perguntou risonho.

— Eles estão maiores ou é impressão minha? — A mulher estava parada em frente ao espelho, só de calcinha e apontava para os seios.

— Hum... — Ele coçou a garganta. — Estão maiores mesmo. — Aproximou-se e a virou em sua direção, dando um beijo em cada peito, escutando a risada dela.

— Deixe-me trocar de roupa, senão, não sairemos daqui hoje — disse entre beijos.

Os dois acordaram com mais fogo ainda e transaram por duas horas. Resumindo, pareciam dois coelhos trepando a cada minuto. Eles trocaram de roupa e desceram. Como estavam com preguiça, apenas esquentaram a lasanha do dia anterior e comeram. Após terem lavado e guardado a louça, pegaram um pote de sorvete e foram para a sala. Ainda caminhando, escutaram um celular tocar.

— É o meu — ela falou, olhando para ele. — Vou atender e já volto.

Subiu as escadas rapidamente e foi em direção a sua bolsa. Procurou o celular nas suas coisas e com um sorriso viu o nome na tela.

— Oi — falou.

— Cadê você, Nicky? — o irmão perguntou do outro lado da linha.

— Estou viajando, Oliver, mas volto hoje mesmo. Por quê?

— Ahh... — suspirou ele. — Então deixa, ia chamar para sair e vim pegar uma roupa minha. Estou aqui no seu apartamento.

— Deveria ter avisado — entristeceu-se. Sentia falta do irmão. — Faz assim, amanhã a gente sai e almoça, que tal?

— Perfeito — respondeu. — Vou pegar minhas coisas, tá? Estou com as chaves.

— Certo. Até amanhã — despediu-se, desligando em seguida.

Oliver também tinha a chave do apartamento da irmã. Iria chamá-la para pegar um cinema já que havia chegado da viagem antes do esperado, mas, como ela não estava, iria pegar suas coisas e depois iria embora. Ligou a luz do apartamento e adentrou o local. Conhecendo bem, seguiu em direção ao guarda-roupa da mulher. Havia esquecido umas roupas na casa dela e precisaria usar uma em especial em um evento.

Estranhou o fato de o móvel estar trancado, afinal era apenas um guarda-roupa. Sabia onde ela guardava a chave e foi em direção à última prateleira da escrivaninha, em um pote de joias dela. Pegou a tal chave e voltou sua atenção ao móvel. Abriu-o e deu de cara com uma pasta. O homem estranhou mais uma vez.

A pasta parecia ter sido guardada rapidamente, como se alguém estivesse apressado e apenas a tivesse jogado ali, trancando em seguida. Como ser humano normal, a curiosidade o pegou. Ele não deveria fuçar nas coisas da irmã desse jeito, mas que mal teria?

A pasta estava selada com um tipo de laço e ele o desfez rapidamente. Encarando os papéis a sua frente, ele se perguntava o que era aquilo. Começou a ler em voz alta para se dar conta do que se tratava. Havia muitas coisas ali e ele fez questão de ler uma por uma. Ao se dar conta do que se tratava, o homem ficou indignado. Ele nunca imaginaria aquilo.

Certo que ele sabia que ela tinha algum plano, mas nunca pensara que ela faria isso. Havia tantos outros meios. Pegou seu celular e discou o número da mulher. Chamou, chamou e nada, caiu na caixa postal. Tentou mais cinco vezes, mas ela não o atendia. O homem já estava ficando vermelho de raiva. Não foi para isso que ela foi ensinada. Por que ela não podia apenas esquecer? Certo que não era fácil nem nada, mas aquilo passava de todos os limites. O que ela faria depois que conseguisse o que queria? Iria desaparecer? Fugir do mapa e nunca mais voltar?

Depois de falar com o irmão, Nicole colocou o celular no modo silencioso e foi em direção ao seu amado. Encontrou-o na sala mais uma vez e assim passaram mais uma tarde. Quando enfim o relógio deu cinco horas, resolveram se arrumar e voltar para casa. Afinal, teriam trabalho no outro dia.

Eles subiram para o quarto e guardaram tudo direitinho.

— Vou ajeitar as coisas na cozinha e já volto, tá?! — o homem falou já na porta.

— Certo, amor — ela respondeu, terminando de arrumar as roupas.

Pegou a bolsa mais uma vez e pegou o celular, iria ver a hora. Acabou constatando várias ligações perdidas do irmão, o que a deixou preocupada. O que teria acontecido?

Ia retornar as ligações quando viu que havia uma mensagem de voz dele. Colocou o celular no ouvido, apreensiva para saber o que era.

— Isso passou de todos os limites, Nicole. — A voz dele era grave. — Você não pode fazer isso. Como pensou nessa ideia ridícula? Acabe com isso agora. AGORA, NICOLE — gritava ao telefone. — Eu não vou deixar você se afundar por causa desse cara. O que planeja? Fingir amor eterno a ele, enquanto rouba todo seu dinheiro? E o que irá fazer depois? Desaparecer? EU NÃO VOU DEIXAR VOCÊ FAZER ISSO, NÃO VOU. Não quero ver minha única irmã na cadeia por causa de um filho da puta como ele. VOCÊ VAI PARAR COM ISSO AGORA, ENTENDEU? — Desligou em seguida.

CAPÍTULO 25

A mulher olhou chocada para o aparelho em suas mãos. Como ele descobrira? Será que jogou um verde e acabou colhendo maduro? Então se lembrou do que poderia ter acontecido. Ele iria pegar umas roupas. E essas tais roupas estavam no guarda-roupa, local onde tinha deixado os papéis da empresa de Daniel. *Burra! Burra! Mil vezes burra!*, xingava-se mentalmente. Não acreditava que havia dado esse vacilo.

Suspirou fundo pensando no que iria fazer. Tinha certeza de que Oliver não a entregaria, mas sabia que ele faria o impossível para impedi-la. E isso ela não poderia deixar acontecer.

Ela tinha esse plano há tempos, planejara todos os seus passos. Quando viu o anúncio na faculdade, agarrou logo a oportunidade. Ainda esperaria mais algum tempo para colocar as coisas em ação, mas essa chance havia caído do céu e ela não perderia. Jamais.

Iria trabalhar na empresa dele, iria se aproximar, mostrar ser diferente, fazê-lo se apaixonar por ela. Depois, conquistaria sua confiança e, por último, roubaria o seu dinheiro. Ele merecia. Entretanto, não contava que as coisas tomassem aquele rumo, jamais imaginara se apaixonar e se apegar de tal maneira. Ela estava totalmente ferrada, sabia disso.

Um dilema terrível: esquecer tudo o que fora planejado e viver com o amor da sua vida ou seguir em frente, sem olhar para trás, sem vacilar. Amava-o com todo seu coração, porém a mágoa, o rancor e o ódio eram bem maiores que tais sentimentos. Ela sofreria mais que tudo quando o abandonasse.

Deixando seu sentimento de lado, voltou a atenção para o irmão. Por que ele estava com tanta raiva?

Tudo bem, ela sabia que poderia ser presa, que poderia passar o resto dos seus dias na cadeia, porém não iria. Já tinha tudo planejado, detalhe por detalhe. O roubo seria no mês seguinte, e ela só precisava de mais uma coisa. Para falar a verdade, ela nem precisava desse tempo, mas estava tão apegada a Daniel que não queria soltá-lo. Assim que o fizesse, nunca mais o veria, nunca mais. Não sentiria seu cheiro, não sentiria o calor do seu abraço, não o sentiria dentro dela, nunca mais.

Com esses pensamentos, uma lágrima escorreu pelo rosto, que foi limpado por ela rapidamente. Estava tão entretida que se assustou com um corpo atrás do seu.

— Tudo bem, amor? — Daniel entrara no quarto e encontrara sua mulher de costas, parada.

— Sim — sussurrou.

Ele a virou para si. Encostaram os lábios em um selo demorado. Querendo aprofundar o beijo, pediu passagem com sua língua, que foi recebida rapidamente. As bocas se encaixaram rapidamente, em uma dança perfeita.

— Precisamos ir — falou, ainda a segurando.

— Certo — respondeu baixo. Não estava bem.

A volta para casa foi calma. Poucas palavras foram ditas, principalmente por Nicole. Daniel, vendo como sua mulher estava, decidiu ficar quieto. Já notara que a amada tinha mudanças de comportamento, mas não se importou. Não é todo dia que se está de bom humor, não é mesmo?

Vez ou outra segurava as mãos macias da namorada e depois voltava sua atenção à estrada. Já era de noitinha quando ele estacionou o carro na garagem de seu apartamento. Os dois desceram do veículo em silêncio e foram em direção à porta. Ao entrar, ela jogou-se no sofá suspirando pesadamente. Nicole estava em ruínas.

— Gostou do fim de semana? — perguntou aproximando-se dela.

— Sim — respondeu de olhos fechados. Além de tudo estava cansada. — Eu amei. Obrigada.

— Não se preocupe. — Ele beijou os lábios dela. — Faremos outras viagens melhores ainda. Prometo.

Ela deu um sorriso fraco e assentiu com a cabeça. Eles nunca fariam outra viagem.

Uma hora depois, os dois estavam deitados na cama. Não era muito tarde, mas não era cedo. Decidiram ir logo se deitar, estavam cansados. Daniel foi o primeiro a fechar os olhos, adormecendo rapidamente. Ao contrário de Nicole, que não conseguia pregar o olho.

A mulher demorou ainda umas duas horas para enfim conseguir dormir. Acordou morta no dia seguinte. O homem levantou-se primeiro e começou a se arrumar, depois do banho ele foi em direção à namorada e deu um beijo em sua testa. A mulher resmungou na cama, mas se levantou rapidamente, indo em direção ao banheiro. Algum tempo depois, eles se encontraram na sala de jantar, e tomaram um maravilhoso café da manhã.

— Vai para a aula? — ele perguntou.

— Hum-hum. — Ela acenou com a cabeça, de boca cheia.

Ela só trabalharia na parte da tarde, de manhã havia a faculdade. Daniel a deixou na porta do local e seguiu em direção à empresa. Vendo o carro partir, Nicole tomou outro rumo. Mentir para seu amado já era um costume, mas partia seu coração toda vez que o fazia. A mulher precisava tirar uma dúvida antes e isso ele não poderia saber.

Tomou um táxi e seguiu na direção oposta. No banco de trás, permitiu-se tornar-se ela mesma. A verdadeira Nicole. Uma mulher amargurada e rancorosa que jamais perdoava. Ela sonhara tanto com aquilo e finalmente estava acontecendo. A mulher não sabia se ficava triste ou feliz, mas de uma coisa ela tinha certeza: aqui se faz, aqui se paga. E ele pagaria.

Com isso, lembrou-se novamente de seu irmão. Ela não respondeu-lhe. Olhou para a frente, vendo se o taxista estava prestando atenção nela e deixou uma mensagem de voz.

— Não se meta nisso, Oliver. — A voz dela era ríspida. — Daniel não passa de um jogo. E o que eu vou fazer depois que eu tomar tudo dele não lhe diz respeito. — Fez uma pausa. — Já está tudo planejado, não se preocupe.

NOITE ANTERIOR...

Após sair da casa de sua irmã completamente revoltado, o homem caiu sobre a cama, esgotado emocionalmente. Ele via a vida dela se destruir aos poucos. O que ele poderia fazer para tirar aquela ideia de merda da cabeça dela? Ele não sabia, mas tinha certeza de que para isso acontecer só se houvesse uma atitude radical.

Seu dia havia sido uma merda e Kate não parava de ligar. Desistindo de ignorar a mulher, atendeu ao telefone.

— Oi, Oliver — falou animada.

— Oi, Kate — respondeu a contragosto, não querendo ser grosseiro.

— Está ocupado? — perguntou como quem não quer nada.

Meia hora depois, o encontro já estava marcado. O homem não estava a fim de sair, por isso chamou a mulher para ir a sua casa. No apartamento dela, Kate se arrumou e escolheu sua melhor roupa, principalmente sua lingerie. Sabia que o melhor para fisgar um homem era um excelente sexo e isso, com certeza, ela daria a ele. Não demorou muito para a mulher estar no apartamento dele.

Ao abrir a porta, Oliver deparou com Kate em um vestido colado ao corpo e com os cabelos volumosos soltos. Não foi dita nenhuma palavra, a loira avançou em cima do homem, dando um beijo caloroso. De início ele ficou surpreso, mas logo acompanhou o ritmo da mulher. Oliver foi o primeiro a desabotoar a camisa, levando-a consigo para o quarto.

A mulher não teve nem tempo de olhar a sua volta, já foi arremessada na cama, observando um homem com os olhos desejosos. Ele não estava com um pingo de paciência, precisava se aliviar e Kate seria sua distração. Trocaram olhares de desejo novamente, porém um duelo de sedução não era seu objetivo, o desejo estava à flor da pele e não queria perder tempo.

Às sete da manhã o despertador tocou, fazendo a mulher suspirar desgostosa. Ela não tinha o menor ânimo para trabalhar, ainda por cima teria de encontrar a mosca morta da Nicole. Certo, a mulher tinha de confessar que sua concorrente era bonita e tinha um corpo de dar inveja em qualquer uma, mas ainda assim ela se considerava melhor e não entendia por que seu chefe não a preferia.

Eles se levantaram, e Kate foi preparar o café, querendo dar uma de cozinheira. Ela era péssima na cozinha, porém fez o possível para agradar a ele. Já estava mais do que na hora de ela conseguir um bom casamento e isso ela pretendia com Oliver. Ele era novo, muito bonito, educado e inteligente e, é claro, rico. *Okay* que ele não era o mais rico do mundo, mas dava para o gasto. Já de manhã, ela deu uma boa olhada no apartamento e aprovou.

Os dois tomaram café juntos, o que não era uma situação confortável, e, então, como um cavalheiro, ele se levantou e deu um beijo na testa na mulher. Ela não podia ser a melhor mulher, mas Oliver sempre tratou suas... hum... o que ela era mesmo dele? Companhia era o certo a se dizer? Bem, sempre tratou suas companhias bem. Ainda mais que Kate fazia de tudo para agradar-lhe.

Deixou-a sozinha na cozinha quando foi em direção ao seu quarto escovar os dentes e pegar suas coisas para ir ao trabalho. No outro cômodo, Kate esperava impacientemente o homem voltar, então escutou um barulho e olhou para baixo. Era o celular dele. A mulher sorriu faceira e pegou o aparelho nas mãos. Deu graças quando viu que ele estava sem senha e notou que havia uma mensagem de voz. Tomada pela curiosidade, clicou para escutá-la.

— Não se meta nisso, Oliver. — A voz feminina era ríspida e de início ela não reconheceu. — Daniel não passa de um jogo. E o que vou fazer depois que eu tomar tudo dele não lhe diz respeito. — A voz fez uma pausa. — Já está tudo planejado, não se preocupe.

Boquiaberta, a mulher olhou para o celular, sem reação. Aquela era Nicole, ela tinha certeza. Um sentimento diferente apossou-se do corpo da mulher. Ela vibrou de satisfação. Então era isso que a outra faria? Era um golpe.

Levantou-se rapidamente, indo constatar se o homem ainda estava no quarto. Sim, ele ainda estava. Tirou os saltos e foi de fininho para o escritório dele. Mil coisas passavam pela sua cabeça. Por que Nicole mandara aquela mensagem para Oliver? O que ele seria dela? Um amante? Um amigo? Ela não sabia. Pelo que pôde perceber, o homem não estava satisfeito com a atitude da mulher. Por que diabos ele não estaria? Se ela roubasse tudo de Daniel, ela poderia muito bem dar uma parte a ele.

Kate poderia muito bem ir prestar queixa de Nicole, mas de que isso adiantaria? Aquela não era uma solução. Voltando os pensamentos no agora, vasculhou coisa por coisa do homem, até abrir a segunda gaveta de sua mesa e ver diferentes documentações da empresa. Com os papéis apoiados no peito, voltou para a cozinha. Oliver ainda não tinha voltado. Colocou os papéis em sua bolsa e pegou novamente o aparelho dele nas mãos. Mandou a mensagem de voz de Nicole para o celular dela e apagou-a do celular dele. Devolveu o aparelho ao seu lugar e voltou para sua posição, não se esquecendo de colocar os saltos.

— Vamos? — Ele apareceu já arrumado.

— Claro — ela respondeu com um sorriso de orelha a orelha.

Kate estava a mil maravilhas por dentro. Não acreditava que tivera a sorte de descobrir tudo isso. Como ela mesma dissera, Nicole iria pagar... E iria pagar caro.

Daniel se encontrava furioso. Onde Kate estaria? Uma hora daquelas e a mulher ainda não tinha aparecido. Estavam cheios de trabalho e nada dela. Nicole estava na faculdade e, portanto, ele ficaria sozinho.

Quinze minutos depois a loira chegou à empresa com a melhor cara. Pegou o elevador sorridente e seguiu em direção à sala de seu chefe. O homem estreitou os olhos quando viu a aproximação.

— Sabe que horas são?! — perguntou retoricamente. Não permitia atraso de funcionários. Ele sempre foi exemplo, sempre chegava cedo. E agora todos resolviam chegar na hora em que quisessem? Não, não era assim.

Observando a feição do patrão, Kate se aproximou de sua mesa sem dizer uma palavra. Daniel a encarou confuso, enquanto via a mulher tirar uns papéis de sua bolsa, jogando-os em cima da mesa dele. O homem abriu a boca estupefato com a ação da mulher. Quem ela achava que era?

— Veja. — A voz era mordaz.

Levado pela curiosidade, ele pegou os documentos nas mãos e não entendeu o que estava acontecendo. Aquilo era algum tipo de pegadinha? Kate jamais teria acesso a informações como aquelas.

— Onde arrumou isso? — perguntou, encarando-a furioso.

— Sua querida Nicole — ela rebateu enquanto observava Daniel rir.

O homem, que estava em pé, sentou-se em sua cadeira ainda com um sorriso nos lábios.

— Não me faça perder tempo, Kate. — Sua voz era fria. — Onde conseguiu essas informações? — perguntou novamente.

— Já disse — respondeu. — Nicole... Sua querida namorada.

— Você está mentindo — afirmou em um tom baixo, encarando-a.

A loira sabia que ele não acreditaria em sua história, por isso mesmo passou a gravação para ele. Pegou o *iPhone* dela e buscou o que queria, clicando na tela.

— *Não se meta nisso, Oliver. Daniel não passa de um jogo. E o que eu vou fazer depois que eu tomar tudo dele não lhe diz respeito. Já está tudo planejado, não se preocupe.*

A mulher o olhava com uma expressão vitoriosa. Agora ele não tinha como não acreditar. Observou Daniel abrir e fechar a boca várias vezes, sem reação alguma. A loira acreditava que, expondo Nicole desse jeito, o faria dela. Achava que, mais cedo ou mais tarde, iria tê-lo para si.

— Sai daqui, Kate — ordenou entre dentes.

— Mas... — começou a falar.

— SAIA — ordenou novamente. Dessa vez a mulher obedeceu. Saiu do escritório dele dando uma última olhada no homem, que não estava com uma expressão nada boa.

Deixou os papéis lá, não queria mesmo. Aquilo era mais uma prova contra Nicole. Irritada pelo modo como ele a tratou, pegou seu *iPhone* pela segunda vez e mandou a mensagem de voz para Daniel. Sorriu novamente e foi em direção a sua mesa.

O homem passou meia hora na mesma posição, digerindo toda a situação. Ele não podia acreditar naquilo, só poderia ser uma brincadeira de mau gosto. De muito mau gosto. Sentiu o telefone vibrar, mas ignorou. Sua cabeça rodava e ele não conseguia pensar direito. Seu coração se apertava e ele sentia que poderia desmaiar a qualquer momento.

Ainda não sabia se era verdade ou não, porém tinha de passar aquilo a limpo. Pegou o celular, viu que tinha recebido um áudio, já tendo suspeitas do que seria. Seu coração apertou-se novamente escutando a mulher da sua vida falar aquelas coisas.

— Daniel não passa de um jogo.

O homem quase quebrou o aparelho, mas sabia que aquilo não iria adiantar nada. Com as mãos um pouco trêmulas, digitou uma mensagem e enviou para a mulher.

Precisamos conversar, vá para o meu apartamento.

Foi curto e grosso, não tinha cabeça para ser educado. Ele ainda não acreditava que a mulher que ele tanto amava poderia fazer uma coisa daquelas com ele. Seus olhos se encheram de lágrimas, porém ele não derramou nenhuma. Pegou os documentos nas mãos, colocou-os na pasta e abriu a porta do escritório.

— Não voltarei hoje — informou a Kate, que o encarou confusa, e saiu sem dizer mais nada.

O que o homem fazia era tudo no automático. Com passos lentos, dirigiu-se para o seu carro. Na estrada, quase bateu em outro veículo por mero descuido. Tentava manter os pensamentos em ordem, mas era impossível.

Nicole limpou as lágrimas antes de entrar no apartamento de seu amado. Não acreditava que aquilo acontecia com ela. Deus estava tirando uma com a sua cara, só podia. Nunca foi religiosa, mas aquilo estava fora de questão.

Estranhou a mensagem do namorado, ele sempre foi gentil e amável com ela. O que poderia ter acontecido?

Respirou fundo e entrou no local. Na sala ele não estava, na cozinha também não, no quarto muito menos. Já ia ligar para ele quando observou a porta do escritório entreaberta. Seguiu para lá sem muita coragem, totalmente abalada. Ela não tinha mais forças.

— Daniel? — chamou o homem, que estava sentado em sua poltrona de couro. A mulher assustou-se com a expressão do homem a sua frente, mas não disse mais nada. Continuou calada, não entendendo o olhar dele para ela. — Aconteceu algo? — perguntou depois de um breve tempo.

Ele apenas pegou a documentação em suas mãos e fez o mesmo que Kate, jogou os papéis em cima da mesa. Na mesma hora Nicole gelou dos pés à cabeça. Daniel observou sua reação e ficou intrigado, ela estava indiferente. É claro que a mulher não ia dar nenhum sinal.

— O que é isso? — ela perguntou na maior cara de pau.

— Você não sabe? — Ele fica em pé.

— Não — mente sem piedade.

— NÃO SEJA CÍNICA, NICOLE — gritou com a mulher, que estremeceu. Ela nunca o havia visto assim.

— Não sei do que você está falando — murmurou inquieta.

Furioso, ele pegou o celular em suas mãos e clicou.

— Não se meta nisso, Oliver. Daniel não passa de um jogo. E o que eu vou fazer depois que eu tomar tudo dele não lhe diz respeito. Já está tudo planejado, não se preocupe.

Agora a mulher estava realmente em apuros. Tentou pensar, mas Daniel foi mais rápido.

— Algo para falar? — perguntou arqueando as sobrancelhas. — VOCÊ TEM ALGO PARA FALAR, NICOLE?

— Eu posso explic... — começou a falar.

— NÃO QUERO NENHUMA EXPLICAÇÃO — gritou sem pestanejar. — TUDO QUE SAI DA SUA MALDITA BOCA SÃO MENTIRAS.

— Você não entende — ela rebateu, tentando argumentar.

— O que eu não entendo? — ele abaixou seu tom de voz. — Que eu fui um otário esse tempo todo? Que você mentiu para mim desde o princípio? Que tudo que a gente teve foi uma grande mentira? É ISSO QUE EU NÃO ENTENDO?

— Deixe eu me explicar... — pediu em um sussurro.

— Não — ele retrucou. — Eu não quero nenhuma explicação de você, eu não quero mais nada de você. Já bastam todas as mentiras.

— EU POSSO ME EXPLICAR — ela se exaltou. Ele não a deixava falar.

— VOCÊ É UMA VAGABUNDA — gritou para a mulher, que o olhou chocada. — É ISSO QUE VOCÊ É. VOCÊ NÃO PRESTA, NÃO VALE NADA. VOCÊ MENTIU, ME ENGANOU. TUDO ISSO POR DINHEIRO, PELA MERDA DO MEU DINHEIRO.

— VOCÊ É UM IMBECIL — xingou-o descontrolada. Ele não tinha o direito de falar assim com ela.

A mulher sentia seu peito doer e sua respiração irregular não ajudava em nada. Ela não estava nem um pouco bem. Via seu mundo cair sob seus pés. Sabia que ele a odiaria, mas tudo saiu ao contrário. Agora Daniel sabia de suas intenções e nada que ela pudesse fazer mudaria isso.

— Eu tinha planos para a gente... — Ele tentou se acalmar, desferindo um soco na mesa, o que a assustou ainda mais. — Eu imaginei tantas coisas... Eu queria me casar com você, eu queria ter filhos com você... construir uma família ao seu lado... Mas não... Você só me usou, você só queria meu dinheiro. VOCÊ NÃO PRESTA, VOCÊ NÃO VALE NADA, É UMA GOLPISTA, UMA VAGABUNDA.

— CALA SUA BOCA, SEU IDIOTA — gritou, enquanto pegava um livro qualquer e jogava em sua direção. — VOCÊ NÃO SABE DE NADA, SEU CRETINO.

— EU NUNCA MAIS QUERO TE VER, NUNCA MAIS. — A mágoa o cegava. — SAIA DAQUI AGORA... SAIA, NICOLE.

— EU NÃO VOU SAIR — rebateu. — Não antes de dizer tudo que tenho para falar a você.

— Desculpe, mas não estou a fim de escutar nenhuma desculpinha — ironizou, cheio de sarcasmo. — Se você não sair... Saio eu.

Sem a deixar proferir nenhuma palavra, ele foi embora. A mulher olhou para a frente, vendo o amor de sua vida ir embora e desabou no chão. Em prantos, a mulher soluçava sem parar. Sua vida havia acabado. Tudo o que ela planejara tinha ido por água abaixo. Além de não conseguir viver com o homem que amava, ela não conseguiria sua sonhada paz. Lágrimas caíam do seu rosto, molhando toda sua roupa. Seu corpo balançava devido à crise de choro. Nunca em toda sua vida ela havia derramado tantas lágrimas como naquela situação.

Doía tanto que ela não conseguia nem respirar. Meia hora depois, seus soluços haviam cessado. Nesse meio-tempo, havia tomado uma decisão. Levantou-se do chão e foi em direção à mesa dele. Viu as documentações da empresa. As documentações que ela usaria para roubar tudo dele, mas não tinha feito nada. De que adiantaria? Pegou um papel em branco e uma caneta.

Tentou respirar fundo antes de tentar escrever e começou com a carta. As lágrimas voltaram a cair manchando o papel, ela continuava a escrever até colocar tudo para fora. Após isso, deixou a carta em cima da mesa, pegou sua bolsa e seguiu em direção à porta. Não iria levar nada do que ele comprou para ela, nada.

Tonta, Nicole apoiou-se no seu carro. Ela só queria que tudo não passasse de um pesadelo. Ela acordaria feliz ao lado de Daniel e eles seriam felizes. Lembrou-se de suas palavras ditas agora há pouco e seu coração se apertou. Ele queria casar com ela, ter filhos com ela, construir uma família. Eles nunca teriam isso.

A raiva se apossou de seu corpo ao lembrar o motivo pelo qual aquilo estava ocorrendo. Oliver. Seu querido irmão, como ele podia jogar tão baixo? Ele sabia muito bem que aquilo não era apenas um mero golpe, ia além... E ele melhor do que ninguém deveria entender isso. Qual o problema do homem? Ele era idiota ao não perceber a situação?

Entrou no carro, dirigindo em direção ao seu apartamento. O caminho parecia longo demais e ela nunca desejou tanto chegar em casa. A mulher suspirou ao pensar nisso. Aquela não era a casa dela, assim como o apartamento de Daniel. Sua casa era ele. A mulher não precisava de mais nada que não fosse ele. Entretanto, teria de se acostumar com a ideia de nunca mais vê-lo. Como ela conseguiria isso?

Ao entrar, jogou a bolsa do lado e foi em direção ao seu quarto. Abriu seu guarda-roupa e tirou todas as roupas de lá, colocando de qualquer jeito em duas malas. Pegou seus pertences pessoais mais importantes e dirigiu-se ao elevador. Ela iria embora... Iria embora para bem longe, onde ninguém a encontrasse, principalmente Daniel... E ela nunca mais voltaria.

Bônus 2

FEVEREIRO DE 1994

A criança olhava encantada para o pai, os dois sempre foram muito apegados. Como em toda família, um é mais apegado à mãe e o outro, ao pai. Nesse caso, a pequena Nicole idolatrava o pai, enquanto Oliver era afeiçoado à mãe, essa que sempre sonhou em ter um menino.

— *Vamo blincar?* — perguntava ao homem a sua frente.

— Vamos sim, minha querida — respondia pegando-a no colo e levando para fora.

A menina tinha apenas quatro anos naquela época e não entendia muito bem a situação. Saíra para brincar com seu amado pai no quintal, imensamente feliz. A casa era simples. Apenas Richard trabalhava, sua esposa Clarice cuidava dos dois filhos pequenos e fazia uns bicos de vez em quando. Cada dia mais as coisas se apertavam, as contas subiam, assim como os impostos, e não era fácil manter quatro pessoas.

— Toma, papai. — A menina havia pegado uma florzinha do jardim de sua mãe e voltara correndo em direção ao homem.

— Obrigada, meu amor. — Deu um beijo na bochecha da filha. — Você está crescendo tão rápido — sussurrava baixo para não chamar a atenção dela, que brincava sorridente.

Os dois ainda passaram mais um tempo lá fora e depois entraram, encontrando Clarice fazendo o jantar. Richard se aproximou da mulher, dando um beijo casto e olhando para o fogão velho, entristecendo-se rapidamente. Havia tão pouca comida que ele sentiu raiva. Matava-se de trabalhar e não conseguia alimentar bem sua própria família.

— Não se preocupe — a mulher dizia ao marido, vendo sua feição. — É só uma fase. — Tentava animá-lo.

Ela sabia que a culpa não era dele. O marido passava horas trabalhando, fazendo o possível para manter as contas, mas não parecia ser suficiente. Ela até tentava pegar algum emprego simples, mas havia duas crianças pequenas para cuidar.

ABRIL DE 1996

A criança corria pela pequena casa, indo em direção à sala. Seus pais se encontravam em pé, esperando a garota. Richard a pegou no colo e foi com ela até um móvel, deixando-a segurar um embrulho.

— Feliz aniversário, Nicky — o homem falou observando a reação da garota.

— Obrigada, papai. — Já estava grandinha e falava corretamente.

Animada, abriu o presente com rapidez. Encontrou uma boneca simples. A garota ficou desanimada, queria uma daquelas bem bonitas que passara na televisão. Vendo a reação dela, o pai perguntou.

— Não gostou?

— Gostei. — A voz dela era fraca, não queria desagradar ao homem. — Obrigada, papai.

Beijou o rosto dos pais, agradecendo e indo para o sofá, brincando com sua nova boneca.

— Ela não gostou — Richard falou para a esposa com um olhar decepcionado.

— É claro que ela gostou, Richard... Só não era o que ela esperava.

— É o aniversário da minha filha e nem para dar um presente digno para ela eu sirvo. — Seu tom de voz era grave.

Clarice abraçou o homem e acariciou seus cabelos.

— Não fique assim — começou. — No próximo ano daremos algo melhor a ela.

Carrancudo, ele subiu para o quarto, deixando a mulher com o coração na mão. O homem queria dar um presente melhor para a menina, mas, como sempre, não estavam em uma boa situação. Sabia que ele era louco pela filha, deixando muitas vezes Oliver de lado, coisa que já havia sido motivo de briga do casal. O menino também era filho dele, mas sua total atenção era sempre para Nicole.

SETEMBRO DE 1997

— Vem cá, Nicky — o irmão chamou a menina.

— Por que eles estão brigando? — perguntou enquanto lágrimas caíam, molhando o pijama da garota.

— Eles estão só conversando. — Oliver acariciou o cabelo dela, tentando acalmá-la. — Você vai dormir esta noite comigo, está bem?! — A menina apenas concordou com a cabeça e voltou a chorar.

Só havia dois quartos na casa, um ficava ao lado do outro. Com o passar do tempo, nada havia melhorado, pelo contrário, tudo piorava. As dívidas aumentavam e o casal já não sabia o que fazer.

Richard ficou desempregado e não tinha onde arranjar dinheiro, seus pais eram pobres e já haviam morrido. Clarice era de classe média, mas, depois que se envolveu com o homem, foi cortada da família, não aceitavam que sua filha, com um futuro excelente, se envolvesse com alguém do nível de Richard. Tomada pelo amor, a mulher deixou seus parentes e foi viver com o, até agora, marido. No início foi mais fácil, eram apenas os dois, e, mesmo que não tivessem a melhor das condições, conseguiam viver com o que tinham.

Mas então a mulher descobriu estar grávida, o que gerou muitas contas extras. Tiveram o menino e ela estava mais que feliz, sempre desejou ser mãe de um homem. Richard estava feliz, é claro, amava a mulher e, consequentemente, amava o filho. Alguns anos depois, Clarice engravidou novamente, e, dessa vez, era uma menina, para felicidade de Richard.

Viviam cheios de dívidas, mas conseguiam levar a vida, até que o pior aconteceu: o homem perdeu o emprego. Ele sempre se sentira mal por não poder dar tudo que sua família merecia, e depois da perda do emprego tudo piorou. O homem começou a beber, causando desespero para a mulher. Eles já não tinham dinheiro, e com Richard ainda bebendo, o que fariam? O casal brigava constantemente e a bebida era um dos motivos.

— Eu não acredito que você bebeu de novo — reclamava a mulher para o marido.

— Eu que sustento esta casa, posso beber o quanto quiser — revidava o homem completamente bêbado.

Lágrimas silenciosas escorriam pelo rosto da mulher. Amava o homem, mas ele estava se destruindo e levando consigo sua família. A comida estava em falta e ela já não sabia mais o que fazer.

— VOCÊ TEM QUE PARAR COM ISSO, RICHARD — gritava, não aguentando mais aquela situação.

Do outro lado do quarto, os dois irmãos abraçavam-se, escutando toda a briga. Oliver era mais velho que Nicole e por isso era mais maduro. A pequena não entendia o que estava acontecendo e se perguntava o porquê de os pais sempre brigarem.

FEVEREIRO DE 1998

— EU NÃO ACREDITO NISSO — Clarice gritava em mais uma das brigas, mas essa era uma das piores. — VOCÊ VENDEU A NOSSA CASA, RICHARD! VOCÊ SABE O QUE ISSO SIGNIFICA? NÃO TEMOS ONDE MORAR.

— Você acha que eu não sei, Clarice? — rebatia o homem nervoso.

Havia acabado de vender a casa, não havia outra saída. Eles estavam atolados em dívidas e não tinham mais opção. Sabia que a mulher nunca concordaria, mas o que poderia fazer? Além de todas as contas de casa, ainda estava em dívida com alguns homens. Desempregado, ele começara a beber e pedir dinheiro emprestado a pessoas da barra pesada. Agora não tinha escolha, era pagar ou morrer.

Explicou tudo à mulher, que se indignava com cada palavra que saía da boca do homem. Onde estava aquele cara pelo qual era apaixonada anos antes? Ela chorava por causa da situação em que se encontrava e pedia a Deus pelos seus filhos, duas crianças que não tinham nada a ver com aquilo. Não queria ver o marido morto, pois, acima de tudo, o amava.

Diante disso, venderam a casa por um preço abaixo do real, e com o dinheiro pagaram as contas de casa e Richard pagou a quem devia, safando-se por pouco.

— Quer ajuda, mãe? — o menino perguntava vendo a mãe jogada no chão arrumando os poucos pertences que tinham.

— Não, meu anjo — respondeu vendo o filho se aproximar. — Você está bem? — perguntou limpando as lágrimas. Não queria que ele a visse chorando.

— Estou. — Sentou-se no chão junto a ela e a abraçou forte. Sem aguentar, a mulher chorou novamente nos braços do filho, que a acolheu sem pestanejar.

— Tudo vai ficar bem, mãe — a criança falou.

O menino tinha apenas oito anos, mas já era bem esperto. Sabia que a situação não estava fácil e fazia de tudo para ajudar.

Richard sempre foi apegado a Nicole, quase nunca dava atenção ao filho. O menino o amava, óbvio, mas se sentia carente do amor do pai. Tudo piorou quando passou a ver como o pai tratava a mãe. Com isso, apegou-se ainda mais à mulher, era tudo que tinha. Queria tirar toda aquela dor dela, porém não sabia o que fazer, era apenas uma criança.

MAIO DE 1999

Um ano havia se passado e tudo permanecia na mesma. A família havia se mudado para um microapartamento na cidade vizinha. A antiga casa deles era bem distante de qualquer coisa. Por esse motivo se mudaram para um lugar mais movimentado e Richard tentou arrumar outro emprego.

O homem conseguiu um trabalho que apenas dava para mantê-los, e assim seguiram a vida. As crianças já estudavam, dando a oportunidade de a mulher conseguir algo também. Fazia faxina em algumas casas de gente rica, porém não era nada regular.

A noite chegara e os três estavam à mesa, jantando normalmente, quando o homem entrou com uma expressão raivosa.

— EU FUI ENGANADO — gritou em frente a sua família.

— Do que você está falando, papai? — perguntou Nicole preocupada. Ela agora já estava mais grandinha.

— ELES ME ENGANARAM — continuou com a gritaria, agora jogando um jornal em cima da mesa.

A mulher foi a primeira a pegar, lendo o que estava contido na página. Com a boca aberta, ela estava sem reação.

— Isso é verdade? — perguntou ainda com o jornal na mão.

— Sim. — O homem se acalmara um pouco mais, porém andava de um lado para o outro impaciente.

Os dois filhos do casal olhavam para os pais sem entender nada. O que estaria acontecendo?

— Pai — a filha chamou a sua atenção. — O que foi? — Sabia que era a querida por ele e ele com certeza iria responder.

— Os Campbell — praguejou. — Os malditos Campbell.

— Como sabe se isso é verdade, Richard? — perguntou a mulher, entendendo o que o marido estava pensando.

— Clarice, pense um pouco — retrucou. — É claro que eles sabiam.

O homem pegou o papel da mão da esposa e começou a ler.

— O que isso quer dizer, papai? — perguntou a criança observando o homem com uma face temerosa.

— Eles sabiam... — começou a se explicar com ódio no olhar. — Estamos aqui passando por maus bocados enquanto eles estão lá se enriquecendo à nossa custa.

— Não é assim, Richard... — Clarice se intrometeu.

— E você acha que isso foi coincidência?! — perguntou de forma categórica. — É claro que eles sabiam que nos nossos terrenos havia petróleo e armaram tudo isso. Me enganaram! Eu vendi nossa casa por uma mixaria, enquanto ela valia milhões — falou exaltado.

A mulher se aproximou do homem cautelosamente e ele negou o gesto afetuoso. Não estava com cabeça para a esposa agora. A única coisa que passava pelos seus pensamentos era que tinha sido enganado.

---

14 DE JUNHO DE 1999

— Eu prometo que um dia vou lhe dar tudo que você deseja, minha princesa. — O homem olhava, amoroso, sua filha.

Era tarde da noite e a pequena esperava todos os dias seu pai colocá-la na cama. Os dois eram muito apegados, desde sempre. É óbvio que a criança amava a mãe, mas seu pai era um caso à parte. Era seu protetor, seu herói.

— Você não precisa me dar tudo, papai. — A voz fina dela chamou a atenção de Richard. — Eu só preciso de você, da mamãe e do Oliver. — A inocência dela afetava o adulto. Ela estava crescendo tão rápido e já estava mais esperta. — O que foi? — perguntou, vendo a expressão do homem.

— É culpa dos Campbell — jogou a bomba para a pequena.

— O quê, papai? — perguntou em um tom baixo, já imaginando o que poderia ser.

— É culpa deles, meu amor — explicou, acariciando o cabelo da filha. — Desculpa não poder te dar uma vida melhor. — Desculpava-se com o coração pesado.

— Eles fizeram isso com você? — perguntou inocente mais uma vez.

— Sim, meu amor — suspirou. — Fizeram isso comigo... Com a gente.

— Então eles devem pagar. — A voz da criança havia mudado de tom. Ela estava raivosa.

Então era por causa deles que seu pai havia começado a beber? Por causa deles que seus pais brigavam quase todos os dias?

— Sim — concordou com a menina. — Eles devem pagar... E eu te juro que eles vão...

Nunca, em sua curta vida, Nicole havia visto seu pai daquele jeito. Após um mês da descoberta sobre o petróleo nas terras deles, a casa havia virado um inferno. As brigas eram constantes e sempre acabavam no mesmo assunto: os Campbell.

A menina era pequena, mas havia sido tomada por uma raiva insana daqueles malditos. Ela não sabia quem eram e nem exatamente o que fizeram, apenas sabia que isso afetava de uma maneira ruim sua família, fato suficiente para odiá-los. E seu amado pai sempre batia na mesma tecla. Eles eram os culpados, eles estavam acabando com a vida deles.

— Eu posso te ajudar — ofereceu-se. — Deixa eu te ajudar papai — pediu.

— Em quê, meu amor? — o homem perguntou sem entender.

— Em acabar com eles — ela respondeu, fazendo Richard ficar surpreso com sua resposta.

— Não, minha filha... As coisas não são assim. Os adultos cuidam disso, tá? Eu vou me certificar de que eles paguem por tudo que fizeram com a gente.

— Certo, papai — concordou com o homem, apesar de não achar justo. Por que ela não poderia ajudá-lo?

16 DE MAIO DE 1999

O homem entrou furioso em casa novamente. Clarice suspirou com desgosto, já sabia o que estava por vir.

— AQUELES MALDITOS — gritava revoltado.

— O que aconteceu, Richard? — ela perguntou, apesar de já saber a resposta.

— Eles me escorraçaram de lá — explicou. — Me trataram feito um bicho.

— Conte-me o que aconteceu realmente — pediu a mulher.

— Eu fui à empresa deles... daqueles malditos... Fui tirar satisfações sobre nossas terras, e sabe o que eles fizeram?

— Não... O que fizeram? — perguntou mais uma vez, observando o homem revoltado.

— Disseram que não podiam fazer nada... Que nós vendemos a casa e que agora não tinha mais volta — bufou. — Fui reivindicar e fui expulso de lá... *Expulso*, Clarice, chamaram os seguranças e me jogaram para fora como se eu não fosse ninguém.

— Eu falei que isso ia acontecer — afirmou a mulher. — Se for ver pelo lado deles, eles têm razão.

— RAZÃO? — gritou com a mulher, que se encolheu diante dele. — De que lado você está, afinal? Nós estamos aqui passando por dificuldades enquanto eles nadam no dinheiro e você vem me dizer que eles têm razão?!

— Você que vendeu a casa, Richard — ela rebateu. — Agora vai colocar a culpa em cima deles? Pelo amor de Deus.

— E você acha que eles não sabiam que lá havia petróleo e que isso renderia milhões para eles? — perguntou.

— Não importa. Você colocou nossa casa à venda e por aquele preço. Se havia petróleo ou não, não interessa... Você vendeu nossa casa e eles lucraram com isso, agora aguente. — Com essas palavras, a mulher saiu da sala deixando o marido sozinho.

Revoltado, atirou a primeira coisa que viu pela frente no chão. Com ódio em seu coração, saiu da casa em direção ao primeiro bar que encontrou e lá se encheu de cachaça.

Os adultos não perceberam, mas havia mais uma pessoa no mesmo ambiente. Nicole se encontrava escondida atrás da parede da sala. Sabia que o homem chegava mais ou menos àquela hora e o aguardava ansiosamente. Ao escutar as palavras de seu amado pai, a menina desabou. Não acreditava que eles tinham feito aquilo com ele.

Se antes a criança não gostava dos Campbell, agora ela os odiava. Eles deviam pagar caro por tudo que haviam feito com sua família, principalmente com seu pai. Com o coração transbordando de raiva, ela foi em direção ao seu quarto e do irmão, e se jogou na cama, pensando em mil maneiras de acabar com aqueles malditos. Nicole ainda era pequena, mas ela era esperta o suficiente em certos casos. Deixando de lado a inocência, a menina se viu pensando em várias maneiras de fazê-los sofrer. Não era justo o que eles fizeram!

Com o coração pesado, dirigiu-se ao seu quarto, caindo na cama gasta e se encolhendo. Olhou para o irmão, que, por algum milagre, já estava dormindo e fechou os olhos com força. Por que aquilo tinha de acontecer com sua família? Que mal eles fizeram? A mente inocente projetava mil perguntas e nada vinha em resposta. Seu pai era bom, sua mãe também. Por que eles não podiam parar de brigar? Por que não podiam viver felizes como era antigamente?

Nicole não tinha muita noção do que era certo ou errado, mas era louca pelo pai. Sempre fora. E se ele pensava algo, ela iria pensar do mesmo modo. Então, se esses tais Campbell fizeram o tão doce lar deles desmoronar, eles não iriam sair impunes. Suspirou com desgosto. Ela não aguentava mais ver os pais brigando e muito menos a forma como Richard ficava. Virou para o lado e para o outro, inquieta, não conseguiu dormir e tampouco voltou para falar com seu pai.

Perdera as contas de quantas vezes havia presenciado as brigas, ou as escutado em seu pequeno quarto, que dividia com o irmão. Na noite chuvosa, teve pesadelos. Acordou de madrugada assustada. Até nos sonhos os malditos Campbell os perseguiam.

---

21 DE MAIO DE 1999

— Richard, pare, pelo amor de Deus — implorava a mulher chorando. O homem havia ido à empresa dos Campbell mais uma vez. — Pense nas crianças.

O homem chegara bêbado em casa pela milésima vez. A mulher não aguentava mais aquela situação, estava chegando ao seu limite. Nos cincos dias que se passaram tudo se repetia do mesmo jeito, pelo mesmo motivo. Ele chegava do trabalho e ia logo para qualquer boteco beber. O dinheiro já era pouco e ela temia acontecer o mesmo de antes. Ele pegar dinheiro emprestado com certas pessoas e acabar se endividando novamente.

— EU OS ODEIO — gritava enquanto jogava as poucas coisas que restavam.

Ele havia acabado de voltar das Indústrias Campbell e, como da última vez, tinha sido colocado para fora pelos seguranças. Ele se sentira humilhado e estava com o ego ferido. O ódio o cegava, e tudo que ele desejava era destruir aquelas pessoas.

— Pare com isso, por favor. — Clarice chorava sem parar.

— Eu vou lá de novo — manifestava-se.

— Crianças, subam agora — mandava a mulher. Seus filhos estavam presenciando toda aquela cena. — Não vai adiantar nada, Richard.

Desobedecendo completamente à mãe, as crianças permaneceram no mesmo lugar, observando toda a cena. Nicole se encolhia ao lado do irmão, que não sabia o que fazer.

— Pois vou na casa dele — Richard rebateu. — Vou tratar diretamente com ele, e em sua casa. Quero ver me colocarem para fora.

Então tudo aconteceu rapidamente. Richard abriu a porta do apartamento e saiu de lá feito um furacão. Clarice desesperada foi atrás dele. O marido estava completamente bêbado e não tinha condições de dirigir.

Apesar dos pesares, o homem tinha um carro simples, caindo aos pedaços. Sem pensar duas vezes, ela entrou no automóvel com ele, os dois discutiram alto, e a cena foi acompanhada pelas duas crianças, que correram para fora atrás dos pais. Richard arrancou e foi em direção à esquerda, sumindo da vista dos dois.

— Vem — chamou Oliver. — Vamos entrar.

— Não. — A menina chorava também. — Eu vou esperar por eles aqui.

— Não seja teimosa, irmã — pediu o mais velho. — Vamos esperar lá dentro. Não sabemos que horas eles vão chegar.

— Tá. — Ela se deu por vencida. Lá fora estava frio e tinham deixado tudo aberto.

DUAS HORAS DEPOIS...

— Por que eles não chegam? — a mais nova perguntou ao irmão com um olhar preocupado.

— Eles já vêm — tentou acalmar a pequena. — Não se preocupe.

— Você jura? — perguntou inocente, querendo que os pais voltassem logo. Estava preocupada.

Nicole já estava acostumada com o pai sempre bebendo, entretanto naquele dia a situação era inédita. O homem estava totalmente diferente, fora de si. E, pela primeira vez na vida, ela temeu o próprio pai.

A televisão velha estava ligada, mas nenhum dos dois prestava atenção. A menina temia pelos pais e Oliver tentava consolá-la. Eles encontravam-se abraçados quando escutaram uma batida na porta; entreolharam-se e correram em direção ao som.

O menino foi o primeiro a chegar e se decepcionou ao encontrar uma mulher gorducha que era vizinha deles.

— O que foi? — A voz de Nicole sobressaiu atrás do irmão.

— Seus pais sofreram um acidente — jogou a bomba para os pequenos.

MEIA HORA DEPOIS...

As mãos frias suavam e tremiam de nervosismo, o mais velho abraçava a irmã no banco de trás do carro velho da vizinha. O trajeto inteiro foi feito em silêncio e nunca em suas curtas vidas demoraram tanto para chegar a um determinado local.

A mulher mais velha olhava as duas crianças encolhidas pelo retrovisor, sentindo angústia. Não era próxima deles, apenas escutava muitas brigas e nunca se metia, nem procurava saber. Mas ela era mãe e se compadecia dos pequenos.

Quando a tão chegada hora chegou, Nicole não esperou nem que o carro estivesse estacionado corretamente. Abriu a porta e saiu correndo. Em questão de segundos, Oliver foi atrás dela, percebendo o que ela faria. Havia muitas pessoas ao redor e ela, pequena, tentava passar entre eles.

Como em um filme dramático, ela se aproximou do carro, que parecia ter capotado milhares de vezes e que estava com os pais desacordados dentro dele. Antes que conseguisse dar mais um passo, foi segurada pelo irmão. Onde estava a ambulância que não chegava?

Então tudo aconteceu de repente. O carro explodiu bem na frente deles.

— NÃO — a menina gritou querendo se soltar, mas o mais velho a segurou firme.

Nicole caiu no chão, chorando fortemente. As lágrimas escorreram sem parar e ela olhava a cena, rezando para que tudo aquilo não passasse de um pesadelo. O peito de Oliver doía, e, sem ele perceber, caiu junto a sua irmã, chorando sem parar.

— Não, não, não — disse entre lágrimas. — Vai lá, Oliver, vai ver eles — pediu, inocente.

— Eles estão mortos, Nicole — respondeu olhando o carro queimando a poucos metros, sentindo o coração acelerar.

Na noite fria, os irmãos se abraçaram chorando. O que seria deles? Como viveriam sem os pais? Como iriam sobreviver?

A vizinha olhou com pena as crianças. Elas não mereciam ver aquela cena. O sentimento de arrependimento encheu seu peito, ela não devia tê-los trazido.

Na cabeça inocente da criança, eles ainda poderiam ligar para algum hospital. Por que ninguém havia chamado a Emergência? Se chamaram, por que não havia chegado? Não viram que eles sofreram um acidente? Pegou o celular da mãe, que ela tinha esquecido em casa, e apertou a tecla de desbloquear, observando uma mensagem de voz do celular de seu pai.

— Oi, meu amores, aqui é a mamãe — Clarice falava com a voz entrecortada. — Nós estamos bem, não se preocupem. Voltamos log... — A mulher não pôde terminar a frase, pois Richard tirou o telefone de sua mão. — Eles vão pagar, minha pequena. Eu estou fazendo isso por nós e não descansarei até que eles paguem. Volto logo, eu prometo. — Esquecendo totalmente seu filho, ele deixou a mensagem só para sua pequena, desligando logo em seguida.

Nicole deu um grito de sofrimento que afetou todos no local. A criança segurou o celular nas mãos com ódio no coração. Olhou para a frente, o carro ainda pegava fogo... Com seus pais dentro dele. Mortos.

A raiva borbulhava dentro dela e ela chorava de dor e de ódio. Seus pais haviam morrido... E por causa deles. Dos Campbell. Ela nunca perdoaria isso, nunca. Nicole ainda era pequena, porém naquele momento sua alma havia sido corrompida. Não existia mais bondade nela, só existia a raiva dos malditos Campbell. E ela não deixaria assim. Seu pai havia prometido que voltaria para ela e agora estava morto, e os culpados por isso eram eles. Trincou os dentes na boca, sentindo o gosto de sangue, mas ignorou. Sua respiração estava acelerada e havia um olhar perturbador em seu rosto.

Ela não deixaria que eles saíssem impunes. Ela iria atrás deles e destruiria aquela família, assim como eles haviam feito com a sua. Ela queria vingança, e não se importava mais se isso seria a última coisa que faria na vida. Ela iria conseguir. Nem que para isso ela fosse **até o limite**.